Grölls Verlage

„Bücher sind wie Fallschirme. Sie nützen uns nichts, wenn wir sie nicht öffnen."

Gröls Verlag

Redaktionelle Hinweise und Impressum

Das vorliegende Werk wurde zugunsten der Authentizität sehr zurückhaltend bearbeitet. So wurden etwa ursprüngliche Rechtschreibfehler *nicht* systematisch behoben, denn kleine Unvollkommenheiten machen das Buch – wie im Übrigen den Menschen – erst authentisch. Mitunter wurden jedoch zum Beispiel Absätze behutsam neu getrennt, um den Lesefluss zu erleichtern.

Um die Texte zu rekonstruieren, werden antiquarische Bücher von Lesegeräten gescannt und dann durch eine Software lesbar gemacht. Der so entstandene Text wird von Menschen gegengelesen und korrigiert – hierbei treten auch Fehler auf. Wenn Sie ebenfalls antiquarische Texte einreichen möchten, finden Sie weitere Informationen auf www.groels.de

Viel Freude bei der Lektüre wünscht Ihnen das Team des Gröls-Verlags.

Adressen

Verleger: Sophia Gröls, Im Borngrund 26, 61440 Oberursel

Externer Dienstleister für Distribution & Herstellung: BoD, In de Tarpen 42, 22848 Norderstedt

Unsere „Edition | Werke der Weltliteratur“ hat den Anspruch, eine der größten und vollständigsten Sammlungen klassischer Literatur in deutscher Sprache zu sein. Nach und nach versammeln wir hier nicht nur die „üblichen Verdächtigen“ von Goethe bis Schiller, sondern auch Kleinode der vergangenen Jahrhunderte, die – zu Unrecht – drohen, in Vergessenheit zu geraten. Wir kultivieren und kuratieren damit einen der wertvollsten Bereiche der abendländischen Kultur. Kleine Auswahl:

Francis Bacon • Neues Organon • **Balzac** • Glanz und Elend der Kurtisanen • **Joachim H. Campe** • Robinson der Jüngere • **Dante Alighieri** • Die Göttliche Komödie • **Daniel Defoe** • Robinson Crusoe • **Charles Dickens** • Oliver Twist • **Denis Diderot** • Jacques der Fatalist • **Fjodor Dostojewski** • Schuld und Sühne • **Arthur Conan Doyle** • Der Hund von Baskerville • **Marie von Ebner-Eschenbach** • Das Gemeindekind • **Elisabeth von Österreich** • Das Poetische Tagebuch • **Friedrich Engels** • Die Lage der arbeitenden Klasse • **Ludwig Feuerbach** • Das Wesen des Christentums • **Johann G. Fichte** • Reden an die deutsche Nation • **Fitzgerald** • Zärtlich ist die Nacht • **Flaubert** • Madame Bovary • **Gorch Fock** • Seefahrt ist not! • **Theodor Fontane** • Effi Briest • **Robert Musil** • Über die Dummheit • **Edgar Wallace** • Der Frosch mit der Maske • **Jakob Wassermann** • Der Fall Maurizius • **Oscar Wilde** • Das Bildnis des Dorian Grey • **Émile Zola** • Germinal • **Stefan Zweig** • Schachnovelle • **Hugo von Hofmannsthal** • Der Tor und der Tod • **Anton Tschechow** • Ein Heiratsantrag • **Arthur Schnitzler** • Reigen • **Friedrich Schiller** • Kabale und Liebe • **Nicolo Machiavelli** • Der Fürst • **Gotthold E. Lessing** • Nathan der Weise • **Augustinus** • Die Bekenntnisse des heiligen Augustinus • **Marcus Aurelius** • Selbstbetrachtungen • **Charles Baudelaire** • Die Blumen des Bösen • **Harriett Stowe** • Onkel Toms Hütte • **Walter Benjamin** • Deutsche Menschen • **Hugo Bettauer** • Die Stadt ohne Juden • **Lewis Caroll** • *und viele mehr….*

Wilhelm Raabe

Stopfkuchen

Eine See- und Mordgeschichte

Wieder an Bord!

Es liegt mir daran, gleich in den ersten Zeilen dieser Niederschrift zu beweisen oder darzutun, daß ich noch zu den Gebildeten mich zählen darf. Nämlich ich habe es in Südafrika zu einem Vermögen gebracht, und das bringen Leute ohne tote Sprachen, Literatur, Kunstgeschichte und Philosophie eigentlich am leichtesten und besten zustande. Und so ist es im Grunde auch das Richtige und Dienlichste zur Ausbreitung der Kultur; denn man kann doch nicht von jedem deutschen Professor verlangen, daß er auch nach Afrika gehe und sein Wissen an den Mann, das heißt an den Buschmann bringe; oder es im Busche sitzenlasse, bloß um ein Vermögen zu machen.

„Geben wir den Beweis aus der „verhängnisvollen Gabel“, Eduard, daß wir immer noch unsere Literaturkunde am Bändchen haben!“ Eduard ist nämlich mein Taufname, und Mopsus heißt bei August von Platen der Schäfer in Arkadien, welcher „auf dem Vorgebürg der guten Hoffnung mit der Zeit ein Rittergut zu kaufen wünscht und alles diesem Zweck erspart“.

„Wie kam er drauf?“ fragte Damon, der Schultheiß von Arkadien, und dieselbe Frage an mich zu stellen, ist die Welt vollauf berechtigt.

Aber vielleicht weiß gerade sie das mir mitzuteilen! Wie kommen Menschen dahin, wo sie sich, sich besinnend, zu eigener Verwunderung dann und wann finden?

Ich an dieser Stelle kann nur so viel sagen, daß ich glaube, den Landbriefträger Störzer als dafür verantwortlich halten zu dürfen. Meinen alten Freund Störzer. Meinen alten guten Freund von der Landstraße der Kinderzeit in der nächsten Umgebung meiner Heimatstadt in Arkadien, also – von allen Landstraßen und Seewegen der weitesten Welt.

Nachdem man also seinen Berechtigungsgrund, im alten Vaterlande mitzusprechen, wo gebildete Leute reden, auf den Tisch gelegt hat, kann man hoffentlich weitergehen. Dieses tue ich jetzt mit der Zwischenbemerkung, daß ich absolut nicht sagen kann, ob ich für das heutige Vaterland bloß nur allein orthographisch noch recht oder richtig schreiben kann. Es sind selbst in dieser Richtung während meiner Abwesenheit zu große kleine Leute am Werke gewesen und können unter polizeilicher Beglaubigung das wundervolle ironische Wort des französischen Erbfeindes gebrauchen: *Nous avons changé tout cela.* Das haben wir am verkehrten Ende aufgenommen, sagt freilich leider der deutsche Mann nicht! Der nimmt immer die Sache ernst, vorzüglich wo sein Vorteil, sein Ehrgeiz oder seine Eitelkeit mit im Spiel ist.

Aber es ist doch hübsch im Vaterlande, und wenn dem nicht so wäre, so würde ich dieses sicherlich nicht der Rückreise-Unterhaltung wegen an Bord des Hagebucher auf den langen Wogen des Atlantischen Ozeans niederschreiben. Zum wenigsten werde ich mir, wenn das Wetter gut bleibt, dreißig nicht ganz unnütz verträumte Seefahrtstage – von Hamburg aus gerechnet – durch die ungewohnte Federarbeit verschaffen. Wie aber würden sich meine Nachbarn am Oranjefluß und im Transvaalschen über unsern gemeinsamen Vetter Stopfkuchen wundern und freuen, wenn sie das Kajütengekritzel lesen könnten, so sie es in die Hände kriegten! Zu dem letzteren ist aber so wenig eine Aussicht wie zu dem ersteren, und unser Präsident, mein guter Freund daheim im Burenlande, hat wirklich auch wenig Zeit zu so was, sonst täte er mir wohl den Gefallen und sagte mir seine Meinung über mein Manuskript.

Es war eine sternenklare Nacht, und wir waren auf dem Heimweg. Nicht nach dem Kap der Guten Hoffnung, sondern vom „Brummersumm“. Einer, gottlob, unter einem ganzen, ja auch unter einem halben Dutzend deutscher Männer hat immer Astronomie ein wenig gründlicher getrieben als die übrigen und weiß Auskunft zu geben, Namen zu nennen und mit seinem Stabe zu deuten, wo die andern vorübergehend in der schauerlichen Pracht des Weltalls verlorengehen und kopfschüttelnd sagen: Es ist großartig.

Man kann in vielen Wissenschaften Bescheid wissen und sich doch bei passender, stimmungsvoller Gelegenheit belehren lassen müssen, wo der Sirius zu finden ist, wo die Beteigeuze und wo der Arktur und der Aldebaran. Die den Orion kennen, sind den andern schon weit voraus, denn auch was die Sternbilder anbetrifft, tappen die meisten im dunkeln. So allein und einfach wie mein südliches Kreuz steht das nicht am Himmel, und wenn nördliche Männer den Großen Bären zu finden wissen, ist das schon viel; doch verfallen auch hierbei nicht üble Kenner manchmal in den Irrtum, daß sie den Polarstern ihm zurechnen und nicht dem Kleinen Bären.

Wir sahen auf dem Heimweg vom Brummersumm nach den Sternen. So gegen Mitternacht, wo sie dann und wann am schönsten zu sehen sind und einer am wenigsten bei seiner Betrachtung gestört wird. Zu den Stunden auf einem Feldweg allein mit den noch übrigen Genossen seiner Jugend zu sein – das ist etwas! Wovon man reden mag, ob von Politik, Börsengeschäften, Fabrikangelegenheiten, Ästhetik: jeder Mann und berufenste Mitredner in allem diesem darf ungehöhnt sein gescheitestes Wort abbrechen und aufblinzelnd bemerken: Da liegt auch was drin!

Nachher darf er natürlich eine Prise nehmen, wenn er schnupft; ich für meinen Teil rauche und zünde mir gern beim Anblick des unendlichen Heeres der himmlischen Lichter eine frische Zigarre an, denn das leuchtet doch auch, und der Mensch auf Erden ist darauf angewiesen, gegen alles und also auch gegen das „Übermaß der Sterne“ zu reagieren.

Ja, ja, und wenn man auch noch ein Deutscher älterer Generation ist, so bleibt man doch am liebsten bei dem Nächstliegenden, dem angenehmen Abend, der guten Gesellschaft und was sonst so dazu gehört, wenn man sich auch, der Abwechslung wegen, einmal auf „Siriusweiten“ in das Glitzern und Flimmern überm Kopfe davon entfernt. Und das ist unser gutes Erdenrecht. Es ist uns, wenigstens fürs erste, wichtiger zu wissen, was für Menschen hier mit uns leben und mit welchen von ihnen man es zu tun gekriegt hat, eben kriegt und morgen kriegen wird, als herauszukriegen, ob der Mond und der Mars bewohnt sind und von wem oder was.

Nun mußte mir aber die Weggenossenschaft grade dieses Abends näherliegen als alles, was auf dem Mars, dem Monde, dem Sirius und der Beteigeuze, der Venus und dem Jupiter herumlaufen konnte. Es waren die Leute, mit denen man ging, die einem in der Fremde im Wachen und im Träumen, vorzüglich im Halbwachen und im Halbtraume, plötzlich vorübergleiten oder sich in den Weg stellen! Die, an welche man lange Jahre nicht gedacht und an die man dann um so intensiver zu denken hat:

I, der und der! Ob der gute alte Kerl wohl noch lebt und es ihm nach Verdienst wohl ergeht? ... Und nun – da – guck den Stänker – den hämischen Schulbankpetzer! wie kommt mir der Bursche in seinen zu kurzen Hosen und Rockärmeln grade jetzt, hier an dieser Straßenecke am Hafen, in den Sinn? Hier unter den Palmen und Sykomoren und andern Mohren und bei der äquatorialen Hitze? Aber es freut einen doch, grade bei der Hitze und unter dem exotischen, heidnischen Niggerpack, daß man in kühlerer Zeit mal mit dem heimatländischen, germanischen Christen zu tun gehabt hat und von ihm mit der Nase darauf gestoßen worden ist, wie treuherzig es in der Welt und unter den Leuten zugeht! ... Herrgott, da kommt ja Maier! ... Maier! aber wie von einer Teekistenbemalung, mit dem seligen Porzellanturm von Nanking hinter sich! wie kommt denn der liebe alte Junge und Schafskopf zu dem wundervollen Zopf und dem Mandarinenknopf vierter Rangklasse? ... Herrje, und Stopfkuchen? wie komme ich denn gerade hier auf Stopfkuchen? auf meinen dicken Freund Stopfkuchen, den ersten auf unserer Bank in der Tertia von unten auf gerechnet? Ei, Stopfkuchen! ... Stopfkuchen! –

Ich hatte weder in der Stadt noch im Brummersumm alle wieder beieinander angetroffen. Den einen hatte der Tod, den anderen das Leben daraus weggeholt. Und was den Brummersumm im besonderen anbetraf, so war der eine zu gut verheiratet und der andere zu schlecht, als daß sie noch die gehörige Stimmung für die abendliche, ja manchmal auch nächtliche Gesellschaft und Geselligkeit dort aus ihrem Eheleben hätten herausschlagen können. Einer von uns hatte auf den Brummersumm Verzicht geleistet und blieb bei seinem Weibe aus ganz besonderem Grunde, und sein Name oder vielmehr sein Spitzname war:

Stopfkuchen.

Er wird sehr häufig auf diesen Blättern das Wort haben; es war aber auch eine längere Zeit in der alten Schenke die Rede von ihm gewesen und auf dem Heimwege unter dem glitzernden Sternenhimmel und in der langen Pappelallee auch. Ich aber war eine geraume Zeit hinter den andern gegangen, ohne an der Unterhaltung teilzunehmen, und hatte nur wiederum alte Erinnerungen lebendig werden lassen und hatte nur gedacht:

Stopfkuchen! Und Stopfkuchen auf der roten Schanze! Eduard, solltest du das dir als den besten Bissen vom Kuchen bis zuletzt aufgehoben haben? Welch ein Gott hat dir den wunderlichen Gesellen und guten Jungen hier bis jetzt aus dem Wege geschoben? Also Stopfkuchen wirklich auf der roten Schanze! Und wenn sich Afrika und Europa dir morgen in den Weg stellen: du schiebst sie zur Seite und bist morgen so früh als möglich auf dem Wege nach der roten Schanze und zu deinem dicksten Freunde Stopfkuchen. Also Stopfkuchen wirklich und wahrhaftig auf der roten Schanze!

Ich war, wie gesagt, nach Jahren der Abwesenheit einmal wieder ihr Gast, der Gast der Heimatstadt, im Kruge zum Brummersumm gewesen oder hatte vielmehr endlich einmal wieder daselbst einen Stuhl eingenommen.

Natürlich könnte man hier Gedanken, Gefühle, Stimmungen und Anmerkungen aus der Tiefe des deutschen Herzens, Busens und Gemütes heraus noch recht erklecklich weiter, und zwar ins Behaglichste ausmalen; man tut es aber nicht, sondern bemerkt nur das Notwendige.

Nämlich als Kind schon begleitete ich meinen jetzt längst verstorbenen Vater dorthin. Er hatte seine Pfeife da stehen, doch dann und wann hatte ich ihm auch eine neue hinauszutragen. Viele Leute werden nun sagen: Der selige alte Herr gab da seinem Jungen ein recht sauberes Beispiel! Und sie haben recht und wissen gar nicht, wie sehr sie recht haben. Er tat es auch und gab mir ein nettes Beispiel; freilich nicht bloß in dieser Hinsicht.

Ich bin also Stammgast des Brummersumms von Kindesbeinen an gewesen und habe schon um dessentwegen mitgeheiratet, um gleich dem wackern alten Vater allerlei von dorther an meine eigenen Jungen drunten im „heißen Afrika“ weitergeben zu können. Die verwilderten, halbschlächtig deutsch-holländischen Schlingel geben gottlob unter den Buren, Kaffern und Hottentotten manch ein Kulturmoment weiter, was aus dem Brummersumm stammt. Sie sagen dann gewöhnlich dabei: Mein Vater hat's gesagt, und der hat's schon von seinem Vater, unserm Großvater in Deutschland.

Ja, so ein richtiger deutscher Spießbürger in seiner Kneipe!

Man zieht die Achseln nur deshalb über ihn, weil man selbstverständlich stets den unrichtigen für den richtigen nimmt. Wo in aller Welt als wie so im Brummersumm läßt sich denn der Spieß leichter umdrehen, auf daß man die langweilige, die dumme, die abgeschmackte, die boshafte, die neidische Welt drauflaufen lasse? Und wo kann man kräftiger nachstoßen, um das überleidige Untier völlig zu Boden zu bringen?

Wie sich freilich die Frau Spießbürgerin zu dem Brummersumm verhält, das steht auf einem ganz andern Blatte. Auf einem ganz besondern Blatte aber steht, wie sich meine selige Mutter zu ihm verhielt. Erst in reifern Jahren natürlich habe ich den Sachverhalt herausgekriegt durch wehmütig-fröhliche Rückerinnerung, und da ist der Gesamteindruck ein höchst erfreulicher. Das brave Weib hatte sich nicht nur mit dem Brummersumm abgefunden, sondern es ermahnte dann und wann meinen Vater: „Du, es ist wohl Zeit für deinen Abendweg!“ Und seltsamerweise geschah dieses am häufigsten dann, wenn Sorge, Kummer und Verdruß unser Haus in der Stadt umkrochen und böser Lebensdunst sich darüber, und also zumeist über ihrem teuren Haupte, zusammengezogen hatte. Es gibt wohl nichts, was mehr für die Frau und den Brummersumm spricht.

Ich hatte auch an dem Abend, unter dessen Sternkonstellationen diese Blätter sich auftaten, alle möglichen alten Erinnerungen von neuem aufgefrischt. Sie hatten im Brummersumm gemeint, ich sei doch recht schweigsam aus dem Kaffernlande auf Besuch nach Hause gekommen; und sie bedachten wie gewöhnlich nicht, daß man den Mund halten und doch die lebendigste Unterhaltung mit einem, mit mehreren, mit vielen führen kann. Dazu hatte ich wirklich das meiste vernommen, was an diesem Abend um mich her gesprochen worden war, und ein im Vorübergehen rasch und leicht hingesprochenes Gesprächsthema hatte mich in der Tat länger und eingehender beschäftigt und nachdenklicher bei sich festgehalten als die andern um den alten Tisch herum.

Es gehört nämlich jetzt einer von uns der kaiserlichen Reichspost als Beamter an, und der erzählte oder gab vielmehr beiläufig in die Unterhaltung hinein:

„Es wird vielleicht einige der Herren interessieren, daß man uns heute angezeigt hat, daß Störzer tot ist. Unser ältester und weitgelaufenster Landpostbote. Es sollte mich wundern, wenn einer hier unter uns wäre, dem er nicht über den Weg gelaufen wäre.“

„I, natürlich!“ klang es im Kreise. „Der alte Störzer! Also der hat endlich auch seinen Pilgerstab in den Winkel gestellt.“

„Mit allen Ehren. Volle einunddreißig Jahre ist er gelaufen, und wir haben uns unter dem ersten Eindruck der Nachricht drangemacht und haben es ihm postamtlich nachgerechnet, welchen Weg er in seinem Dienste treu und redlich, ohne einen einzigen Urlaubstag zu verlangen, zurückgelegt hat. Wie viele Male glauben die Herren, daß er hätte rund um die Erde herum gewesen sein können?“

„Da bin ich doch neugierig!“ sagte der ganze Brummersumm.

„Fünfmal. Rund um den Erdball. Siebenundzwanzigtausend und zweiundachtzig Meilen in vierundfünfzigtausendeinhundertvierundsechzig Berufs-Gehstunden! Und, wie gesagt, keinen Tag hat der Glückspilz in seinen einunddreißig Dienstjahren ausgesetzt – aussetzen müssen aus Gesundheitsrücksichten. Wie viele der Herren würden gegen seine Beine die ihrigen mit anhängendem Rheuma, mehr oder minder ausgesprochener Ischias und was sonst zu den Beigaben einer seßhaften Lebensstellung gehört, mit Vergnügen ausgetauscht haben! Ach, und wenn er sie hätte vererben können!“

„Das weiß der liebe Gott!“ seufzten verschiedene der Herren, indem sie noch einmal hinzufügten: „Also der alte Störzer ist tot!“ –

„Also der alte Störzer ist tot!“ hatte auch ich gemurmelt. „Hat sich zur Ruhe gesetzt, nachdem er fünfmal die Weglänge um den Erdball zurückgelegt hat. Hm, hm, den hättest du gern auch noch einmal gesehen und gesprochen vor seinem allerletzten Wege, der nicht mehr zu seinen irdischen, amtlichen gehörte!“ – Und ein unbehagliches Gefühl, eine Pflicht und Verpflichtung leichthin versäumt zu haben, überkam mich. „Mußte der Mann es denn diesmal so eilig haben? Konnte er es keinen Augenblick ruhig abwarten, bis du dich auch seiner erinnern würdest, Eduard, um auch ihm seinen ihm zukommenden Freundschaftsbesuch bei diesem deinem Besuch in der Heimat abzustatten?“

„Du mußt dich doch seiner vor uns allen gut erinnern, Eduard?“ hatte vorhin einer am Lebenstisch mich gefragt.

„Jawohl, ich erinnere mich seiner sehr gut“, hatte ich geantwortet; und nun sind die folgenden Blätter seinetwegen, Störzers wegen, mit geschrieben worden.

„Jawohl, jawohl, wie gut ich mich seiner erinnere!“ wiederholte ich mir, eine halbe Stunde oder eine Stunde später, als ich im Wirtshause, in meinem Absteigequartier in hiesiger Stadt, mit mir und den Heimatseindrücken des eben abgelaufenen Tages allein war. Er, Störzer, gehörte freilich zu meinen allerbesten Jugendbekannten, und mein Vater war's gewesen, der mich mit ihm bekannt gemacht und auf seinen Umgang hingewiesen hatte, indem er mir riet: „Sieh einmal, mein Junge, an dem nimm dir ein Beispiel. Der macht sich weder aus dem Wege noch aus dem Wetter was. Und was alles trägt er täglich den Leuten in seiner Ledertasche zu und macht dabei an dem einen wie an dem andern Tage das gleiche Gesicht.“

Der letztere Teil dieser Rede war mir damals wohl etwas dunkel geblieben; heute weiß ich, daß mein seliger Papa vor dem Worte: Gesicht wohl die dazugehörigen Beiwörter: dumm, gleichgültig, stillvergnügt, unterschlagen hatte. Aber welch ein richtiger Junge achtet nicht einen Menschen, der ihm als ein Muster aufgestellt wird, weil er sich weder aus dem Wetter noch aus dem Wege etwas macht?

„Wo das Kind eigentlich wieder stecken mag?" pflegte in jenen glücklichen Tagen meine arme selige Mutter zu fragen.

Das Kind steckte bei Störzern, seiner Kunst, sämtlichen autochthonen und auch einigen exotischen Vögeln nachzupfeifen, -flöten, -zirpen und -schnarren, bei seiner „Kriegsbereitschaft" anno achtzehnhundertfünfzig und bei seiner – Geographie. Die Sache war doch ganz klar, so dunkel sie auch einem den Deckel vom Suppennapf abhebenden und vergeblich um sich schauenden Muttergemüt sein mochte. Beiläufig, daß wir ebenfalls zur Post (damals noch nicht kaiserlichen) gehörten und daß mein Vater in seinen letzten Lebensjahren sogar Herr Postrat genannt wurde, trug wohl auch das seinige zu dem angenehmen und innigen Verhältnis zwischen mir und Störzer bei. Wir rechneten uns einander, wie man das ausdrückt, zueinander; und auf meinen Wegen nicht um, sondern durch die Welt habe ich niemals ein selten Posthorn zu Ohren bekommen, ohne dabei an meinen seligen Vater, meine selige Mutter und den Landbriefträger Störzer zu denken. Übrigens bekam Störzer auch jedesmal eine Zigarre mit auf den Weg, wenn er dem Vater und mir draußen vor der Stadt begegnete. Da war's wohl kein Wunder, wenn er jedesmal, wo er mich allein traf, zu fragen pflegte: „Nu, Eduard, wie ist es? willst du mit? darfst du mit?" –

Ich hätte ihm doch, wenn nicht zuerst, so doch unter den ersten meinen Besuch machen sollen. Jetzt war es wieder einmal zu spät für etwas. Auch die kaiserliche Reichspostverwaltung hatte ihr Recht an ihm verloren, holte ihn sich nicht mehr zu neuem Marsch durch gutes und böses Wetter vor Tage aus den Federn, oder besser, von seinem Strohsack; und ich – ich saß bei meinem Freunde Sichert, dem Wirt zu den drei Königen, und gedachte seiner, wie man eines gedenkt, zu dem man in seiner Kindheit aufgesehen hat und mit dem man Wege gegangen ist, aller Phantasien, Wunder und Abenteuer der Welt voll.

Man hat so Stunden, wo einem alles übrige Leben und alle sonstige Lebendigkeit zu einem fernen Gesumm wird und man nur eine einzelne Stimme ganz in der Nähe und ganz laut und genau vernimmt.

„Damit ist es nun nichts, Eduard!“ hörte ich Störzer ganz deutlich seufzen. Er hatte mir aber, das heißt an dem Tage damals, ein Kuckucksei in einem Grasmückenneste zeigen wollen, und es hatte sich gefunden, daß schon andere Naturforscher vor uns dagewesen waren und daß der Kuckuck die ganze naturhistorische Merkwürdigkeit aus dem Busch in dem alten Steinbruche, rechts abseits der Landstraße und des Postdienstweges, geholt hatte.

Und wieder, von einem andern Tage her, höre ich diese Stimme: „Siehst du, Eduard, wenn ich heute deine Mutter gewesen wäre, so hätte ich dich an diesem Morgen doch vielleicht nicht mit mir gehen lassen, und wenn es auch hundertmal die großen Ferien sind. Noch hält dies zwar jeder, der nichts davon versteht, für einen recht schönen Tag; aber, aber, ich sage nichts, wie ich die Gegend hier herum und die Wetteraussichten kenne. Mir wölkt es sich trotz allem gegenwärtigen Sonnenschein dahinten und von so ganz herum, aber gerade aus unserer Wetterecke hinter Maiholzen, doch ein bißchen zu verdächtig auf. Willst du lieber noch umkehren, Eduard, so tust du vielleicht deinen lieben Eltern und deinem Anzug einen großen Gefallen. Ich will nichts sagen, aber es könnte doch eine Stunde kommen, wo sie dich am liebsten zu Hause wüßten.“

Es ist nicht immer dieselbe Stimme. Es fällt noch eine andere ein, und das ist die meinige, die sich aber noch lange nicht „gesetzt“ hat und sich erst in einigen Jahren „setzen“ wird.

„In Südamerika ist ein großes Erdbeben gewesen, Störzer. Mein Vater hat es heute früh beim Kaffee aus der Zeitung vorgelesen. Das hat viele Ortschaften übereinandergeschmissen und darunter eine Stadt so groß wie unsere. Donnerwetter, wer da hätte bei sein können, Störzer!“

„Ja, Eduard, das sagten Anno fünfzig auch viele von uns bei der großen Mobilmachung, wenn alte Leute, die dabei gewesen waren, von der Schlacht bei Leipzig oder der Schlacht bei Waterloo und den Drangsalen auf den Märschen erzählten. Nachher war's uns allen aber doch recht lieb, daß es diesmal zu nichts Rechtem kam. Das größte Großmaul von uns hatte die Geschichte bloß nur auf dem Exerzierplatz bald satt. Und selbst Karl Drönemann, den sie zu einem reitenden Postillon bei der Kriegspost gemacht hatten, meinte: zu Hause davon nachher zu erzählen, wiege es doch nicht auf, es vorher mit seinem eigenen menschlichen Leben selber durchgemacht zu haben. Das ist wie mit den Reisebeschreibungen. Nimm da nur unsern Levalljang, wie hübsch sich das liest, weil er es so hübsch zu Hause geschrieben hat ... Also in Südamerika ist das große Erdbeben diesmal gewesen? Ja, ja, die Geographie ist doch die allerhöchste Wissenschaft für uns alle von der Post! Wie viele sind wohl umgekommen, Eduard?“

„Na, so an die hunderttausend. Auf das genaueste kann man das wohl nicht ausrechnen.“

„Hm, ein paar tausend mehr oder weniger! Einer mehr oder weniger! Ja, einer mehr oder weniger – weniger. Eduard, unser Herrgott muß es doch wohl verantworten können. Ist das nicht auch deine Meinung?“

„Das weiß ich nicht; aber ihre dortige Brief- und Paketbestellung muß das höllisch in Unordnung bringen, sagt mein Vater, und da kommt doch sicherlich vieles als unbestellbar zurück. Meinst du nicht auch, Störzer?“

„Einer mehr oder weniger in der Welt.“

„Kaufmann Katerfeld, der da einen reichen Bruder hat, wie meine Mutter sagte, ist auch schon heute beim Kaffee beim Vater gewesen und hat danach angefragt.“

„I, sieh mal, Eduard! Auch einer mehr oder weniger! Ja, diesen auswärtigen Katerfeld, er heißt mit Vornamen Sekkel, kenne ich noch ganz gut aus meinen Jungensjahren. Das muß also in Chile gewesen sein, dein Erdbeben; denn dahin ist er ausgewandert und hat's zum Millionär gebracht. Und das sollten wir alle tun. Er ist unverheiratet geblieben, weil ihn hier eine Gewisse nicht gewollt hat. Das kannst du halten, wie du willst, Eduard, denn das ist doch die Nebensache. Sieh, sieh, also der ist mit in das Erdbeben hineingeraten! Ja, da hätte ich in Herrn Samuel Katerfelds Stelle mich auch gleich bei deinem Herrn Vater, dem Herrn Postmeister, nach dem Nähern erkundigt. Aber – das verstehst du noch nicht, Eduard. Also du willst auf gut und schlecht Wetter heute morgen wieder mit. Nun, denn nimm den Weg unter die Füße und laß uns von dem Levalljang sprechen. Das ist doch unser Buch! und der Welt- und Reisebeschreiber treibt einem die trüben Grillen aus dem Kopf. Und so ein Leben wie der sollten wir alle führen unter den wilden und zahmen Hottentotten. Ich habe wieder die halbe Nacht in dem Buche studiert.“

„Du hast heute eine schwere Tasche.“

„Eine schwere Tasche! ... Ja, was schreiben die Leute! Allein die rote Schanze! der Bauer von der roten Schanze! Wer mir im Amte von der roten Schanze und ihren Poststücken hülfe, Eduard, dem wollte ich auf den Knien für die Erlösung danken. Es ist freilich heute bloß nur die Zeitung. Die trägst du mir wohl wieder einmal über den Graben nach der Schanze hinüber. Nicht wahr, du tust mir den Gefallen? Ich sortiere mir derweilen die übrigen Briefe und Gartenlauben und Modenzeitungen an die Herren Ökonomen und Pastöre und Fabrikinspektoren ein bißchen handgerechter diesseits des Grabens."

Was hätte ich damals nicht dem Landpostboten Störzer zu Gefallen getan?

„Natürlich bringe ich deine Sachen zu Quakatz, Fritze, und wenn er auch noch so sehr sein Sauerampfergesicht mir schneidet und seine wilde Katze mir am liebsten in mein Gesicht springen möchte. Setze du dich dreist untern Baum vor dem Graben und sortiere deine Geschichten. Ich springe schon hinüber zur roten Schanze und nehme sie mit Sturm, wie Stopfkuchen sie nehmen will. Damit werden wir noch fertig, ehe dein Gewitter heraufkommt, Störzer!"

„Je, so rasch kommt's hoffentlich nicht, Eduard."

Wir steigen nun, trotz aller schlimmen Wetterzeichen rundum am Horizont, in der Morgensonne wacker zu.

„Eine schwere Tasche!" hörte ich in meinem Absteigequartier zu den Heiligen Drei Königen meinen harmlosen Jugendbekannten Störzer noch einmal stöhnen oder vielmehr seufzen; aber wenn ich auch noch so sehr ein Herz und eine Seele mit ihm war: was kümmerte mich die Korrespondenz der Bauern, der Gutsherrschaften, der Fabrikleute, die er in der Tasche über Land trug? Dafür kroch, flog, lief, schwirrte, leuchtete, flimmerte und glänzte doch allzuviel Wichtigeres sowohl an der Landstraße wie an den Beiwegen. Ja, wenn sich der Kuckuck, die Grasmücke, der Igel, der Hase und diese übrige Gesellschaft, eingeschlossen die Sonne, der Schatten, der Wind, der Regen, der Blitz und der Donner, auch auf schriftlichen Verkehr untereinander durch Störzers Vermittlung eingelassen haben würden, dann hätte es vielleicht noch wundervoller sein können. Aber es war auch so ganz gut, wo der Roggen und der Weizen, die Kornblume und die Klatschrose rundum ohne Tinte, Feder und Papier auskamen und sich ohne fortgeschrittene Bildung innerhalb ihrer Isotheren und Isothermen freundschaftlich und geschäftlich beieinander zu halten wußten!

Isotheren! Isothermen! Wie diese gelehrten Worte zu den lieben Namen, den Heimatsnamen von allem, was „auf dem Felde" („Sehet die Lilien" und so weiter) wächst, paßten, so paßten sie auch zu unserer übrigen Erdkunde (Geographie) damals. Und doch, was für wundervolle Geographen, Erdkundige, Erdbeschreiber wir damals waren, Störzer und ich! Wir wären die rechten Leute damals für den alten freundlichen und gelehrten Karl Ritter gewesen, wenn er seine Landschaftsbilder auf die große schwarze Tafel hinter seinem Katheder in Berlin malte.

Und wie weit man um diese Lebenszeit auf den paar Stunden Weges von einem Dorf, Pastorhaus und Gutshof zum andern in die weite, unermeßliche Welt hinauskam!

Zu Hause, in Neuteutoburg, weiß ich nur zu gut, daß die Welt, oder in diesem Falle der Erdball, durchaus nicht unabmeßlich ist, sondern daß dieser im Äther schwimmende Kloß gar nicht so dick ist, wie er sich einbildet. Aber wenn ich wenigstens bis zu den Kaffern und Buren und zu einem anständigen Vermögen gekommen bin: wem anders verdanke ich das, als dem Landbriefträger Friedrich Störzer und seinem Lieblingsbuch Le Vaillants Reisen in das Innere von Afrika, aus dem Französischen übersetzt und mit Anmerkungen von Johann Reinhold Forster?

Wie deutlich ich in den Heiligen Drei Königen die Stimme höre: „Die Geographie, die Geographie, Eduard! Und so ein Mann wie dieser Levalljang! Was wäre und wo bliebe unsereiner ohne die Geographie und solch ein Muster von Menschen und Reisenden? Nimm nur mal an, so Tag für Tag, jahrein, jahraus die nämlichen Wege. Jedes Dorf wie deine Tasche. In jedem Hause, von der ältesten Großmutter bis zum eben ausgekrochenen, jüngsten Wurm, alles wie deine eigenen Leute in deinem eigenen Hause! Und aus jedem Hause der Ruf: Da kommt Störzer! Und in jedwedem Hause: Störzer hat die Zeitung gebracht, Störzer bringt 'n Brief! – Könntest du das auf Lebenszeit und immer auf denselben Wegen aushalten, Eduard, ohne deine Gedanken und Einbildungskraft und Phantasien und Lektüre, Eduard? Müßte dir das nicht auch auf die Länge langweilig werden ohne die Geographie?“

„Nee, Störzer! Denn wir haben sie auf dem Gymnasium, und da haben sie mich gestern erst ihretwegen eine Stunde länger in der Schule behalten. Bithynien, Paphlagonien und Pontus wußte ich: aber ich sollte alle alten Staaten von Kleinasien wissen.“

„Das tut mir deinetwegen ja sehr leid, Eduard, aber mir hättest du noch einen Gefallen getan, wenn du sie beim Nachsitzen noch auswendig gelernt hättest, wenn auch bloß für mich.“

„Für dich, Fritze? Nun denn: Mysia, Lydia, Karia, Lycia, Pisidia, Phrygia, Galatia, Lykaonia, Cilicia, Kappadozia, Armenia minor, das sind sie alle; denn Bithynien, Paphlagonien und Pontus habe ich dir schon genannt."

„Donnerwetter, Eduard, das ist ja gerade, als ob du uns Deutsche in allen unsern Unterabteilungen aufzähltest! Es klingt bloß 'n bißchen hübscher und ausländischer. Nun sieh mal, was für ein Vergnügen muß das für dich sein, daß du dieses alles so an der Schnur hersagen kannst und dir dabei was denken kannst, hier auf der Landstraße mit der ganzen altbekannten Umgebung rundherum und da – hier – der roten Schanze vor der Nase."

„Campes Reisebeschreibungen sind mir lieber. Und du bist mir auch lieber, Störzer. Mysien, Lydien, Karien, bringe du das da unten in dem dumpfigen Schulstall mal in deinen Kopf und sehne dich mal nicht nach dem Le Vaillant seinem Afrika und seinen Hottentotten, Giraffen, Löwen und Elefanten. Stopfkuchen haben sie auch mit mir eine Stunde über den Unsinn dabehalten. Der fragt aber nichts nach Afrika. Dem seine tägliche Sehnsucht ist dort die rote Schanze; na, das weißt du ja."

„Das weiß ich freilich, und es ist närrisch genug von dem Dicken – deinem närrischen Kameraden. Weißt du, Eduard, wenn ich mir aus der Weltkunde ein Faultier vorstelle, so muß ich mir dabei immer diesen deinen Freund und Schulkameraden mit vorstellen. Der und die rote Schanze!"

Die rote Schanze! Ich hatte doch allmählich ein wenig in all diese Erinnerungen, in diesen Wechsel von Stimmen und Gestalten hineingegähnt und das Bedürfnis gefühlt, nun auch Störzer seiner ewigen Ruhe zu überlassen und selber für diese Nacht zur Ruhe zu gehen, als mich dieser Name doch noch eine Weile wach und bei meinem Jugendleben lebendigst festhielt. Die rote Schanze!

Es überkam mich ein lachendes Behagen über die rote Schanze in ihrer Verbindung mit dem Dicksten, dem Faulsten, dem Gefräßigsten unter uns von damals.

„Im Bette habe ich sie am festesten beim Wickel, Eduard", pflegte Stopfkuchen zu sagen. „Wenn ich mal träume, dann träume ich von ihr, und wer dann Herr auf ihr ist und keinen Schulrat, Oberlehrer und Kollaborator über den Graben läßt, das ist nicht der Bauer Quakatz, sondern das bin ich. Ich! sage ich dir, Eduard."

Und in den Traum nahm auch ich sie, die rote Schanze, mit hinein in dieser Nacht in den Heiligen Drei Königen der Heimatstadt. In diesem Traume sah ich ihn noch einmal in meinem Leben so traumhaft aller Wunder voll, wie ich ihn von der Oberquarta und Untertertia aus gesehen hatte, diesen Bauernhof – diese rote Schanze, diesen alten, herrlichen Kriegs- und Belagerungsaufwurf des Prinzen Xaverius von Sachsen, den Hof des Bauern Andreas Quakatz, aus welchem der kursächsische Herr Prinz in den sechziger Jahren des achtzehnten Jahrhunderts nicht nur die Stadt da unten, sondern auch die hohe Schule, unser Gymnasium, darin so gründlich beschossen hatte, daß sie beide sich ihm sofort übergeben mußten, obgleich er wahrlich nicht der erste und größte Held des Siebenjährigen Krieges war. Der Siebenjährige Krieg war ein paar Jahre länger vorüber als meine und Stopfkuchens Kindheit; aber die rote Schanze war noch immer vorhanden in diesem Traume, wie sie unser Jungensideal gewesen war.

Da stieg sie auf im wohlerhaltenen Viereck. Nur durch einen Dammweg über den tiefen Graben mit der übrigen Welt in Verbindung! Mit allem, was sie der Knabenphantasie zu einem Entzücken und Geheimnis gemacht hatte: mit den Kanonen und Mörsern des Prinzen Xaver und mit der undurchdringlichen Dornenhecke, die der böse Bauer Andreas Quakatz auf ihrer Höhe um sich, sein Tinchen, sein Haus, seine Ställe und Scheunen und alles, was sonst sein war, zum Abschluß gegen die schlimme Welt gezogen hatte!

Ich höre ein dumpfes Rollen und Krachen in meinen Traum von der roten Schanze hinein; aber es ist nicht der kursächsische Kanonendonner gegen den König Fritz von Preußen: es ist das Gewitter, bei dem Störzer sagt: „Es kommt doch noch rascher über uns, als ich mir dachte. Da, Eduard, nun tu mir den Gefallen und lauf zu dem Adressaten Quakatz mit seinen Sachen hinüber. Da, seine Zeitung – hier auch ein, zwei, drei Briefe. Was der Mann eine Schreiberei um sich hat! ach, Eduard, und immer ein paar mit den Gerichtssiegeln! Da – das Kind, sein Tinchen, guckt schon um den Torpfeiler! Gib sie ihm ab, die Sachen; ich sortiere hier unter der Hainbuche derweil das übrige, ehe das Unwetter ganz da ist."

„Was willst du von uns, dummer Junge?" höre ich nun ein feines Stimmchen, das gar böse tut, und zwar inmitten des Gekläffs von einem halben Dutzend vor Wut und Gift außer sich geratener Haus- und Hofköter aller Sorten und

Gattungen. Und sie lassen es nicht bei dem Blaffen und Zähnegefletsch. Sie fahren mir nach der Hose und springen mir gegen die Kehle: man hätte das vollste Recht, dabei aus jedem Traume selbst als älterer Herr und südafrikanischer Bur mit einem hellen Schrei zu erwachen.

Ich bleibe aber doch darin, auf dem Damm, vor den beiden Torpfeilern vom Quakatzenhof auf der roten Schanze, und die Kinderstimme kreischt lachend und höhnisch: „Laßt ihn! Wollt ihr herein! Das ganze Gerichte! Präsendent, Akzesser, Reffrendar! Kusch alle! kusch Geschworener Vahldiek! kusch Meier, kusch Brauneberg! kusch das ganze Geschworenengerichte!“

„Da sind eure Postsachen, eure Schreibsachen und die Zeitung, du Giftkatze!“ rufe ich, der rotköpfigen Krabbe des Bauern von der roten Schanze die Korrespondenz des Bauern in die aufgehaltene Schürze werfend, und von dem ungastlichen Anwesen über den Fahrdamm auf das freie Feld und zu der Hainbuche und zu Störzer zurückweichend.

„Komm, Eduard“, sagt Störzer, „wir wollen den Weg zwischen die Beine nehmen, daß wir wenigstens Maiholzen noch trocken erreichen. Da, sieh mal hin, wie es dahinten schon gießt. Das ist nun so 'n schöner Sommertag. Na, gottlob, daß wir wenigstens die rote Schanze und Quakatz hinter uns haben.“

Nun war es seltsam, wie sich in dieser Nacht in den Heiligen Drei Königen Vergangenheit und Gegenwart im Bett, Schlaf, Traum und Halbtraum vermischten. Es rauschte und rollte, wie großer Platzregen und schwerer Donner: ich lag im Bett in den Heiligen Drei Königen als Gatte, Vater, Grundbesitzer und großer Schafzüchter am Oranjefluß und lief zu gleicher Zeit mit dem Landbriefträger Störzer als zwölfjähriger Schuljunge im strömenden Gewitterschauer, unter Blitz und Donner über das freie Feld, um Maiholzen, das gute Dorf hinter der roten Schanze, zu erreichen – wenn nicht mit trockenen Kleidern, so doch wenigstens bei lebendigem Leibe.

Erst als der Kellner mit dem Rasierwasser kam, erfuhr ich, daß es wirklich gegen Morgen noch ein heftiges Gewitter gegeben habe, und es war wirklich nichts dagegen zu sagen, daß der junge Mann den höflichen Wunsch äußerte, ich möge „die Sache angenehm verschlafen haben“.

Das wirkliche Gewitter der Nacht hatte ich angenehm verschlafen, oder sein Getöse hatte sich doch so sehr mit dem Rollen und Rauschen der Vergangenheit vermischt, daß ein Unterscheiden von Traum und Wahrheit nicht möglich war. Nun aber hatte ich, ehe der Kellner anklopfte, längere Zeit auf etwas anderes horchen müssen, was ebenfalls in Traumbeschreibungen häufig literarisch vorkommt: die Turmglocken der Heimatstadt. Ich hatte es sechs schlagen hören und halb sieben und sieben. Und dabei, grade bei diesem angenehmsten wachen Liegen und Dehnen und Strecken im Bette und dem Glockenklang dieser Stunden, war mir ein anderes von neuem lebendig in der Seele geworden – süß und schauerig lebendig! Die Stunde nämlich, in welcher man in der Schule zu sein hatte – im Sommer um sieben, im Winter um acht, und, von mir ganz abgesehen, Stopfkuchen schändlicherweise auch! Stopfkuchen! er, den „der ganze Quark gar nichts anging, wenigstens ein Beträchtliches weniger als den ganzen übrigen Cötus zusammen".

Er fragte wahrhaftig gar nichts danach, was „die Leute" (er meinte die Herren Lehrer) wußten und lächerlicherweise ihm mitzuteilen wünschten. Er war ganz gut so, wie er war, und – kurz und gut, es war eine Niederträchtigkeit, im Sommer um sieben und im Winter um acht „da sein" zu müssen, um sich doch nur mit völliger Verachtung strafen zu lassen; da „alles andere doch nichts half".

Stopfkuchen! Wahrlich nicht der Kirchenglocken wegen (obgleich er auch den Versuch gemacht hatte, Theologie zu studieren), sondern einzig und allein der Turmuhr halber, stieg er mir nun so hell wie Störzer in der Seele empor, mein Freund Stopfkuchen, mein anderer Kindheits-, Feld-, Wald- und Wiesenfreund Stopfkuchen, den ich nur dann seinen Schritt etwas beschleunigen sah, wenn ihn der alte Konrektor mit der Haselnußgerte im Kreise nicht um die Welt, sondern um die schwarze Schultafel und die ungelöste mathematische Aufgabe jagte.

Ja, zu unserer Zeit kriegte man noch die Prügel, die einem gebührten ... Gott sei Dank! – „Stopfkuchen" nannten wir ihn auf der Schule. Eigentlich hieß er Heinrich Schaumann und war das einzige Kind so dürrer, eingeschrumpfelter, zaunkönighaft-nervös-lebendiger Eltern, daß die in der Stadt nicht unrecht zu haben schienen, die da behaupteten, er habe in einem Kuckucksei gelegen und sei schändlich doloserweise dem Herrn Registrator und der Frau Registratorin Schaumann ins Nest geschoben worden. Wie dem auch sein mochte: sie hatten ihn herangefüttert und ihm zu- und in den Schnabel getragen, was sie vermochten; und es war ihm gediehen.

Und wie ein Zaunkönigspaar seine Freude und seinen Stolz an seinem dicken Nestling hat, so hatten auch Vater und Mutter Schaumann ihren Stolz und ihre Freude an ihrem „Dicken", und wollten selbstverständlich auch noch nach einer andern Dimension hin etwas aus ihm machen, nämlich etwas Großes. Natürlich einen Pastor, Regierungsrat, Sanitätsrat oder dergleichen.

„Die Sache könnte mir schon passen, Eduard“, sagte Heinrich damals häufig zu mir. „Wenn nur nicht die verdammten Vorstrapazen wären; das schauderhafte Latein und gar Griechisch, und nachher, um einen verrückt zu machen, das Hebräische!“ seufzte er dazu und rieb sich nicht selten die Schultern dabei.

„Und die rote Schanze, Heinrich.“

„Die auch, Eduard, obgleich das nur eine Dummheit von euch andern ist. Na, mir ist's übrigens eins, was ihr Esel von mir sagt und denkt! Und dann läßt sich das auch gar nicht in einem Atem nennen: das Gymnasium und Quakatzen seine rote Schanze. Herr du mein Gott, wenn mich einer zum Bauer auf der roten Schanze machen wollte; ich hinge jedes Pastorhaus in der Welt drum an den Nagel und schlüge Kienbaum mit Vergnügen dreimal tot!“

„Aber Stopfkuchen!“

„Jawohl, Stopfkuchen! Nennt mich nur so; ich mache mir auch daraus nichts. Wenn ich Kuchen kriege, so stopfe ich; darauf könnt ihr euch verlassen. Und nochmals, was Quakatzen anbetrifft, so mache ich mir gar nichts daraus, was die ganze Welt über ihn spricht. Meinetwegen kann er Kienbaum sechsmal totgeschlagen haben; darum bleibt er doch der Bauer auf der roten Schanze und hat's am besten in der ganzen Welt. Und übrigens, bewiesen ist ihm ja von keinem Gerichte was, und wenn jetzt die ganze Welt auf ihn hetzt, beweist das gar nichts gegen ihn. Auf mich hetzt auch die ganze Welt, und wenn ihr morgen Blechhammern, euren Herrn Oberlehrer Doktor Blechhammer, irgendwo am Wege abgegurgelt fändet, dann könntet ihr dreist auch mir die Geschichte in die Schuhe schieben und behaupten: ich sei's gewesen und habe mir endlich das Vergnügen gegönnt und meine Rache ausgeübt. Quakatz auf der roten Schanze hat ganz recht, wenn er am liebsten seinen Wall vom Prinzen Xaver her auch lieber mit Kanonen als bloß mit seinen Dornbüschen bespicken möchte gegen die ganze Welt, die ganze Menschheit. Hu, wenn ich mal von der roten Schanze aus drunterpfeffern dürfte – unter die ganze Menschheit nämlich; und nachher noch die Hunde loslassen! Du weißt es, Eduard, und kannst es bezeugen, wie reif ich diesmal wenigstens war. Und sie haben mich doch wieder sitzenlassen und nicht mitgenommen in die Obertertia! Da komme du mal nach Hause und habe Freude an deinen Eltern und sonst am Leben. Na, da soll man wohl zum

Eremiten werden und sich hinter seine Kanonen zurückziehen. Da hilft mir nichts als wie die rote Schanze und die Idee, daß ich ihr Herr wäre! Du läufst mit Störzern, Eduard; und ich liege vor der roten Schanze – jeder nach seinem Geschmack – und ich denke mich, mit der ganzen Welt und Schule hinter mir, in sie hinein, und wie mir da das Rindvieh Blechhammer kommen könnte. Hier – sieh mal her, Eduard! daß mich Tinchen Quakatz gestern hier in die Hand gebissen hat, die bissige Katze, das paßt mir ganz. Da soll wohl einer nicht beißen, wenn ihm keiner seine Ruhe lassen will? Übrigens hat die Kröte die Maulschelle, die ich ihr darauf versetzt habe, auch gespürt; und als der Alte dazugekommen ist, hat er jedem von uns recht geben müssen. Spuckt euer Gift aus, hat er gesagt. Es ist besser, als es in sich hereinzufressen, hat er gesagt. Und wenn einer weiß, wie recht er da gehabt hat, so bin ich das. Auf der untersten Bank zu sitzen und zu all Blechhammers Redensarten keinen Muck sagen zu dürfen, das ist zehntausendmal schlimmer, als Kienbaum nicht totgeschlagen zu haben und doch dafür angesehen zu werden. Ja, sieh mich nur so drauf an, Eduard. Du bist auch so einer von denen, die sich stündlich gratulieren, daß sie nicht der Mörderbauer von der roten Schanze oder Heinrich Schaumann sind."

„Da verkennst du mich aber riesig, Heinrich."

„Gar nicht, Eduard; ich kenne euch nur. – Alle kenne ich euch, in- und auswendig."

Ich hatte mich rasiert. Nämlich ich rasiere mich selber: da drüben oder da hinten im Kaffernlande könnte man lange auf den Barbier warten, und wenn er einen Vogel Strauß bestiege, um mit seinem Handwerkszeug eiligst von einem Kraal zum andern, von einem Bauernhof zum andern zu reiten und die Kundschaft zu bedienen. Die Sonne stand hell am Himmel und schien mir auf den Kaffeetisch. Ich durfte meinem Wirtshausbett in den Heiligen Drei Königen das Kompliment machen, daß ich trotz allem einen ausgezeichnet guten Schlaf in ihm getan hatte; einerlei, wie es zehntausend andern vor mir darin ergangen sein mochte.

Es war ein schöner Morgen heraufgekommen mit Hilfe des Nachtgewitters. So frisch und licht und leicht in seinem Anfang, daß man die Aussicht auf einen neuen heißen Tag wohl mit in den Kauf nehmen konnte.

„Also der alte Störzer ist tot!" seufzte ich behaglich-wehmütig über dem Kaffeetisch und der neuesten Zeitung, die mir der Kellner mit den Worten gebracht hatte: „Unser Herr schickt sie dem Herrn zuerst, weil er meint, sie interessiere ihn wohl zuerst im Hause, da – Sie so weit aus der Fremde nach Hause kämen. Es hätte diesmal Zeit damit, bis sie in das Gastzimmer zu den übrigen Herren herunterkäme.“

In diesem Worte des höflichen jungen Menschen kam auch wieder ein Stück Bekanntschaft aus alter Zeit zum Vorschein. Es war sehr freundlich von *mine host* in den Heiligen Drei Königen; aber diesmal verlangte mich nicht gerade allzusehr danach, das Neueste vom Weltgericht, nämlich von der Weltgeschichte, vor die Nase zu bekommen. Ich schob das Tageblatt sehr bald zurück und dachte nochmals:

Der alte Störzer tot! Schade! Den hast du nun also schon durch eigene Schuld versäumt, Eduard. Also nun heute unter allen Umständen nach der roten Schanze zu – Stopfkuchen! ... Wie dies alles doch so wieder aufwacht und auflebt, ohne daß man für seine Person weiter etwas dazu tut, als daß man hinhorcht und hinsieht! Stopfkuchen! Was war mir vor vierzehn Tagen noch viel übriggeblieben von Stopfkuchen – meinem alten närrischen Freunde Heinrich Schaumann, dem guten, dem lieben, dem faulen, dem dicken, dem braven Freunde Heinrich Schaumann, genannt Stopfkuchen?

Und nun hatte ich ihn plötzlich wieder ganz! Gerade wie ich den eben gestorbenen Störzer wieder ganz hatte. Und es wäre sehr unrecht von mir gewesen, wenn ich dem ersteren nicht sofort einen Besuch gemacht hätte – jetzt, da es noch Zeit war. Ich hatte es doch eben wieder an dem letzteren erfahren, wie bald man so einen letzten günstigen Augenblick versäumen kann.

Ja, freilich, als wir von der Schule liefen, hätte er, Heinrich, zehntausendmal leben und sterben können, ohne daß ich, eigenen Lebens und Sterbens wegen, einen kürzesten Augenblick Zeit für ihn übrig gehabt hätte.

Wir kamen eben voneinander um die Zeit, wo man am allerwenigsten Zeit füreinander hat. Die heutige Leichtigkeit der Korrespondenz tut da gar nichts zu; denn – wer schreibt heute in der Postkartenperiode noch Briefe?

Ich sehe die ganze zweite Hälfte des achtzehnten Jahrhunderts und ein gut Drittel des neunzehnten den Kopf schütteln und denke an meinem Frühstückstische im Gasthause der Heimatstadt: „Wenigstens einmal hättet ihr euch doch schreiben können – du und dein Freund Heinrich.“

Na, alles in allem genommen und dazu ehrlich gesprochen: was man so nennt, zärtlich hatten wir uns auch im persönlichen Verkehr gegeneinander nicht gehalten. Aber was man, und vorzüglich in jener Lebensepoche, gute Schulkameraden nennt, das waren wir doch gewesen, Stopfkuchen und ich. Wer von uns beiden dem andern dann und wann die meisten Haare ausgerauft, die blauesten Beulen und dickgeschwollensten Augen beigebracht hatte, das mochte heute dahingestellt bleiben. Es kam jetzt darauf an, was die Zeit aus dem dicken, guten Jungen gemacht hatte, ob er sich sehr verändert hatte, und ob er infolge dieser Veränderung imstande war, jetzt ebenfalls, wie seinerzeit der Bauer Quakatz, der ganzen Welt und also auch mir die Pforte der roten Schanze vor der Nase zuzuschlagen; oder ob er nach der gewöhnlichen, verlegen-ratlosen Frage: „Mit wem habe ich die Ehre?“ mir beide Hände entgegenstrecken und mit halbwegs dem alten Schulton sagen werde: „Hurrjeses, du bist's, Eduard? nu, das ist aber schön, daß du dich meiner noch erinnerst!“

In Anbetracht, daß er „weit draußen im Felde“ wohnte, hielt ich es nicht für notwendig, die durch Sitte und Gewohnheit festgesetzten groß-, mittel- und kleinstädtischen Besuchsstunden innezuhalten, und war gegen neun Uhr morgens auf dem Wege zu ihm.

Ein wirklich feiner Morgen. In der Stadt hatte die Polizei sich löblichst dafür an den Laden gelegt, daß die Gassen sauber gekehrt worden waren, und draußen im Freien, im „Felde“, hatte Mutter Natur dafür gesorgt, daß sich alles hübsch gewaschen hatte. Ja, sie hatte es selber besorgt, mit Seife und Schwamm, mit Donner und Blitz; und wie frisch gewaschenen Kindern hingen Baum, Busch, Gras und Blumen noch die Tränen ob der Operation an den Wimpern, und manchem sah man es auch recht gut an, wie es sich mit Strampeln und Zappeln gewehrt hatte. Aber einerlei, überstanden war's noch mal, und hübsch war's doch jetzt so. Die Welt glänzte, und daß ein frisch wohlig Wehen darüber hinfuhr, machte den Morgen auch nicht verdrießlicher – drunten im jungfräulichen Kaffernlande, bei den Betschuanen und Buren konnte nach einem Nachtgewitter die Landschaft nicht jugendlicher aussehen als wie hier im alten, durch das Bedürfnis ungezählter Jahrtausende abgebrauchten, ausgenutzten Europa.

„Und alles noch ganz so wie zu deiner Zeit, Eduard!“ seufzte ich mit wehmütiger Befriedigung. – Dem war aber doch nicht vollständig so.

Da war zum Beispiel bei näherer Betrachtung früher rechts vom Wege, der nach der roten Schanze führt, ein ungefähr vier bis fünf Ar großer Teich, oder eigentlich Sumpf; – der war nicht mehr da.

Früher aller geheimnisvoll wimmelnden Wunder voll, hatte man ihn jetzt zu einem Stück mehr oder weniger fruchtbaren Kartoffellandes gemacht, und so nützlich das auch sein mochte, schöner war's doch früher gewesen und „erziehlicher" auch. Der Lurkenteich hatte das volle Recht dazu zu verlangen, daß ich mich mit Verwunderung nach ihm umsehe und nachher schmerzlich ihn vermisse. Solch ein guter Bekannter, ja vertrauter Freund! so voll von Kalmus, Schilfrohr, Kolben, Fröschen, Schnecken, Wasserkäfern, so überschwirrt von Wasserjungfern, so überflattert von Schmetterlingen, so weidenumkränzt, und so – wohlriechend. Ja, wohlriechend! ja süß anheimelnd, übelduftend, vorzüglich an heißen Sommertagen und wenn man uns in der nachmittäglichen Naturgeschichtsstunde gesagt hatte: „Im Lurkenteich findet man alles, was zur heutigen Lektion gehört, in seltener Vollständigkeit."

„Weiß Gott, sie hätten ihn lassen können, wo er war. Sie hätten ihn lassen sollen, wie er war", murrte ich auf meinem diesmaligen Wege zur roten Schanze. „Auf die paar Säcke voll Feldfrüchte für ihr Vieh oder sich selber brauchte es ihnen doch nicht anzukommen!"

Es war ihnen aber doch darauf angekommen, und so war heute denn nichts mehr dagegen zu machen, und ich hatte mich einfach in den Verlust zu fügen. Da ich es nicht wußte, was ging es mich an, daß die „Melioration" einen langjährigen, durch alle Instanzen ausgefochtenen Prozeß bedeutete und das irdische Behagen von drei oder vier städtischen Gemüsegärtnerfamilien gekostet hatte?

Da war ein anderer Prozeß, der schon von meinen früheren Jugenderinnerungen her eine ganz andere Bedeutung hatte: der böse Fall Quakatz in Sachen Kienbaum.

Je weiter ich auf dem engen, hübschen Feldwege, zwischen den wogenden, morgensonnebeglänzten, feuchtfrischen, der Ernte zureifenden Kornfeldern der roten Schanze zu wanderte, desto deutlicher kam mir die jetzt so völlig verhallte Aufregung von Stadt und Land meiner Jugendzeit über den Mord an Kienbaum in das Gedächtnis zurück. Mit immer neuen Einzelheiten – eine immer interessanter als die andere!

Dreimal hatten sie den damaligen Herrn der roten Schanze, den Bauer Andreas Quakatz, gefänglich eingezogen, weil sich neue „Indizien" in Sachen Kienbaum ergeben hatten. Und dreimal hatten sie ihn wieder ungeköpft loslassen müssen, den Bauer Quakatz, weil diese neuen Anzeichen und Vermutungsgründe sich doch abermals als das auswiesen, was sie waren, nämlich mehr oder weniger leichtfertige, und einige Male auch heimtückisch und boshaft aufgebrachte Verdachtserregungen.

„Ja, Eduard, wer erschlug den Hahn Gockel?" fragte Heinrich Schaumann, genannt Stopfkuchen, trübselig, kopfschüttelnd und sich hinter den etwas sehr abstehenden Ohren kratzend, als ich mit ihm zum letztenmal nach unserm Abgang von der Schule auf der Höhe des Weges stand, von wo aus man das Kriegswerk des Comte de Lusace, des Prinzen Xaver von Sachsen zuerst – auch heute noch – vollständig in seiner ganzen Wohlerhaltenheit vor Augen hat. Es ist dieselbe Höhe, auf welcher ich im nächtlichen Halb- und Ganztraum anhielt zum Briefsortieren unter der alten Hainbuche, gegenüber dem Dammwege, der – heute auch noch – über den Graben zu dem Eingangstore von Quakatzenhof führt.

Die Hainbuche hatte ich nun zu vermissen. Auch sie war wie der Lurkenteich der Melioration, der Feldverbesserung, zum Opfer gefallen. Sie hatte wahrscheinlich für das Bedürfnis der hungerigen Gegenwart zu viel Schatten über das Ackerland geworfen oder zu sehr ihre Wurzeln im Grund und Boden ausgebreitet. Doch, gottlob, die rote Schanze war noch vorhanden, wie sie freilich wahrhaftig damals nicht zur Melioration der Gegend im Jahre siebzehnhunderteinundsechzig aus dem Grund und Boden vom alten grimmigen Maulwurf Krieg aufgeworfen worden war. Und ich stand ihr nun wieder gegenüber und dachte zurück an uns zwei: Heinrich Schaumann, genannt Stopfkuchen, und mich, und an das, was Stopfkuchen damals aus dem frischesten Miterleben heraus über den Fall Kienbaum kontra Quakatz oder Quakatz kontra Kienbaum und, was mehr oder weniger damit zusammenhing, über Tinchen Quakatz zu bemerken hatte.

Wie ein angehender Beflissener der Gottesgelahrtheit sah er nicht aus; denn bei den jungen Herren pflegt die Wohlbeleibtheit, die er, Stopfkuchen, schon damals aufzuweisen hatte, erst später zu kommen, wenn sie auf nahrhafter Pfarre am eigenen Tische nachholen, was sie am Freitische seinerzeit versäumt haben. Aber er war gut, herzensgut. Er versuchte es wenigstens, seinen Eltern zuliebe, sich in das gedeihlichste Amt der Erde hinein zu – hungern. „Was tut man nicht, einer nicht nur verbohrten, sondern auch verweinten Mama und einem wahrhaft wütend auf das nächstliegende beste Brotstudium für den Herrn Sohn erpichten Alten gegenüber? Man will doch dem Greisenpaar nicht die schönsten Hoffnungen knicken. Und etwas wünschen die beiden guten Leute doch auch dafür zu haben, daß sie einen in diese Welt voll abgenagter Knochen, trockner Brotrinden und höchst gesunden, klaren, erquickenden und vor allem billigen Brunnenwassers hineingesetzt haben, Eduard!"

Eben von mir niedergeschriebene und von einem treuen, herzlichen, kindlichen Gemüte zeugende Eräußerungen sind selbstverständlich auch eine Erinnerung. Er tröstete sich nur von der Sekunda bis zum Abiturientenexamen recht häufig damit. Aber damals – an jenem Tage des Abschiednehmens, wenn nicht von der Jugendzeit, so doch von der Kinderzeit; an jenem Tage, wo wir beide, ich und er, für lange, lange Zeit zum letzten Male unter Störzers Hainbuche vor der roten Schanze standen, sagte er ganz was anderes; er sagte:

„Da ist sie! Mitten unter ihrem Kriegsvolk. Nun höre und sieh nur die Hunde, wie sie herüberblaffen und uns die Zähne zeigen! Famose Köter! Wenn ich an irgend etwas im Leben meine Freude habe, so sind sie es. Nu guck nur, wie gut sie die Parole gefaßt haben, und wie sie es verstehen, alles unnötige Pack vom Tinchen Quakatz und von der roten Schanze abzuwehren. Sag selber: Hätte der lächerliche Musjeh in französischen Diensten, der Herr Graf von der Lausitz, der Herr Prinz Xaver von Kursachsen, den Wall da drüben besser spicken können als der Bauer Quakatz?"

„Nu ja, Heinrich; es paßt eins zum andern: Haus, Hof und Graben – Vater, Tochter und Wachtmannschaft."

„Das tut's. Gottlob! Und nun will ich dir noch etwas sagen, Eduard, wenn du es mir nicht übelnehmen willst. Nämlich jetzt wär's mir doch lieber, wenn du dich auf dem Wege hierher mir nicht aufgehängt hättest. Den Damon und Phintias, den David und Jonathan, und wie die Musterfreunde sonst noch heißen mögen, hätten wir bei anderer Gelegenheit, auf einem andern Spazierpfade in entgegengesetzter Richtung von der Stadt und der roten Schanze vor unserer demnächstigen Trennung spielen können. Aber da du ein guter Kerl und wirklich mein Freund bist, so bleib meinswegen, da ich es nicht ändern kann. Aber die Liebe tust du mir und lösest dich möglichst in Luft und unverbrüchliches Schweigen auf, und nachher, drunten in der Stadt, machst du mich in der übrigen Bekanntschaft nicht lächerlicher, als es unbedingt nötig ist.

Die rote Schanze hat es mir nun einmal angetan, und das arme Mädchen darüber unter seiner Hundebande kann auch nichts dafür, wenn es mich gleichfalls zu einem Narren gemacht hat. Es ist eben so geschrieben, und ich habe einfach das Schicksal in mich hineinzufressen. Guten Tag, Fräulein Valentine!"

„Guten Tag, Herr Schaumann."

Sie sah, wie sie mit untergeschlagenen Armen am Torpfeiler lehnte, nicht danach aus, als ob es in Wahrheit ihr Ernst damit sei, jemandem in der Welt einen guten Tag zu bieten. Man blickte unwillkürlich danach um, ob nicht eine geladene Büchsflinte neben ihr am Eingang der Schanze lehne, oder ob sie nicht ein scharfes, spitziges Messer in der rechten Faust unter der linken Achsel verborgen und zum schnellen Gebrauch bereit halte. Auch so was wie von einer wilden Katze hatte sie an sich, die im Notfall keiner künstlichen Waffe bedurfte, sondern nur jedem mit den echt gewachsenen Krallen ins Gesicht zu fahren brauchte und sich mit den Zähnen festzubeißen, um in jedem Kampfe für sich und um ihres Vaters Haus, Hof und Herd die Oberhand zu behalten.

Nicht groß und nicht klein, nicht mager und nicht fett, nicht hübsch und nicht häßlich, nicht städtisch und nicht dörfisch, nicht Kind und nicht Jungfrau stand sie, Valentine Quakatz, des Mordbauern Andreas Quakatzen einzige Tochter, und bewachte ihres blutig berüchtigten Vaters Anwesen, die rote Schanze, in der friedlichen, sonnenbeglänzten, laubgrünen und ährenblonden Landschaft.

Ich rufe nicht mehr: „Da sind eure Postsachen, eure Schreibsachen, eure Zeitung, du rote Giftkatze", Störzers Amtsgeschäfte am Eingangstor der roten Schanze ausrichtend. Sie aber, Fräulein Quakatz, duckt die Hunde wie damals und fast mit den nämlichen wunderlichen Zurufen wie damals. Die Köter beruhigen sich langsam und widerwillig und behalten uns, leise fortknurrend, fest und mißtrauisch im Auge.

„Der Vater ist nicht zu Hause", sagt Valentine. „Und die Leute sind im Felde", fügt sie hinzu.

„Schön!" sagt Stopfkuchen. „Da sind wir ja wieder einmal unter uns beiden, Tinchen; denn dem da habe ich es eben schon klar genug auseinandergesetzt, daß er sich gegenwärtig vollständig als Luft zu betrachten habe. Natürlich, wenn er nicht mein bester Freund wäre, würde ich ihm meine Meinung in Hinsicht auf seine heutige völlige Überflüssigkeit hier noch deutlicher zum Bewußtsein gebracht haben. Aber er ist mein Freund, und also auch, natürlich so weit das mir paßt, der deinige, Tinchen, und so dumm bist du nicht, Mädchen, daß du nicht Bescheid wüßtest, daß er über euch, die rote Schanze, so gut Bescheid weiß wie die übrige edle, christliche Menschheit auf fünf Meilen im Umkreis. Herrgott, darum allein könnte man schon mit Wonne Theologie studieren, um einmal so recht von der Kanzel aus unter sie fahren zu dürfen, die edle Menschheit nämlich! Und nun kommt endlich ins Haus. Die letzte Nase voll des üblen Geruches der roten Schanze zum Mitnehmen in die reinere, die bessere Luft da draußen, jenseits der eben erwähnten fünf Meilen!"

Zum „Sich äußern" – zum „Worte machen" – zum „Reden halten", kurz zum „Predigen" war er immer sofort da, der dicke Heinrich. Wenn es darauf angekommen wäre, müßte er unbedingt heute wenn nicht cismontaner Papst, so doch Kardinal oder zum mindesten Archiepiskopus, aber wahrhaftig nicht der jetzige Bauer auf der roten Schanze sein.

„Wo ist denn der alte Mann?" fragt er fürs erste noch.

„Wieder vorm Gericht in der Stadt", spricht grimmig die Tochter und Erbin der roten Schanze. „Er hat's ja wieder mit dem Schulzen von Maiholzen da gehabt und ihm die Faust vors dumme Gesicht gehalten und ihn in der alten Sache wegen Kienbaum von neuem einen Verleumder geheißen. Da ist er denn von neuem verklagt worden."

Und Stopfkuchen zeigt, daß er ungemein melodisch zu flöten verstehe. Er läßt seine Gefühle in einer langgezogenen Kadenz verklingen und nimmt sie tätlich wieder auf, indem er den Arm dem Mädchen um die Hüften legt und, zu mir gewandt, sagt: „Schöner konnten wir's ja wieder mal nicht treffen."

Da aber begibt sich etwas, was vor allem diesen längst vergangenen Jugendtag mir wieder in vollster Lebendigkeit vor die Seele stellt: Valentine Quakatz gibt ihre Wache am Eingangstor der roten Schanze auf – vollständig! Der bösverkniffene Mund wird zu einem weinerlichen verzogen – das Mädchen kämpft, kämpft mit seinen Tränen, aber sie sind mächtiger als es. Tinchen schluchzt, weint laut hinaus und springt Stopfkuchen nicht mit den Fingernägeln ins Gesicht, sondern legt sich ihm um den Hals, hängt ihm am Halse und jammert: „Heinrich, du bist zu schlecht!"

„Na, na!"

„Du bist so schlecht wie die ganze andere Welt."

„Na, so hetze mir doch deine Köter an den Hals, verrücktes Frauenzimmer! Was sagst du dazu, Eduard? Ich so schlecht wie die ganze übrige Welt?"

Ich sage gar nichts. Ich stehe nur wie ein dummer Junge mit offenem Munde und sehe, wie der dicke Freund das Mädchen – ein Mädchen – wie als was ganz Selbstverständliches ebenfalls im Arme hält, ihm auf den Rücken klopft, ihm über die Haare streichelt, ihm das Kinn aufhebt und ihm einen Kuß gibt. Ich sehe, wie er mühsam hinten in der Rocktasche nach seinem Taschentuch angelt, wie es ihm gelingt, dasselbe hervorzuholen, und wie er mit demselben dem Mädchen – einem Mädchen, einem fremden, erwachsenen Mädchen – die Tränen aus den Augen wischt, und ich sehe Stopfkuchen mit einem Male mit ganz anderen Augen an, als mit welchen ich ihn bis zu dieser verblüffenden Stunde gesehen habe. Blutübergossen wünsche ich mich bis in die fernsten Fernen weg und möchte zugleich den mal sehen, dem ich folgte, wenn er mich beim Ellbogen nähme und sagte: „Komm, Eduard, du hast doch hier gar nichts zu suchen!“ –

Glücklicherweise hat Stopfkuchen aber viel zuviel mit dem Mädchen zu tun und widmet mir nur dann und wann beiläufig eine höfliche Bemerkung.

„Herze von 'ner Gans, kann ich denn was dafür? Gehe ich etwa aus freien Stücken? Muß ich nicht? Habe ich nicht die Verpflichtung, wenigstens einmal durchs Examen zu fallen, meinen guten Eltern zuliebe? Wie gerne ich dir zuliebe hierbliebe, Tinchen, das weißt du, also sei ein gutes Mädchen und laß das dumme Gewimmer. Guck nur, wie der Taps, der Eduard, guckt und sich überlegt, was er zu Hause alles erzählen kann! Da – hast du noch mal mein Taschentuch, und nun blamiere uns nicht länger in freier Luft. Glaubst du, daß darum der Herr Graf von der Lausitz diesen Wall aufgeworfen habe, daß Heinrich Schaumann, genannt Stopfkuchen, von ihm herab sich dem Nest drunten von seiner weichsten Seite zeige? Bilde dir das nicht ein. Bombardieren werde ich noch mal von ihm aus das Philistertum da unten, daß der kursächsische Staberl-Xaverl sich heute noch als balsamiertes Leder- und Knochenbündel in seiner Fürstengruft darüber freuen soll. Komm mit, Eduard, da du da bist. Wir wollen endlich hinein ins Haus; denn nämlich, Eduard, nicht immer holt man draußen in der freien Luft am freiesten Atem, welche Erfahrung ich dir, mein Junge, zu möglichem Gebrauche gern gratis überlasse. Dumme Witze verbitte ich mir natürlich, jetzt hier und nachher drunten in der Stadt im Kreise deiner lieben Verwandten und nähern und weitern Bekannten. Wir drei sind also ganz allein auf der roten Schanze? Wundervoll! Sag's deinen Kötern so eindringlich wie möglich, was sie zu tun haben, Tinchen.“ Fräulein Valentine wendet sich zu ihrer vierbeinigen Wachtmannschaft, das heißt, sie hebt die Faust gegen sie und schüttelt dieselbe dann gegen die lachende, freundliche Sommerlandschaft jenseits des Grabens. Das bedeutet, daß das Vieh noch weniger als sonst jemandem ungestraft den Eintritt in das Bollwerk des Grafen von der Lausitz gewähren soll. Und es versteht das und antwortet mit einem dumpfen giftigen Gewinsel und Geknurr: wir drei aber haben jetzt wahrhaftig wundervoll den Nachmittag allein auf der roten Schanze. –

Erfreulich war der Anblick grade nicht, wenn man die Hunde und das Tor hinter sich hatte. Verwildert und verwahrlost erschien alles umher, jede Arbeit nur halb und widerwillig und nachlässig getan. Es war keine rechte Ordnung im Garten, im Hofe, im Hause, und in der Scheune wahrscheinlich auch nicht. Alles Geräte lag und stand umher, wie man es eben aus der Hand hatte fallen lassen oder beiseitegestellt hatte. Das Gebüsch und Unkraut wuchs ungehindert. Die Jauche konnte sich keine bessern Tage wünschen als wie auf der roten Schanze, und sie suchte sich denn auch ihre Rinnsale, wo es ihr beliebte. Die Hühner scharrten, wo sie wollten, im Garten. Enten und Gänse watschelten ebenso, wo sie wollten, im Hofe und im Hause. Dem Stallvieh sah man es an, daß der Herr häufig nicht zu Hause war und auch dann nicht sein Auge, wie es sein sollte, bei ihm hatte. Daß das Kind vom Hause nicht alles allein besorgen konnte und daß das Gesinde es deshalb sehr „sachte angehen ließ", das war nur zu augenscheinlich. Was aber den letztern Punkt, das Gesinde, anbetraf, so hatte das mit dessen Nichtsnützigkeit seine besten Gründe. Der Bauer auf der roten Schanze hatte sich, was Knechte, Mägde und Jungen anging, eben mit dem zu begnügen, was niemand sonst mochte – mit dem Abhub und dem Bodensatz der Gegend.

Es tat für einen rechtlichen Menschen, für ein ordentliches Mädchen nicht gut, auf der roten Schanze zu dienen und da ehrlich nach der Ordnung zu sehen. Hoher Lohn und gute Behandlung kamen dort gar nicht in Betracht. Jeder Groschen, den der Bauer Quakatz hergab, hatte ja einen Blutgeruch an sich. Wer von der roten Schanze kam und einen andern Dienst suchte, der brachte denselben Geruch in den Kleidern mit, und man ließ es mit verzogener Nase ihn merken und schickte ihn um ein Haus weiter. Bis der Bauer Andreas Quakatz endlich eingestand, daß er Kienbaum totgeschlagen habe, oder bis der Hof auf der roten Schanze im ganzen unter den Hammer gebracht oder, noch besser, für Maiholzen im einzelnen ausgeschlachtet worden war, konnte sich hieran nichts, gar nichts ändern. Und die Erbtochter der roten Schanze, Valentine Quakatz, änderte auch nichts, gar nichts daran; sie hatte nur ihr bitter Teil an der bösen

Verfemung mitzutragen. Es ist Stopfkuchen, der, wie die langen Wogen des Weltmeeres mich wieder auf dem Hagebucher der neuen Heimat zu tragen, fragt: „Was meinst du, Eduard? Sieht das hier nicht niedlich aus?“ –

Knecht und Magd haben, da der Herr wieder mal in „Beleidigungs- und Ehrensachen-Kränkungsgeschäften“ von Hause ist, sich ihre Arbeit nach Gutdünken draußen gesucht, liegen vielleicht auch irgendwo unter einem Busch und lassen unsern Herrgott den besten Meister sein. Kein Laut ringsumher als das Schrillen der Grillen oder das Gekreisch zankender Spatzen auf den Dächern oder in den Hecken! Auch Tinchen schluchzt nicht mehr zornig aus sich heraus oder erbittert-giftig in sich hinein. Sie ist uns voran in die Stube gegangen, ohne sich danach umgesehen zu haben, ob wir ihr auch gefolgt sind. Wir sind ihr, doch ein wenig scheu und befangen, gefolgt, und nun sitzt sie am Tische, mit dem Rücken an der Wand, und hat beide Arme, die Hände flach ausgebreitet, auf die altersschwarze Eichenplatte gelegt, und Stopfkuchen und ich stehen vor ihr und sehen, in der dunkeln, niedern Bauernstube vom Lichte da draußen geblendet, auf sie hin – man kann eine Meile weit jede Fliege summen hören. Ja, die Fliegen der roten Schanze! sie haben das Schanzwerk des Prinzen Xaver von Sachsen auch nicht aufgegeben. Sie sind noch vorhanden in der Stube des Bauern Quakatz, einerlei, ob er Kienbaum totgeschlagen hat oder nicht. Es gibt nichts innerhalb der vier Wände, was sie nicht beschmutzt haben; vor allem die Bilder an den Wänden: die Zehn Gebote, des Jägers Begräbnis, den unter die Räuber gefallenen Mann im Evangelio. An des Jägers Begräbnis haben sie mit allen übrigen Tieren sehr teilgenommen und dem Sarge alle Ehren erwiesen. Ebenso dem Wort: Du sollst nicht töten. Es hängt übrigens kein neues Bild zu ihrer Begutachtung an der Wand. An der Schanze des Siebenjährigen Krieges ist selbst die neueste Weltgeschichte vorbeigezogen, ohne ein Zeichen hinterlassen zu haben. Kein Schlachtenbild aus Neuruppin vom Düppelsturm, keins von Sechsundsechzig, keins von Siebenzig. Nicht Kaiser Wilhelm, Fürst Bismarck und Graf Moltke! Was ging die Weltgeschichte den Bauer von der roten Schanze an? Er hatte seinen Kienbaum; er hatte viel zu schwer an seinem eigenen Dasein auf dieser Erde zu tragen, um sich viel um das anderer Leute kümmern zu können, und wenn es die Ersten dieser Welt waren! Ihm hatte diese Welt überall in seinem Hause, wo er auf eine Wand sah, Kienbaumen dran gehängt, und er brauchte dazu nicht Malerkunst und Glas und Rahmen: er sah den Mann jederzeit und selbst bei geschlossenen Augen so genau und deutlich vor sich, wie kein Maler, und wenn es der allerbeste gewesen wäre, ihn ihm hätte malen können.

Ich gaffe von dem bunten Bilderbogen der Zehn Gebote verlegen und unruhig auf das uns anstarrende Mädchen, da sagt Heinrich: „Nun, Tinchen, laß das dumme Zeug und stiere nicht die beiden besten Lateiner und firmsten Griechen des diesmaligen Osterabgangsschwindels – grinse nicht, Eduard! – aus ihrer guten Meinung von sich selber heraus. Ja, armes Wurm, die süße Kinderzeit liegt nun unwiderruflich hinter uns, der Ernst des Lebens – weine nicht, Eduard! – beginnt, und lebten wir noch in vernünftigeren Zeiten, so würde ich dir vorschlagen, Herze: steig hinter deinem Ritter auf den Gaul, fasse mich um die Taille und halte dich feste. Komm, kurz und gut, mit mir. Aber es geht nicht, Eduard. Was können wir dafür, daß wir wenigstens dies eine Mal nicht von den Eseln aufs Pferd kommen? daß wir einfach morgen mit der Eisenbahn fort müssen? Tinchen, mein Herzenstinchen, sieh mich nicht so dumm an; was ich meinen Herren Eltern aus dem ersten Semester mitbringen werde, weiß ich nicht; aber dir bringe ich den alten Stopfkuchen wieder. So wahr jetzt der Himmel blau über uns ist, und die Erde grün wird und immer grüner: ich will nicht umsonst meine täglichen Prügel der roten Schanze wegen gekriegt haben! Ich will nicht umsonst meine einzigen guten Stunden in diesem Jammertal auf dem Anstand dem alten Quakatz und seinem kleinen Tinchen gegenüber verlebt haben! Wenn Sie es verlangen, Fräulein Valentine, so hinterlasse ich Ihnen das auch schriftlich!“

Es fuhr wie ein Schauder durch den ganzen Körper der Tochter des alten Quakatz; dann aber sagte Valentine: „Ich will nichts Schriftliches. Was von Schriftlichem hierherkommt, das nimmt auch mein Vater am liebsten nur, wenn es ihm auf die Mistgabel gelegt und zugereicht wird. Nachher faßt er es an wie eine glühende Kohle. Und du, du – noch besser wär's, wenn gar kein Mensch eine Zunge hätte zum Sprechen, zum Lügen, zum Sticheln – du auch!“

„Ich auch?“ fragt Stopfkuchen; aber ohne jeden Ausdruck der Überraschung, des Gekränktseins oder gar der Entrüstung. Indem er sich halb zu mir wendet, sagt er: „Ein bißchen mehr könntest du selbst bei den heutigen tragischen Umständen bei dir selber bleiben, Tinchen; und du, Eduard, jetzt kannst du wirklich mal für die Lebenspraxis was lernen. Du auch! Dies Wort ist großartig, und denn sieh dir mal das Gesicht an, was sie mir zu der Sottise schneidet. Das hat man nun davon, daß man einem Frauenzimmer von Kindesbeinen an seine schönsten freien Sommer- und Winternachmittage und die Ferien ganz gewidmet hat. Hat die Person wohl eine Ahnung davon, wie viele Prügel etcetera man ihretwegen von Erzeugern und Lehrern hingenommen hat, ohne einen Muck zu sagen? – Du auch! Mädchen, Mädchen, wenn das Schaf, dieser Eduard hier, nicht bei uns stände, ich würde dir und deinem verrückten Alten und der roten Schanze meine Zuneigung noch einmal in einer Weise deutlich machen, die sich wahrhaftig nicht gewaschen haben sollte."

Nun läuft wieder ein Zucken über die Schultern unter dem buntbäuerlichen Brusttuch. Die Erbtochter der roten Schanze schielt wie ein nur halb gebändigtes und zum Bessern überredetes oder vielmehr verschüchtertes Tier zu dem angehenden Kandidaten aller denkbaren Brotstudien, Schaumann, auf; sie will mit beiden Fäusten auf den Tisch schlagen, aber es geht nicht. Sie läßt die Arme schlaff am Leibe heruntersinken und schluchzt: „Ich habe keinen gerufen, um sich um mich zu bekümmern!"

„Nee", sagt Stopfkuchen. „Ja, da hat sie recht, Eduard! Ich bin ganz von selber gekommen und habe mich ihrer angenommen. Du weißt es ja, Eduard."

Ganz so genau, wie der Freund zu meinen schien, wußte ich es doch nicht. Nur das wußte ich, daß es während unserer ganzen „Jugendzeit" in dieser Hinsicht und nach der Anschauung sowohl des Hauses wie der Schule keinen verrückteren Bengel gegeben hatte als Heinrich Schaumann, genannt Stopfkuchen. Wie ich mit dem Landpostboten Friedrich Störzer gelaufen war, so hatte er sich vor der roten Schanze festgelegt – „wie die Katze vor dem Mauseloch", wie er sich selber ausdrückte. Um mit einem zu gehen oder gar zu laufen, dazu war der gemütliche Knabe viel zu faul; aber sich durch einen Reisbreiwall ins Schlaraffenland hineinzufressen, dazu war er imstande, und dieses war bis jetzt die Meinung der Welt und also auch die meinige über ihn gewesen. Das war es einzig und allein, was ich damals an jenem Abschiedstag über sein Verhältnis zu – dem Mädchen, zu Tinchen – Valentine Quakatz wußte. Meine Dummejungensseele dachte nicht daran, daß die verschüchterte, verwilderte, rothaarige Krabbe des Bauern Quakatz etwas anderes als eine sehr beiläufige Rolle bei seiner Verliebtheit in die rote Schanze des Prinzen Xaver von Sachsen spielen könne. Ich und die Welt von damals konnten es doch wahrhaftig nicht wissen, daß Stopfkuchen auch nach solcher Richtung hin romantischer Gefühle fähig sei.

Es war eine Luft in der niedern schwarzen Bauernstube, die keinem gefallen konnte. Und der Bauer Andreas hatte einen deutlichen Gang auf ihrem schwarzen Fußboden ausgetreten, vom Fenster bis nach dem Ofen.

„Da geht er, solange ich weiß", sagte seine Tochter, „und ich sitze hier und höre ihn mit sich selber sprechen, die halbe Nacht durch, bis er mich zu Bette jagt. Du mußt es wissen, Heinrich, weshalb du zu mir gekommen bist und dich an die rote Schanze herangemacht hast; aber dein Herr Freund, der Herr Eduard, kann nichts davon wissen, wie es jetzt mir hier bei deinem Abschiede zu Sinnen sein muß. Aber wenn er so freundlich sein will, kann er später vielleicht einmal Zeuge sein, daß ich dir nach meinem Tode die rote Schanze vermacht habe mit allem, was dazu gehört; denn mein Vater hat doch keinen andern, dem er sie in sein Testament setzen kann, als nur mich, außer den Hunden draußen am Torweg. Wollen Sie so gut sein, Herr Eduard, da Sie heute mitgekommen sind, daß Sie es später einmal vor dem Gerichte mit bezeugen, daß die rote Schanze, wenn mein Vater und ich nichts mehr von der Welt brauchen, einzig und allein Herrn Schaumann gehört?"

Wie es für den Menschen, einen körperlich so angelegten Menschen so rasch möglich zu machen gewesen war, weiß ich nicht; aber das Faktum war vorhanden: er, Stopfkuchen, sitzt hinter dem alten Eßtisch des Quakatzenhofes neben der Erbtochter desselben und hat seinen Arm ihr um die Schulter gelegt und ruft: „Jetzt hört es aber auf! Dummheit läßt man sich wohl gefallen, aber doch nur bis zu einem gewissen Grade, sagt Kollege Blechhammer da unten, Eduard. Sieh dir noch einmal die Quakatzenburg von inwendig an, alter Junge. Wer weiß, ob du sie so in deinem Leben wieder zu sehen kriegst? Hier mein Ideal – meine Burg, mein Haus! da draußen die holde Flur, wo wir als Knaben spielten. Morgen also die *Universitas literarum* und das hohe Meer des Lebens! Verflucht poetisch und verlockend für zwei abgehende Pennäler. Wisch dir die Augen, du liebste, närrische Bauerngans, und tu mir den Gefallen und komm wieder mit ins Freie. So wie man den ersten Atemzug hier innen tut, hat man genug davon und schnappt nach der Luft da draußen. *Vivant omnes virgines* – komm, *virgo* – kratze und spucke nicht, *virago!* Ja wehre dich nur, Fräulein! Sie sollen mich nicht umsonst da unten Stopfkuchen benamset haben; ich werde ihnen zeigen, was dem Herz und dem Magen bekommt."

Er hatte das Mädchen um den Leib gefaßt, er hob es hinter dem Bauerneßtisch hervor, er trug es weg, trug es aus dem Hause und setzte es wieder hin auf den Wall des Prinzen Xaver von Sachsen. Valentine ließ es sich ruhig gefallen, und ich – ich folgte verblüfft, betäubt, zweifelnd – kurz, Stopfkuchen hätte gesagt: „Wie ein Schaf!“ Wenn aber Stopfkuchen jetzt auch noch Flügel entfaltet hätte und mit der Erbtochter von der roten Schanze, mit dem Kinde von Kienbaums Mörder langsam, aber immer höher, höher in den blauen Frühlingshimmel aufgestiegen wäre, so hätte ich willenlos mir auch das gefallen lassen müssen und hätte höchstens fragen dürfen: „Ist es denn die Möglichkeit?“ –

Wir standen wieder auf der grüngrasigen Wallhöhe des alten Kriegskunststücks des Herrn Grafen von der Lausitz – wir beiden angehenden Studenten und Valentine Quakatz: Heinrich und Tinchen Arm in Arm.

Plötzlich stieß der närrische Mensch, Stopfkuchen, einen jauchzenden Ruf aus, schlug mich auf die Schulter, daß ich in die Knie schoß, und sagte wie aus tiefstem Magen heraus: „Und es ist, eines ins andere gerechnet, doch so ungemütlich nicht, daß der Sachse und der Franzose Anno siebzehnhunderteinundsechzig das Nest da unten nicht gänzlich ausgerottet und also auch uns unmöglich gemacht haben. Wie nett es eigentlich, so im ganzen, da doch liegt und durch die Güte des Herrn dem Siebenjährigen Kriege zum Trotz liegengeblieben ist. Ja, Flur, wo wir als Knaben spielten – Eduard! sieh sie dir noch mal an, alter Junge, und gehe hin und lerne was, auf daß du ihr einmal ebenfalls Ehre machst und ihren guten Ruf bei den Leuten aufrechterhältst. Du aber, Tinchen, kümmere dich gar nicht um sie. Was ich und du und dein Papa von ihr zu halten haben, das wissen wir, und von dem – unserm Standpunkt mach ich es vielleicht doch möglich, Prediger oder Staatsanwalt in ihr zu werden. Eine standfeste, haltbare Kanzel würde freilich zu ersterm Lehr- und Straffach wohl gehören“, seufzte er, seine derbe, biedere Rechte erst betrachtend und sie dann zur Faust geballt der Heimat drunten im Tal ebenfalls wie zu vorsichtiger, genauer Betrachtung hinhaltend.

„Da sitzen sie nun auf ihren Bockstühlen, dein und mein Alter, Eduard, und haben keine Ahnung davon, von welcher Höhe aus Stopfkuchen sie betrachtet oder, nach eurer Ausdrucksweise, auf sie runterguckt.“

„Goldne Abendsonne, wie bist du so schön!“ summte ich, wie um die Rede auf was anderes zu bringen; aber Stopfkuchen ließ selten von einem einmal begonnenen Gedankengange leicht ab.

„Natürlich ist sie schön –; vorzüglich, wie wir hier an des Herrn Prinzen von Sachsen Wallböschung der endlich gewonnenen Freiheit, wirklich Menschen sein zu dürfen, uns erfreuen. Sieh mal, da flammt sie grade in den Fenstern des

Schulkarzers sowie in denen unseres Provinzialgefangenenhauses. Der reine Märchenzauber! Hättest du wirklich nie das Bedürfnis gefühlt, Freund meiner Kindheit, o du mein Eduard, deinen greuligen Alten, so wie ich den meinigen, und vorzüglich um die Zeit der Versetzung in eine höhere Klasse edelster deutscher Menschenbildung, dort hinter einem jener Gitter unschädlich gemacht, in Sicherheit sitzend zu wissen?"

Und diesen Menschen hatten wir nicht nur für den Dicksten, Faulsten und Gefräßigsten unter uns, sondern auch nicht nur für den Dummsten unter uns, sondern auch überhaupt für einen Dummkopf gehalten, o wir Esel!

Und wer ihn auch jetzt wieder nicht etwa von seinem Gedankengange abbrachte, sondern ihn darin im bedachtsamen, ruhigen Schritt bestärkte, das war nicht der feine, wohlgesittete, mit dem besten Schul-Abgangszeugnis versehene Eduard aus dem Posthause, sondern das war Tinchen Quakatz von der roten Schanze, deren Vater man es leider nur nicht hatte beweisen können, daß er Kienbaum totgeschlagen habe, und der darum im Bann, wenn nicht der Welt, so doch seiner nächsten Umgebung, was dasselbe ist, ging, und sein Kind natürlich mit.

Valentine Quakatz hatte auch von der Schanze des Prinzen Xaver, von ihrem verfemten Wall aus auf die Stadt und die in der Sonne blitzenden Fenster derselben hinabgesehen; nun wendete sie sich ab und wischte mit der Hand und dem Schürzenzipfel die Augen.

„Mir ist ein Tier hineingekommen, oder der Glanz beißt mich, daß sie tränen; und ihr – du denkst wieder, ich heule."

Und jetzt ballte sie die Hand und schüttelte sie gegen die glitzernden Fenster des Provinzialgefangenenhauses: „Aber ich heule nicht. Ich will nicht. Heinrich hat ganz recht, es ist dumm, nur zu weinen. Es beißt mich der Glanz auch nur in die Augen, weil ich so lange und so oft hier habe stehen müssen, wenn er dahinter saß, da unten, hinter den Fenstern, in seinem Gefängnis, mein Vater, mein lieber, liebster Vater. Und weil ich keinen hatte –"

„Weil sie keinen weiter hatte als mich, Eduard. Und weil ich auch nun wieder gehe, in Abwesenheit ihres Alten. Na ja, da siehst du mal wieder, lieber Eduard, was das Leben ist, und wie das Vergnügen dran immer nur als bloßer Schaum drobenauf schwimmt. Jetzt bitte ich dich, setze dich mal in meine Stelle und suche mit euch dummen Jungen, seinen lieben Eltern und was sonst dazu gehört zum Trotz, aus so 'ner verschüchterten, zur Feldkatze verwilderten Dorfmieze wieder ein niedliches, nettes, reinliches, schnurrendes, gurrendes, liebes, liebstes kleines Mädchen zu machen. Na, nun tu noch mal die Schürze von den Augen und sieh mich mit ihnen an; sonst beißt es mich in meinen Augen auch, und das möchte ich doch hier des klugen, gebildeten Eduards wegen lieber vermeiden. So ist's recht, und nun laß uns die Zähne aufeinanderbeißen. Ich kann wahrhaftig nichts dafür, daß andere Leute das Recht zu haben behaupten, etwas anderes aus mir zu machen, als was in mir steckt. Da hast du meine Hand darauf, Jungfer Quakatz: Ich komme wieder und behalte mir bis dahin alle meine Rechte hier an dieser Erbstelle vor, und den seligen Kienbaum soll doch noch mal der Teufel holen. Sage es deinem Vater, wenn er nach Hause kommt, daß ich es gesagt habe, Tinchen! Und du, feiner Eduard, bitte, sieh gütigst noch mal hinein in die schöne Landschaft und auf die liebe Vaterstadt – schade, daß jetzt grade nicht die Glocken dazu läuten. So ist's recht, verlegener Jüngling ..."

Ich sehe mich wirklich um – verschüchtert, verstört, verlegen. Ich sehe hinaus in die Landschaft und auf die Stadt drunten im Tale – kurz –, ich sehe weg und vernehme im klingenden, summenden Ohre, hinter meinem Rücken, auf der alten Wallhöhe des Siebenjährigen Krieges, rasch hintereinanderfolgende Töne, die ich nur mit dem Namen Stopfkuchen ganz und gar in Einklang zu bringen weiß. Dazwischen ein unterdrücktes Geschluchz und Gekicher und dazu die Worte: „Ach Heinrich, Heinrich!"

Als ich wieder aufsehe, ist weiter nichts vorgefallen, als *daß die Jahre hingegangen sind*, und daß die langen Wogen des großen Meeres unter dem Schiffe weiterrollen und es gegenwärtig gutmütig, ohne zu arges Rollen, Schütteln und Schüttern weitertragen, dem Kap der Guten Hoffnung zu.

Zuerst sah das Ding noch grade so aus, wie es vor Jahren ausgesehen hatte. Nur daß es heute in anderer Beleuchtung als an jenem Abschiedstage vor mir lag; nämlich im frischen, hellen Tagesschein, so um zehn Uhr morgens.

Noch immer derselbe alte Wall und Graben, wie er sich aus dem achtzehnten Jahrhundert in die zweite Hälfte des neunzehnten wohl erhalten hatte. Die alten Hecken im Viereck um das jetzige bäuerliche Anwesen, die alten Baumwipfel darüber. Nur das Ziegeldach des Haupthauses, das man sonst über das Gezweig weg und durch es hindurch noch von der Feldmark von Maiholzen aus gesehen hatte, erblickte man heute nicht mehr. Dieses brachte mich denn darauf, daß die Hecken doch wohl gewachsen und die Baumkronen noch mehr über der

Quakatzenburg sich verdichtet haben müßten. Es mußte unbedingt im Sommer noch schattiger als sonst auf der roten Schanze geworden sein, und um dieses würdigen zu können, mußte man eben wie ich die Linie gekreuzt haben, um noch einmal nach Hause zu kommen und sonst auch überhaupt jetzt dort zu Hause sein, wo es durchschnittlich im Jahre recht heiß ist, und wo der Schatten manchmal ganz bedenklich mangelt.

Ich sah hin, die Hände vor dem Leibe übereinandergelegt; und ich sah mir alles, da ich ja Zeit hatte und niemand auf der weiten Flur mich störte und die Lerchen in den Lüften nicht störten, sehr genau an, ehe ich den Graben des Grafen von der Lausitz überschritt.

Da fiel mir denn bald noch ein anderes auf. Wie es innerhalb der roten Schanze aussehen mochte, außerhalb derselben, so weit ihr Reich ging, erschien mir das Ding verwahrloster denn je.

Sonst sah man es doch, trotz aller Verfemung, dem Dammweg sehr an, daß der kriegerische Aufwurf im fetten Ackerboden dieser Landschaft zu der Umwallung eines friedlichen Bauernhofes geworden war, daß Menschen und Vieh darüber ein- und ausgingen, daß Mist- und Erntewagen darüberhin fuhren, daß der Mensch, trotzdem daß Kienbaum von hier aus totgeschlagen worden war, auch hier noch seiner Nahrung und seinem Behagen nachging.

Dem schien jetzt nicht mehr so zu sein. Eine Römerstraße, auf der vor, während und nach der Völkerwanderung Tausende totgeschlagen worden waren, konnte im laufenden Säkulum nicht mehr überwachsen und von Grasnarbe überzogen sein, wie die alten Radgleise und Fußspuren, die über den Graben des Prinzen Xaverius von Sachsen auf dem Dammwege des Bauern zu der roten Schanze führten. Es leitete jetzt nur noch ein ganz schmaler, schmaler Fußpfad, ohne Radgleise, Huf- und Klauenspuren daneben, durch das hohe Gras. Quendel, blaue Glockenblume, Löwenzahn, Thymian und was sonst im Grunde das meiste Recht hier hatte, brauchte sich nicht mehr scheu wegzuducken oder sich von Huf, Klaue und Schuhsohle alles gefallen zu lassen.

Nun soll es mich doch wundern, dachte ich. Es ist doch wirklich, als ob das Gras auch hinter *Ihm* wieder aufgestanden sei! Und damit setzte ich den Fuß auf den Damm und in den engen Pfad, der zu Stopfkuchen hinüberführte, wie er vordem zum Bauer Andreas Quakatz hinübergeführt hatte, und – hielt noch einmal an. Es war noch ein Drittes jetzt hier am Eingange anders geworden als sonst: wo steckten die Hunde?

Ja, wo waren die Hunde der roten Schanze? Die Wächter der Quakatzenburg? Wo war die durch stille Winter- und Sommernächte, vorzüglich wenn in ihnen der Vollmond am Himmel stand, weithin ins Land ob ihrer guten, aber lauten Wacht bekannte und berüchtigte Wachtmannschaft?

Wir haben im Kaffernlande auf unsern Gehöften ihrer auch und haben sie nötig; aber nun war es mir wieder ganz deutlich: ich war nie in der Welt auf bösere Hunde getroffen als die der roten Schanze, und ich hatte nie ein Gebell böser Hunde – selbst wo ich wieder an es zurückdachte – so vermißt wie hier am Eingangstor dieses deutschen Bauernhofes.

Die nächsten Schritte gegen die Quakatzenburg belehrten mich, daß diese Wache abgelöst, aber keineswegs aufgegeben worden sei. Eine andere Mannschaft hatte sie bezogen, und der Empfang durch dieselbe sprach wahrlich für friedlichere Zustände als die von vergangenen Zeiten.

Wir kennen alle die alten hübschen, behaglichen Bilder, auf welchen am Tor mittelalterlicher Städte der Stadtsoldat auf der Bank unter dem letzten Edikt seines *Senatus populusque*, die Brille auf der Nase, den Bierkrug zur Rechten, die feuerschloß- und steinlose Flinte zur Linken, in idyllischer Ruhe und Beschaulichkeit an seinem Strumpf strickt. Ich habe selber solch ein Bild, Spitzweg gezeichnet, draußen zu Hause, drunten in Afrika, an der Wand über dem Sofa und Sofatisch meiner Frau (es mutet mich dann und wann um so mehr an, weil unter dem letztern, dem Sofatisch meiner Frau nämlich, ein Löwenfell zum Fußteppich dient), und ich fand es nicht ohne Behagen wieder, hier zu Hause, am Tor der roten Schanze. Nur wurde von dem jetzigen Wachtinhaber des weiland Prinzen Xaverius von Sachsen und Kienbaums Mörder, des Bauern Quakatz, nicht gestrickt.

Es wurde gesponnen.

Er saß nicht an, sondern auf dem rechten Torpfeiler, der jetzige Wachtmann der roten Schanze. Er saß mit Würde da in der Morgensonne und sah ruhig, gelassen, zu mir herüber – und er spann dabei. Sein Spinnen hinderte ihn aber nicht, auch den Schnurrbart zu streichen, ja, er fuhr sich mit der wehrhaften Faust sogar über die Ohren (was beiläufig in seiner Kompanie bedeutet, daß Besuch kommt) und strich sich die Nase und nieste dabei. Ich war ganz dicht bei ihm, als er einen Satz tat, und langsam, stattlich und über die Schulter gleichmütig nach mir zurücksehend, mir voranging, hinein in Quakatzenhof: der

„Kapitän Hinze“, der „weiße Mann“, der wirklich fleckenlos weiße Kater – der Hauskater der Schanze des Comte de Lusace.

Er blieb noch einmal stehen und schlenkerte erst die rechte, dann die linke Pfote ab; denn es hing da immer noch etwelcher Tau am Grase, wo der Lindenschatten noch auf letzterm lag. Er sah mich noch einmal an und ging langsam wieder weiter, als wolle er mir den Weg zeigen: er betrachtete mich unbedingt nicht als Feind und ging auch wahrlich nicht mehr, um die Hunde zu holen und Tinchen Quakatz mit einem Feldstein in der Kinderfaust und den Vater Quakatz mit dem ersten besten Prügel oder gar der Mistgabel oder der Holzaxt! Es gab wohl nichts Einladenderes als ihn, den Hauptmann Hinze; und das, wozu der neue Wachtkommandant der roten Schanze einlud, winkte ebenfalls nicht ab und riet zu schleuniger Umkehr und eiligem Rückzug.

Ganz Stopfkuchen!

Stopfkuchen, wie er sich selber wohl tausendmal in seinen schönsten, elegischsten Jugendträumen als Ideal gesehen hatte.

O welch ein Frühstückstisch vor dem Binsenhüttchen, das heißt dem behaglichen, auch auf Winterschnee und Regensturm behaglich zugerichteten deutschen Bauernhause, vor dem Hause, am deutschen Sommermorgen, zwischen hochstämmigen Rosen, unter Holunderbüschen, im Baumschatten, mit der Sonne drüber und der Frau, der Katze, dem Hunde (jetzt ein ruhiger, verständiger, alter Spitz), den Hühnern, den Gänsen, Enten, Spatzen und so weiter und so weiter, rundum! Und solch ein grauer, der Jahreszeit angemessener, jedem Recken und Dehnen gewachsener Schlaf- oder vielmehr Hausrock! und solch eine offene Weste und solch eine würdige lange Pastorenpfeife, mit dem dazugehörigen angenehmen Pastorenknaster in blauen Ringeln in der stillen Luft!

„Stopfkuchen!“

Es gab nur ein Wort, und dieses war es, was ich murmeln konnte, wie ich jetzt stand und, wie der Marquis von Carabas, dem Kapitän Hinze meine weitere Einführung in die Behaglichkeit überließ.

„Stopfkuchen!“ murmelte ich, während ich stand und darauf wartete, daß man, just aus seinem Wohlsein heraus, noch einmal in meinem Leben Notiz von mir nehme auf der roten Schanze.

Selbstverständlich war's die Frau, welche die Störung zuerst bemerkte, zu dem Fremden hastig aufsah und ihren Mann anstieß: „Aber, Heinrich? Ein Herr! Da ist ja wer!"

Ich habe es nicht gehört, aber ich bin nicht nur fest überzeugt, sondern ich weiß es gewiß, daß ihr Heinrich nichts weiter als: „Na?!" gesagt hat, als er, wenig erfreut, die Zeitung sinken ließ und die Nase erst seinem Wachtkapitän zu, sodann nach seinem Toreingang hin und zuletzt dem Eindringling in seinen Morgenfrieden entgegenhob.

„Entschuldige den Störenfried, lieber Alter. Eduard nanntest du, freilich vor langen Jahren, einen Freund, wenn er auch kein junger Baron war, sondern nur aus dem Posthause da unten stammte, Schaumann", sagte ich, wie vollständig aus dem heißen Afrika in seine wonnige Kühle hinein ihm näher tretend. Die Frau legte das Strickzeug auf den Kaffeetisch, der Mann legte beide fleischigen Hände auf beide Lehnen seines Gartenarmstuhls, wand sich langsam in die Höhe, in seiner gediegenen Breite nun noch mehr zur Erscheinung kommend, und – sprang vor. Er tat einen Sprung! Es war der Sprung eines überfetten Frosches, aber ein Sprung war es!

Das Wort nahm ihm jedoch noch einmal die kleine, zarte Frau vom Munde weg.

„Jesus, Heinrich", rief Valentine Schaumann, geborene Quakatz, „es ist wirklich und wahrhaftig dein Freund Eduard!"

„Halte doch mal meine Pfeife, Tinchen", sagte Stopfkuchen, und dann nahm er mich wenn auch nicht in seine Arme, so doch an meinen beiden Oberarmen, hielt mich so eine Weile fest, aber doch von sich, besah mich ganz genau und – fragte: „Bist du es? Bist du es wirklich doch noch einmal? Die Möglichkeit ist es ja!" setzte er hinzu.

„Es ist die Wirklichkeit, alter Heinz; und ich freue mich, dich – die rote Schanze – nein, dich und deine Frau so wohl zu sehen! Du hast..."

„Dich gar nicht verändert. Bleibe mir, an jedem warmen Tage im Jahre wenigstens, mit der verruchten Redensart vom Wanste. Der andere Hohn: Mensch, aber wie dick bist du geworden! kommt ja doch gleich hinterdrein. In der Beziehung könnt ihr alle –"

„Schaumann, ich freue mich so sehr, dich so, gerade so wiederzufinden."

„Na, na, im Schatten geht es ja wohl noch an. Da zerfließt man seinem besten Jugendfreund nicht sofort als ein Schemen in den Armen. Er ist es wirklich, Tinchen! Er hat wahrhaftig die Freundlichkeit gehabt, sich auch unserer noch zu erinnern."

„Stopfkuchen?!"

„Das Wort schmeckt wenigstens noch ein bißchen nach andern jüngern Tagen und lebendigeren Gefühlen; aber die Tatsache bleibt dessenungeachtet bestehen. Geehrter, weshalb kommst du jetzt erst auch zu uns? Soweit lesen wir die Zeitungen hier oben auf Quakatzenburg noch, daß wir aus der Gasthofsliste wissen, wie lange du dich da unten bereits aufgehalten und natürlich einer Menge anderer das Vergnügen, dich wiederzusehen, geschenkt hast. Nu denn, das ist denn ja sehr freundlich von dir."

Wie jeder, der mit Recht wegen einer Versäumnis am Ohr genommen wird, suchte ich nach einer Ausrede und fand diesmal folgende: „Das Beste erspart sich der verständige Erdenbewohner stets bis zuletzt. Dieses war, wie ich mich ungemein deutlich erinnere, auch dein Grundsatz in den Tagen unserer Kindheit und Jugend, lieber Heinrich."

„Davon bin ich völlig abgekommen", erwiderte Stopfkuchen. „Seit einigen Jahren schon nehme ich das Beste zuerst, lieber Eduard, und verlasse mich nicht mehr darauf, daß man ja Zeit habe und das Butterbrot sicher und fest in beiden Fäusten halte. Na, lassen wir die Komplimente! Das Glück ist dir diesmal wenigstens noch günstig gewesen: einen fetten Happen hast du dir an mir aufgehoben! was?"

„Nun, nun, bester Schaumann –"

„Und du – wie stehst du denn so dumm da, Mieze? Quakätzchen? Da der Mann sich als Mensch, Bruder und Freund wenigstens annäherungsweise legitimiert hat nach Menschenbrauch, so biete ihm wenigstens einen Stuhl und noch eine Tasse Kaffee an, wenn der noch warm ist. Setze dich wenigstens einen Augenblick, Eduard, wenn du Zeit hast; und dann – du, sieh sie dir einmal an! – Das ist sie! Tinchen; Tinchen Quakatz. Na, was meinst du, Eduard? Über mich hast du deine Meinung, dir unbewußt, durch Blick, Mundaufsperren, Hand- und Fußmimik bereits geäußert. Jetzt sage es mir dreist aufrichtig, wie du sie im Fleisch findest?"

Die Handbewegung, der Blick und was sonst zu dieser Vorstellung der Frau Valentine Schaumann gehörte – nichts ist davon zu beschreiben. Auch von dem Ton nicht, mit dem das Wort „Mieze“ gesprochen wurde.

Und Quakätzchen?!

Eine geborene Quakatz, die Tochter von Kienbaums Mörder, Andreas Quakatz, die sich bei ihrem Eheherrn zu einer „Mieze“, ja, wie ich nachher merkte, sogar zu einem „Müschen“, mit längster, zärtlichster Dehnung auf dem ü ausgewachsen hatte und jetzt mir Platz im Sommermorgen und am Frühstückstisch auf der roten Schanze machte, die muß doch beschrieben werden!

Ich hatte sie als Kind nur hager gekannt – „klapperig“ nannte es Stopfkuchen; aber sie hatte es nicht so wie Stopfkuchen gemacht, sie hatte nicht ihre Körperveranlagung im Laufe der Jahre zur höchsten Potenz ausgebildet. Sie war nicht in dem Grade dürr geworden, wie er dick geworden war. Sie war nicht eingehuzzelt unter seinem Regimente, in dem Schatten, dem beträchtlichen Schatten, den er warf.

Sie war ein wohlgebautes, behagliches Persönchen geworden, mit einigem Grau im Haar, wie man es so gegen das vierzigste Jahr wohl gelten lassen muß. Ich sah sie mir natürlich zuerst darauf an, ob sie wohl noch die Hunde über den Dammweg auf „uns Jungens“ und die übrige Welt hetzen könne; ich sah sie mir sehr genau darauf an, und ich freute mich. Vollständig hatte sie den wilden, manchmal halb irren Blick ihrer Kindheit und „Jugendblüte“, der aus ihrer trostlosen Verfemung damals stammte, verloren. Und als sie lächelnd die ersten Worte auch an mich gerichtet hatte, wußte ich nach diesen ersten Worten, daß sie seit lange nicht mehr das verschüchterte, mit bösen Worten, Steinen und Erdklößen beworfene Bauernmädchen vom Quakatzenhof war. Es war durchaus nicht nötig, daß mein Freund Schaumann es für notwendig zu halten schien, meine Aufmerksamkeit noch reger zu machen, und zwar mit den abgeschmackten Worten: „Ja, ja, Eduard, Bildung steckt an, und ich bin immer ein sehr gebildeter Mensch gewesen, wenn ihr da unten es auch nicht immer Wort haben wolltet. Und dann, Eduard, studiert man manchmal auch nicht ganz ohne Nutzen für die oder den Nebenmenschen – das Kochbuch.“

„Wer es nicht wüßte, daß wir seit lange recht gute, gute Bekannte sind, der müßte das hieraus doch sofort merken“, sagte freundlich-zierlich Frau Valentine Schaumann, und weder im Salon der Madame Recamier, noch dem der Madame de Staël, noch dem der Frau Varnhagen von Ense, die ihrer Zeit Rahal genannt wurde, konnte etwas Feineres und Besseres mit einem bessern und feinern Lächeln bemerkt werden.

Ich hatte es damit vollständig heraus, daß ich hier am Ort in der Heimat den Fuß zuerst auf einen verzauberten Boden gesetzt hatte, auf welchem die Enttäuschungen der Heimkehr doch vielleicht noch einem rechten, echten, wahrhaftigen, wirklichen Heimatsbehagen Raum geben konnten. Nach zehn Minuten einer Unterhaltung, die sich nur auf unser Wiederaneinanderherantreten bezog und gar nichts Bemerkenswertes an sich hatte, wollte uns die Frau verlassen und ins Haus gehen, dem Gatten verständnisvoll zunickend, nachdem Stopfkuchen gesagt hatte: „Du, Mieze, natürlich rastet der Fremdling heute im Gelobten Lande. In der Abendkühle können wir ihn dann ja ein bißchen auf seinem Wege nach der Stadt und Afrika zurückbegleiten."

Ich war wohl nicht mit der Absicht gekommen, so lange zu verweilen; aber ich bin doch wirklich gern den Tag über auf der roten Schanze geblieben, nachdem ich meinerseits gerufen hatte: „Oh, Frau Valentine, wohin wollen Sie? Bleiben Sie sitzen. Man muß aus Südkaffraria und über die Tropen auf Besuch nach Hause gekommen sein, um wirklich zu erproben, wie wohlig es sich zu Hause an einem Morgen wie der heutige vor einem solchen Hause sitzen läßt!"

„Nicht wahr?" sagte Stopfkuchen. „Da hörst du's mal wieder, Tinchen Quakatz! Übrigens geh du nur ruhig hin; der fremde Herr erzählt uns nachher wohl das Genauere von seinem Hauswesen da unten, dahinten. Das macht man wahrhaftig am besten und gemütlichsten bei Tische ab. Laß du dich nicht von ihm jetzt abhalten; geh du ruhig an dein Geschäft, Müschen. Dieser abenteuernde Afrikaner wird seine richtige Desdemona wohl auch schon anderswo gefunden haben, und du kriegst doch nur die schönen Reste seiner Schnurren und Seelenstimmungen. Geh du ruhig in deine Küche – doch die Hauptsache. Auch ihm!"

Und der Gatte warf der Gattin einen schmunzelnd verständnisinnigen Blick zu und zog sich mit der Handkante vor der Gurgel her, den Gestus des Halsabschneidens aufs vollkommenste zur Darstellung bringend.

„Heinz hat wahrhaftig recht, Herr Eduard. Die Herren müssen mich wirklich für einige Augenblicke entschuldigen. Sei nur ruhig, Schaumann, ich weiß schon!"

Sie entschlüpfte, und ein Weib, das von einem alten Mörder, von Kienbaums Mörder abstammte und eben ebenfalls mit Mordgedanken umging, konnte wahrlich dabei nicht lieber und gutmütiger und behaglicher mir zunicken und mir ihre Freude darob zu erkennen geben, daß sie mich heute mittag bei Tisch haben werde. Aber es lag auch eine Welt voll Vertrauen in der Rauchwolke, die ihr der Gatte aus seiner Pfeife nachblies mit den Worten: „Alte – Achtung! Das Afrika verwöhnt seine Leute. Ein in der Asche gebratener Elefantenfuß soll keine Kleinigkeit sein. Tinchen, das wäre doch endlich ein wahrer, guter Ruf, wenn dieser fremde Herr daheim, zu Hause, bei sich, von uns beiden mit Vergnügen erzählen – müßte!“

„Welch eine wirklich liebe Frau“, sagte ich.

„Nicht wahr?“ fragte Stopfkuchen und fügte hinzu: „Was – und wie gut konserviert?“

Und dann saßen wir einige Zeit in Nachdenken und die Behaglichkeit der Stunde versunken und bemerkten es währenddem erst allmählich, daß nach und nach um uns her eine Bewegung entstand. Es kam nämlich ein Aufhorchen, ein Umhersehen, ein Schnabelzusammenstecken in das Federviehvolk um den Frühstückstisch der roten Schanze – alles infolge eines heftigen Gegackers und Gekreisches aus dem Hofraum hinter dem Hause. Und nicht ohne Grund, denn von dorther über das niedrige Gatter um den obbemeldeten Hof war ein einzeln Huhn mit gesträubten Flügeln und einigen Federn im Schwanze weniger gelaufen gekommen und hatte böse Mär gebracht.

„Was hat denn das Vieh? wer hat denn jetzt wieder Kienbaum totgeschlagen?“ fragte Stopfkuchen, seinen Tauben nachstarrend, die plötzlich von ihrem Schlage sich erhoben und in angstvollen Kreisen über unsern Häuptern und über den grünen Lindenwipfeln der roten Schanze, allmählich zu silbernen Pünktchen im Himmelblau werdend, sich entsetzt umschwangen.

„Das Zeugs ist ja wie rein toll!“ sagte er; ich aber tat natürlich, als ob ich nicht die geringste Ahnung davon habe, daß der ganze Aufruhr und Schrecken der Natur sich von mir herleite, daß meinetwegen Frau Valentine Stopfkuchen auf der roten Schanze in der Küche gerufen habe: „Stine, wir haben heute einen Gast, und wenn mich nicht alles täuscht, einen aus fremden Ländern her sehr verwöhnten. Was fangen wir an? Mein Mann hat ihn zu Tische gebeten, und wir haben für so einen, der von so weit herkommt, eigentlich gar nichts Ordentliches im Hause!“

„Na ja, so muß es uns immer zur unrechten Zeit über den Hals kommen“, hatte dann wahrscheinlich Stopfkuchens guter, zweitbester Küchengenius gerufen und – sicherlich hinzugesetzt: „Na, ganz so schlimm ist es wohl noch nicht mit ihm, dem fremden Herrn, und uns hier auf der roten Schanze. Die Hühner und den Taubenschlag haben wir ja immer gottlob noch bei der Hand.“

Ich wußte es auch noch von meiner seligen Mutter her, was die Antwort und der Trost war: „Für eine gute Bouillon wollen wir jedenfalls sorgen, Stine. Die lassen sich auch die Verwöhntesten gefallen.“

Frau Tinchen Schaumann hat an dem Tage aber noch aus ihrer eigenen Speisekammer und was noch besser: aus ihrer eigenen guten Seele „mit einem Stein vom Herzen“ hinzugesetzt: „Und dann haben wir ja auch, Gott sei Dank, den Schinken in Burgunder liegen. Also denn, Stine, rasch, in den Hühnerhof und auf den Taubenschlag: Der fremde Herr bleibt bis zum Abend, und es ist ein alter Freund von meinem Mann, und es ist auch mir eine große Freude, daß er nach so langen Jahren und von so weit her hier noch einmal auf der Schanze zu Besuch ist!“

Es möchten vielleicht manche auf dem Schiffe gern wissen, womit sich eigentlich der Herr aus der Burenrepublik so eifrig literarisch beschäftige? was er schreibe, worüber er jetzt knurre, jetzt seufze und jetzt lache? Es ist aber keiner unter der ganzen Reisegesellschaft, dem ich es vollständig klarmachen könnte, wie sich ein vernünftiger Mensch auf einer solchen Fahrt, so mit einem längst gegessenen und verdauten Schinken, und wenn auch in Burgunder, so eingehend noch einmal beschäftigen könne. Wir haben Deutsche, Niederländer, Engländer, Norweger, Dänen und Schweden, die ganze germanische Vetternschaft, an Bord des Leonhard Hagebucher; aber sie würden mich alle mehr für einen Narren als einen mit ein wenig Weltverschönerungssinn begabten Teutonen nehmen, wenn ich heute abend im Rauchsalon ihnen einige Seiten aus meinem diesmaligen Logbuch und Reisemanuskript, aus der Kriminalgeschichte Stopfkuchen vorlesen würde. Ich lasse das wohl bleiben; aber ich bleibe auch bei meinem Manuskript, wenn das Wetter und der Wogengang es erlauben. Ich bin eben oft genug im Leben zu Schiffe gewesen, um zu wissen, was das Behaglichere ist auf einer längern Fahrt. Es ist eine große Täuschung zu meinen, daß auf den großen Wassern alle Augenblicke etwas Merkwürdiges vorkomme, und daß eine germanische Reiseverwandtschaft immer ungemein humoristisch, gemütvoll, feinfühlig und – *interessant* sei...

Nämlich den frischen Schinken in Burgunder und die gute Hühnersuppe fanden wir auf dem Mittagstisch; aber so weit sind wir ja wohl noch nicht. Wir sitzen noch hinter Stopfkuchens zweitem Frühstück unter den alten Linden vor der Quakatzenburg auf der roten Schanze, Freund Heinrich Schaumann und ich, und der Eßtisch drinnen im Hause wird eben erst in die Mitte der Stube gezogen, um von Frau Tinchen und einer zweiten Magd derselben für das Haupttreffen, die Hauptbefriedigung des täglichen Nahrungsbedürfnisses, „gedeckt" zu werden.

„Endlich doch einmal ein Mensch, der ein vorgesetztes Ziel erreicht hat, ohne daß es ihn nach dem Anlangen enttäuscht hat!" sagte und seufzte ich, in die nochmals dargereichte Zigarrenkiste greifend.

„Ein bißchen viel Übergewicht", brummte Stopfkuchen. „An heißen Tagen etwas beschwerlich, lieber Eduard. Vorzüglich bei den doch immer notwendigen Geschäftsgängen."

„Ja, hast du denn wirklich noch solche notwendige Gänge zu machen, lieber Heinrich? Hast du wahrhaftig noch nicht mit allem, was für unsereinen so draußen herum liegt und besorgt werden muß, abgeschlossen? Liegt nicht alles das draußen vor deinen wundervollen Wällen des Prinzen Xaver von Sachsen?"

„Was wohl soviel heißen soll wie: bist du nur dazu da, auf der roten Schanze nach dem Lebensunbehagen des Vater Quakatz die Behaglichkeit des Daseins in deiner feisten Person zur Darstellung zu bringen? Jetzt leihe mir mal gütigst deinen Arm, Eduard. Eine Weile dauert es wohl, ehe wir zu Tisch gerufen werden; also kann ich dir, wenn es dir gefällig ist, vorher noch Festung, Haus und Hof – *my house and my castle* – wie das alles unter meiner und Tinchens Herrschaft geworden ist, etwas genauer zeigen. Uff! – langsam! nur nicht zu hastig. Weshalb sollen wir uns nicht Zeit nehmen? Was könnte ich Hinhocker einem Weltwanderer gleich dir Merkwürdiges zu weisen haben, was solch ein rasendes Drauflosstürzen erforderte? Nur mit aller Bequemlichkeit, Freund! Wandeln wir langsam, langsam, und zwar zuerst noch einmal um den Wall des Herrn Grafen von der Lausitz, segensreichen, wenn auch nicht gloriosen Angedenkens."

„Segensreichen Angedenkens? Das sagte die Stadt da unten sowie die Umgegend im Jahre Christi siebzehnhunderteinundsechzig grade nicht."

„Aber ich sage es heute. Was geht mich die hiesige Gegend und Umgegend an? Die schöne Aussicht darauf von Quakatzenburg aus natürlich abgerechnet."

Ich war jetzt so gespannt auf das, was er mir zu zeigen hatte, daß ich wirklich mit einiger Mühe meinen Schritt aus den Goldfeldern von Kaffraria nach seinem Schritt von der roten Schanze mäßigte. Und zum erstenmal nun in meinem Leben umging ich auf dem Walle selbst das Schanzenviereck des Prinzen Xaver; als Junge und als junger Mensch hatte ich es mir ja nur von jenseits des Grabens, vom Felde, von dem „Glacis" dann und wann ansehen können. Und die Jahre zählten! Es ging freilich heute etwas langsam damit; denn der Jugendfreund hatte in Wahrheit meinen Arm nicht bloß der Zierde und Zärtlichkeit wegen genommen. Seine Pfeife nahm er natürlich auch mit, hielt sie im Brande und deutete mit ihrer Spitze hierhin und dorthin, wo er meine nach seiner Meinung durch allerlei Weltumsegelungen zerstreute Aufmerksamkeit hinzuwenden wünschte.

Wir wandelten oder watschelten wieder durch seinen Gartenweg, zwischen seinen Johannis- und Stachelbeerbüschen, seiner Brennenden Liebe, seinen Rosen und Lilien, seinem Rittersporn und Venuswagen empor zu der Brüstung seiner Festung. Als Geschichtsforscher und als Philosoph der roten Schanze erwies er sich von Augenblick zu Augenblick größer – bedeutender. Und dabei hatte er sich in seiner wohlgefütterten Einsamkeit und in den Armen seiner kleinen herzigen Frau zu einem Selbstredner sondergleichen ausgebildet. Er fragte, und er gab gewöhnlich die Antwort selber, was für den Gefragten stets seine große Bequemlichkeit hat.

„Woher stammen im Grunde des Menschen Schicksale, Eduard?" fragte er zuerst, und ehe ich antworten konnte (was hätte ich antworten können?), meinte er: „Gewöhnlich, wenn nicht immer, aus einem Punkte. Von meinem Kinderwagen her – du weißt, Eduard, ich war seit frühester Jugend etwas schwach auf den Beinen – erinnere ich mich noch ganz gut jener Sonntagsnachmittagsspazierfahrtstunde, wo mein Dämon mich zum erstenmal hierauf anwies, in welcher mein Vater sagte: „Hinter der roten Schanze, Frau, kommen wir gottlob bald in den Schatten. Der Bengel da könnte übrigens auch bald zu Fuße laufen! Meinst du nicht?" – „Er ist so schwach auf den Füßen", seufzte meine selige Mutter, und dieses Wort vergesse ich ihr nimmer. Ja, Eduard, ich bin immer etwas schwach, nicht nur von Begriffen, sondern auch auf den Füßen gewesen, und das ist der besagte Punkt! Ich habe mich wahrhaftig nicht weiter in der Welt bringen können als bis in den Schatten der roten Schanze. Ich kann wirklich nichts dafür. Hier war mein schwacher oder, wenn du willst, starker Punkt. Hier faßte mich das Schicksal. Ich habe mich gewehrt, aber ich habe mich fügen müssen, und ich habe mich seufzend gefügt. Dich, lieber Eduard, haben Störzer und Mr. Le Vaillant nach dem heißen Afrika gebracht, und mich haben meine schwachen Verstandeskräfte und noch schwächern Füße im kühlen Schatten von Quakatzenhof festgehalten. Eduard, das Schicksal benutzt meistens doch unsere schwachen Punkte, um uns auf das uns Dienliche aufmerksam zu machen."

Dieser Mann war so frech-undankbar, hier wahrhaftig einen Seufzer aus der Tiefe seines Wanstes hervorzuholen. Natürlich nur, um mir sein Behagen noch beneidenswerter vorzurücken. Ich ging aber nicht darauf ein. Den Gefallen, meinerseits jetzt noch tiefer und mit besserer Berechtigung zu seufzen, tat ich ihm nicht.

„Ruhig, Eduard!" sagte ich mir. „Sollst doch zu erfahren suchen, was er noch weiter mehr weiß als du."

Ich ließ ihn also am Worte, still von einer Ecke des alten, jetzt so friedlichen Kriegsbollwerkes, aus dem Schatten heraus, in die sonnige, weite Landschaft mit meiner Heimatstadt, ihren Dörfern, Wäldern, nahen Hügeln und fernem Gebirge hinausschauend.

„Ja, da hast du den ganzen Kriegsschauplatz von Schaumann kontra Quakatz vor dir", sprach Stopfkuchen. „Sieh dir die Landschaft ja noch einmal an, ehe du dich wieder nach deinem herrlichen Afrika verziehst. Es ist und bleibt doch eine nette Gegend! was?"

„Freilich, freilich! Man braucht gerade nicht aus Libyen zu kommen oder wieder dorthin abreisen zu müssen, um das dreist behaupten zu können."

„Und dann was alles in ihr passiert ist, Eduard", sagte Stopfkuchen, mich leicht mit dem Ellbogen in die Seite stoßend. „Von alten Historien will ich gar nicht anfangen; aber nimm nur bloß diesen himmlischen Siebenjährigen Krieg an!"

„Bester Freund –"

„Für diesen göttlichen Siebenjährigen Krieg und den wundervollen alten Streithahnen, den Alten Fritz, habe ich immer meine stillste, aber innigste Zuneigung gehabt."

„Liebster Heinrich –"

„Jawohl, etwas von dieser herzlichen Neigung in mir dämmert dir vielleicht heute auch noch wohl aus unschuldigen Kinder- und nichtsnutzigsten

Flegeljahren auf. Eduard, wäre ich heute nicht Stopfkuchen, so möchte ich nur Friedrich der Andere in Preußen – in der ganzen Weltgeschichte nur Fritz der Zweite gewesen sein. Ich weiß nicht, wie es mit deiner Bibliothek im Kaffernlande bestellt ist, aber, bitte, nenne mir einen andern aus der Welt Haupt- und Staatsaktionen, der für unsereinen etwas Sympathischeres als der an sich haben kann! So dürr – ausgetrocknet, mit seinem vom Rheinwein seines Herrn Vaters her angeerbten Podagra etwas schwach auf den Füßen, aber immer in den Stiefeln! Immer munter bei sich selber im Hallo, Geheul und Gebrüll der Furien und der Kanonen. Mit seinem Krückstock, seiner Nase voll Schnupftabak, seiner mit Siegellack eigenhändigst reparierten Degenscheide – scharfklingig, frech und spitzig, was man jetzt schnoddrig nennt, gegen die allerhöchsten Damen, Frau Marie Therese, Frau Elisabeth, Frau Jeanne Antoinette; was ich freilich meiner allerhöchsten Dame, meines Tinchens wegen, nicht ganz und gar billigen kann. Aber dagegen sein Appetit. Tadellos! Gut in seiner Kindheit, in seiner Jugend; aber über alles Lob erhaben bei zunehmendem Alter. Hätte ich wo ein Wort zu verlieren, so wäre es bei dieser Betrachtung, so wäre es hier. Der Mann verdaute alles! Verdruß, Provinzen, eigenes und fremdes Pech, und vor allem seine jeden Tag eigenhändig geschriebene Speisekarte. Eduard, dieser Mensch wäre auch Herr der roten Schanze geworden, wenn er ich gewesen wäre. Eduard, wenn ein Mensch was dazu getan hat, mich zum Herrn, Eigentümer und Besitzer von der roten Schanze und somit auch von Tinchen Quakatz zu machen, so ist das immer der Alte Fritz von Preußen, selbstverständlich immer in Verbindung mit seinem herzigen, mir so unendlich wertvollen Gegner auf dieser Erdstelle, dem Prinzen Xaverius von Sachsen, kurfürstlicher Hoheit."

Der Mensch Heinrich Schaumann genannt Stopfkuchen redete einen solchen Haufen von Gegensätzen zusammen, daß ich gar nicht mehr imstande war zu seufzen: „Nun, das soll mich doch weiter wundern, worauf dieses hinauslaufen kann."

„Setzen wir uns doch lieber", meinte Heinrich. „Ich sehe es dir an, daß ich dir noch ein wenig konfus erscheine. Vielleicht kommt das noch besser; aber ich kann es nicht ändern. Diese Bank hier habe ich übrigens nur aufstellen lassen, um dann und wann nicht selber meinen historischen Boden unter den Füßen weg zu verlieren. Wenn ich dir aber langweilig werde, höre ich auf der Stelle auf, Interessantester aller Afrikaner und Bester aller alten Freunde."

„Ich bitte dich, Stopf- bester Freund!"

„Sage dreist Stopfkuchen, Eduard. Ich höre gern auch heute noch auf das alte liebe Wort; und von den alten Freunden, die es mir in schönern Jahren so sehr scherzhaft aufhingen, muß ich dir doch zuerst reden, um meinem seligen Schwiegerpapa von Kienbaums Angedenken allmählich näherzukommen. Also – dieses war der Anfang der Historie von Heinrich und Valentine, von Kienbaum, vom Meister Andreas Quakatz und von der roten Schanze. Du sitzest doch gemütlich, Eduard?"

„Ich habe selten in meinem Leben gemütlicher gesessen. Aber unterbrich dich doch nicht immer selbst, alter, wunderlicher Freund! Mir scheint es jetzt wahrlich, ich sei nur deshalb einzig und allein in die alte Heimat auf Besuch gekommen, um dich zu hören."

„Sehr schmeichelhaft! also auch deshalb zuerst von den alten Freunden! von euch nichtsnutzigen, boshaftigen, unverschämten Schlingeln, die ihr, solange ich euch zu denken vermag, euer Bestes getan habt, mir die Tage meiner Kindheit und Jugend zu verekeln!"

„Stopfkuchen, ich bitte dich..."

„Jawohl, Stopfkuchen! Was konnte ich denn dafür, daß ich schwach von Beinen und stark von Magen und Verdauung war? Hatte ich mir die Kraft und Macht meiner peristaltischen Bewegungen und die Hinfälligkeit meiner Extremitäten und überhaupt meine Veranlagung zum Idiotentum anerschaffen? Hätte ich die Wahl gehabt, so wäre ich ja zehntausendmal lieber als Qualle in der bittern Salzflut, denn als Schaumanns Junge, der dicke, dumme Heinrich Schaumann, in die Erscheinung getreten. Sauber seid ihr mit mir umgegangen und habt euer schändliches Menschenrecht genommen. Leugne es nicht, Eduard!"

„Du gibst keine Ausnahme zu, Heinrich?"

„Keine! Soll ich etwa dich ausnehmen, du mein bester, liebster Freund? Bilde dir das nicht ein! frage nachher nur Tinchen bei Tische, was sie darüber denkt. Sie hat dich ja auch damals mit den andern vor ihres Vaters Burgwall gehabt. Hast du nicht mit den Wölfen geheult, so hast du mit den Eseln geiaht, und jedenfalls bist auch du mit den andern gelaufen und hast Stopfkuchen mit seiner unverstandenen Seele, gleich wie mit einem auf die gute Seite gefallenen Butterbrot auf der Haustürtreppe, auf der faulen Bank in der Schule und am Feldrain vor der roten Schanze sitzenlassen. Jawohl hast du dich schön nach mir umgesehen, wenn du, nicht etwa etwas Besseres, sondern wenn du etwas Vergnüglicheres wußtest."

„Heinrich, das kannst du doch wirklich nicht sagen!"

„Eduard, säße ich sonst so hier? Und dann – übrigens, mache ich dir einen Vorwurf daraus? Habe ich euch – dich nicht laufen lassen, und habe ich nicht etwa mein Butterbrot aus dem Erdenstaube aufgehoben und es gefressen – mit einem Viertel Wehmut und drei Vierteln Hochgenuß in meiner – Einsamkeit? Habe ich euch – habe ich dich etwa nicht ruhig laufen lassen? Habe ich mich je euch durch Gewinsel hinter euren leichter beschwingten Seelen und bewegungslustigeren Körpern her noch lächerlicher, als ich schon war, gemacht?"

„Wahrhaftig nicht! Und um der Wahrheit die Ehre zu geben, ich – wir haben dich einfach sitzenlassen, wie und wo du dich hingesetzt hattest!"

„Seht ihr! Siehst du! Und ich hoffe es dir im Laufe des Tages doch noch zu beweisen, daß auch die einsame Haustürtreppe, der unterste Platz in jeder Schulklasse, der tränenreiche Sitz am Wiesenrain den Menschen doch noch zu einem gewissen Weltüberblick und einem Zweck und Ziel im Erdendasein gelangen lassen können. Zum Laufen hilft eben nicht immer schnell sein, lieber Eduard."

„Das weiß der liebe Gott!" seufzte ich aus voller Seele, aus allen Lebenserrungenschaften und vom untern Ende Afrikas her.

„Ein Indianer am Pfahl konnte es unter dem Kriegsgeheul und Hohngebrüll seiner Feinde nicht schöner haben als Stopfkuchen in eurem muntern Kreise. Nette Siegestänze eurer Überlegenheit habt ihr um mich armen maulfaulen, feisten, schwitzenden Tropf aufgeführt. Und so helle Köpfe waret ihr allesamt! Jawohl habe ich mein Brot mit Tränen gegessen in eurer lieben Kameradschaft. Was blieb mir da anders übrig, als mich an meinen Appetit zu halten und mich auf mich selber zu beschränken und euch mit meinen herzlichsten Segenswünschen die Rückseite zuzudrehen."

„Heinrich –"

„Na, na, laß das nur sein. Es liegt jetzt hinter uns beiden, und Tinchen ist in ihrer Küche für dein und mein Wohl heute beschäftigt, wie es sich gehört. Das Herzblatt! Laß uns jetzt dem näherzukommen suchen, und also – vivat der Prinz

Xaver von Sachsen, und nochmals und zum dritten Male hoch der Comte de Lusace, Prinz Xaverius von Sachsen!"

„Er lebe! aber was er mit deiner – meiner – unserer und deiner Frau Geschichte zu tun hat, das bleibt mir augenblicklich noch ein Rätsel, Schaumann! Du hast eben wohlberechtigte Worte zu mir gesprochen; aber deinen Grafen von der Lausitz, deinen mir völlig unbekannten Prinzen von Sachsen, brauche ich mir doch nicht so ohne weiteres gefallen zu lassen, Heinrich! Jetzt, ehe deine Frau zum Essen ruft, was hat dieser sonderbare Prinz Xaver, Xaverius mit ihr, mit dir, mit mir noch zu tun an diesem wundervollen, windstillen, himmelblauen, blättergrünen, sonnigen Sommermorgen?"

Das Schiff stößt heute ein wenig mehr als gestern.

„Und wenn du auch die halbe neue Weltgeschichte miterlebt und in Afrika selber mitgemacht hast, Eduard, das mußt du doch auch noch wissen, daß in meines Vaters Hausgiebel eine Kanonenkugel stak und noch heute steckt, die er – der Xaverl – damals, im Siebenjährigen Kriege zu uns in die Stadt hineingeschossen hat! Sei nur ganz still und unterbrich mich nicht; wir kommen dem Tinchen an ihrem Küchenherde auf der roten Schanze näher und immer näher. Nämlich sie war meines Vaters Stolz, nicht das Tinchen, sondern die Kanonenkugel. Sie war ja eine Merkwürdigkeit der Stadt, und mein erstes Denken haftet an ihr: „Die ist von der roten Schanze gekommen, Junge", sagte mein Vater, und nun sage mir, Eduard, hast du da hinten in Prätoria oder wie ihr es und euch nennt, etwas Besseres als eine Kugel im Gebälk oder in der Hauswand, um deinem Jungen oder deinen Jungen den Verstand für irgend etwas aufzuknöpfen? So ein Wort schlägt ein und haftet im Gehirn und in der Phantasie wie die Kugel selber in der Mauer. „Sie kommt noch aus dem Kriege des alten Fritz her, Heinrich", sagte mein Vater. „Paß in der Schule ordentlich auf, denn da können sie dir das Genauere darüber erzählen!" – Na, ich habe um alles andere in der Schule Prügel gekriegt, nur um den Siebenjährigen Krieg nicht; und daran ist die Geschützkugel des Prinzen Xaver an unserer Hauswand, die Kugel, die von der roten Schanze hergekommen war, schuld gewesen, und sie hat mir denn auch so im Laufe der Zeiten zum Tinchen Quakatz und zu der roten Schanze verholfen. Nachher bei Tische, hoffe ich, sollst du es mir ganz aufrichtig sagen müssen, daß du es doch recht behaglich bei uns findest."

„Habe ich denn das nicht schon verschiedene Male gesagt?"

„Nein. Wenigstens noch lange nicht nach Würden. Denn was weißt du denn eigentlich bis jetzt Genauestes von uns? Aber, Menschenkind, mußt du denn immer unterbrechen? Menschenkind, begreifst du denn gar nicht, wie viele verhaltene Reden, wieviel verhaltener Wortschwall in einem nicht zum Zweck und auf die Kanzel gekommenen Kandidaten der Theologie stecken können? Da, sitze still und gucke in die schöne Gegend und auf die Heimatsgefilde und laß mich mir endlich mal Luft machen! einem Menschen gegenüber Luft machen, der nicht unten in das alte Nest hineingehört, sondern der morgen schon wieder auf dem Wege nach dem untersten Ende vom alleruntersten Südafrika ist, also nicht die Geschichte vom Stopfkuchen und seiner roten Schanze in sein nachbarliches Ehebett und in seine Stammkneipe weiterträgt."

„Ich sage gar nichts mehr, bis du selbst mich dazu aufforderst, oder bis deine liebe Frau es wünscht."

„Schön, lieber Junge! Damit tust du mir eine wahre Wohltat an. Also kommen wir zurück zu der Schicksalskugel an Rendanten Schaumanns Hause. Allein tat sie es natürlich nicht. Es hatte sich im Hause auch ein alter Schmöker erhalten. Meine Mutter hatte ihn jahrelang benutzt, um einem wackelnden Schrank den mangelnden vierten Fuß unterzuschieben. Der half mir weiter. Nicht der Schrank, sondern der Schmöker! Es war ein Lokalprodukt, das die Geschichte der Belagerung unserer süßen Kindheitswiege durch den Prinzen Xaver von Sachsen wenn nicht wahr, so doch für ein Kindergemüt um ein Bedeutendes deutlicher ausmalte. Den Klassiker zog ich unter dem Schranke vor, den las ich lieber als den Cornelius Nepos, und von dem aus kam ich, Eduard – sei ruhig, wir kommen Tinchen immer näher! –, zu dem lebendigen alten Schmöker Schwartner. Selbstverständlich erinnerst du dich noch an den alten Schwartner, den Registrator Schwartner?"

Ich erinnerte mich selbstverständlich, aber schüttelte natürlich ebenso selbstverständlich das Haupt.

„Ja so: er soll ja nicht dreinreden!" brummte der Herr der roten Schanze und fuhr fort in seiner Seelenerleichterung, ohne daß er durch mich aufgehalten worden war. „Der alte Schwartner in seinem alten schwarzen Hause unter den dunkeln Kastanien der Kirche gegenüber. Es spukte in ihm, weißt du noch, Eduard? In dem Hause natürlich; aber – in dem alten Herrn auch. In dem alten Herrn haben nach seinem Tode oder vielmehr endlichen völligen Austrocknen die Doktoren nicht einen Tropfen Flüssigkeit mehr gefunden; obgleich er aller

Humore voller steckte als die ganze übrige Stadt. Und beim Abbruch seines Familienhauses, nachdem man vorher die Kastanienbäume niedergeschlagen hatte, haben die Arbeiter mehr als einmal am hellen Mittage die Äxte, Schaufeln und Spitzhacken hingeworfen und haben sich unter den Schutz der Hauptkirche gegenüber geflüchtet, weil plötzlich ein Schrecken über sie kam. Ihr Gelehrten schiebt das ja wohl auf den alten Bockfüßler Pan; die städtische Arbeiterbummlerschaft aber schob's auf den alten Bockfüßler Schwartner. Na, mit dem letztern Alten habe ich denn so ganz hinter eurem Rücken, ihr lieben, hellen Schulkameraden, Kameradschaft gemacht, und zwar mit Nutzen in vielen Dingen, von denen ihr Feldhasen nicht die geringste Ahnung haben konntet. Sitze nur ruhig, Eduard; ich führe dich nicht zu weit ab: wir bleiben einfach bei der roten Schanze und kommen meinem Tinchen immer näher. Übrigens wird sie hoffentlich nun auch bald uns zu Tische rufen."

Ich hätte hier wirklich etwas sagen können; aber ich bezwang mich und tat es nicht. Stopfkuchen fuhr, seine Pfeife besser in Brand ziehend, fort: „Also die Kugel an meines Vaters Hause hatte zuerst auf meine kindliche Phantasie gewirkt; der alte Schwartner wirkte zuerst auf meinen historischen Sinn. Und den historischen Sinn im Menschen erklären heutzutage ja viele Gelehrte für das Vorzüglichste, was es überhaupt im Menschen gibt. Ich bin nicht dieser Ansicht. Ja, wenn man sich immer nur an was Angenehmes erinnert! ... Aber, einerlei, der alte Schwartner hatte historischen Sinn und erweckte denselben auch, soweit es möglich war, in mir. Daß ich mich mit ihm, immer dem historischen Sinn! einzig und allein auf die rote Schanze zu beschränken wußte, spricht, meines Erachtens, zuletzt denn doch dafür, daß noch etwas in mir lag, was selbst über den historischen Sinn hinausging. Wie ich eigentlich zuerst in sein Haus gekommen bin, weiß ich nicht recht. Er hat mich wahrscheinlich die Kanonenkugel an unserm Hausgiebel oder die rote Schanze angaffend gefunden, eine verwandte Seele in mir gewittert und mich mal mit sich genommen. Wir kamen jedenfalls bald auf den kameradschaftlichsten Fuß. Wer mich brauchte und in meines Vaters Hause nicht vorfand, der hatte mich nur beim alten Registrator Schwartner zu suchen, da fand er mich ziemlich sicher. „Schulkenntnisse, Heinrich", sagte der alte Schwartner. „Erwirb dir ja Schulkenntnisse und vorzüglich Geschichte. Ohne Geschichtskenntnis bleibt der Gescheiteste ein dummer Esel, mit ihr steckt er als überlegener Mensch eine ganze Stadt, ein ganz Gemeinwesen wissenschaftlich in die Tasche. Brauchst da bloß mich anzusehen, den bloßen Subalternbeamten, der ihnen allen doch allein sagen kann, wie es mit ihnen eigentlich steht!“ Viele allgemeine Geschichtskenntnis habe ich nun freilich doch nicht aus der Freundschaft des alten Herrn gezogen; aber die Geschichte des Siebenjährigen Krieges und der roten Schanze, die weiß ich von ihm, mag es meinetwegen mit dem übrigen bestellt sein und bleiben, wie es ist. Ja, ja, Eduard, sein – des alten Schwartners – Großonkel oder Urgroßonkel hatte als damaliger Stadtsyndikus den Prinzen Xaverius persönlich gesprochen. Der Prinz hatte ihm seine Dose geboten, aber ihm seinen Beitrag zur Kontribution und Brandschatzung nach gewonnener Stadt leider nicht erlassen. Er, der Herr Registrator, bewahrte auch noch viele andere Sachen in seinem gespenstischen Familienhause zum Angedenken an jene unruhige Zeit auf: ein Sponton in der Ecke hinter seinem Schreibtische, Pläne und Kupferstiche an den Wänden, Stühle, auf welchen die Urgroßmutter und die Großmutter mit dem preußischen Stadtkommandanten gesessen hatten, einen Tisch, von welchem die Einquartierung eine Ecke abgeschlagen hatte, und vor allen Dingen Rechnungen, Rechnungsbücher, Abrechnungen! Na, sie hatten blechen müssen, das sage ich dir, Eduard! Der liebe Gott beschirme deine Urenkel in Afrika vor derartigen lieben Angedenken oder gebe ihnen wenigstens den behaglichen historischen Sinn des alten Schwartner, der durchaus keinen Groll darüber mehr in sich trug, der nur noch sein Vergnügen aus der Sache zog, und dem nichts als sein Interesse an dem Dinge geblieben war. Er hatte einen ziemlich großen Plan der Stadt aus dem Ende des vorigen Jahrhunderts an der Wand neben seinem Sofa hängen, und wenn er nicht draußen im Felde diese närrische verjährte Belagerung mit mir traktierte, so dozierte er sie mir von diesem Sofa aus, und ich mußte auf der Karte mit dem Finger nachfahren, meistens natürlich zwischen der Stadt und der roten Schanze hin und her. Und nun steh mal auf und komm mal her, Eduard.“

Und nun, wie als ob ich aus meinem Leben und aus Afrika nicht das geringste Neue und für ihn vielleicht auch Merkwürdige zu erzählen gehabt hätte, zog er mich an den Rand seines Burgwalls und deutete mir mit dem Finger dieses so grenzenlos unbedeutende Stück Welthistorie, Kanonenlärm, Bürgerangst, Weiber- und Kindergekreisch, Brand und Blutvergießen: da und da stand der und der. Das *Corps combiné* der *Royal François et des Saxons* war zwanzigtausend Mann stark. Soundso viel Franzosen und soundso viel Sachsen. „In der Stadt lag eine Besatzung von sieben- bis achthundert Mann Invaliden und Landmiliz unterm alten Platzmajor von Stummel, sein Nachkomme lebt noch in der Stadt als quieszierter Gerichtsassessor, und man sieht es ihm wahrhaftig nicht an, daß er einen Heros zum Ahnherrn gehabt hat; nach dem Brummersumm geht er, wie ich höre, jeden Nachmittag, und auch du hast ihn da vielleicht noch wieder angetroffen, Eduard, und auch um seinetwillen deinen Freund Stopfkuchen und dessen rote Schanze bis heute verabsäumt. Es war doch eigentlich nicht hübsch von dir."

Letzteres mochte sein; aber wenn mir natürlich jetzt alles an Stopfkuchen und der roten Schanze von neuem sehr interessant und sympathisch war, so war ich doch eigentlich nicht um das, was er mir bis jetzt von sich und allem Seinigen vorgetragen hatte, nach seiner Festung, seiner Xavers-, Quakatzen- und Valentinenburg hinausgegangen. Ich hatte wenigstens nach Möglichkeit nachgeholt, was ich unfreundlicherweise verabsäumt haben mochte an dem fürchterlichen Langweiler, dem feistesten meiner Jugendfreunde.

Dem mochte nun sein, wie ihm wollte: in einer Beziehung hatte ich etwas ganz Wunderbares ganz sicher noch vor mir – Stopfkuchens Mittagessen. Nachdem die Düfte vom Hause her immer nahrhafter und delikater geworden waren, schaute Frau Valentine Schaumann, geborene Quakatz, um den Busch hinter unserer Bank und fragte mit dem liebsten, einladendsten Lächeln auf dem guten Gesicht: ob es den Herren gefällig sei? –

Es war den Herren gefällig.

Heute, unter der Linie, habe ich zwar die Glocke des Schiffskochs nicht überhört, aber ich habe ihr doch auch nicht Folge geleistet. Ich bin von Tische fort und bei meinem Manuskript geblieben. Mit dem Appetit des Nordländers ist es zwischen den Wendekreisen des Krebses und des Steinbocks leider nur zu häufig soso, und die sind schon gut dran, die in jenen schönen Gegenden sich wenigstens noch mit Behagen oder doch ohne Mißbehagen an frühern Tafelgenuß und bessere Verdauung erinnern dürfen.

„Na, Tinchen, da hast du denn endlich einmal wieder einen andern, der dir seinen Arm bietet", sagte Heinrich, seine Pfeife an die Gartenbank lehnend und seinen Schlafrock um sich zusammenziehend, was die einzige Verbesserung und Verschönerung seiner Dinertoilette blieb, während seine Frau im hübschen und geschmackvollen, im tadellosen, feiertäglichen Hauskleide zu uns gekommen war. „Nämlich", fügte er hinzu, Stopfkuchen nämlich: „So habe ich sie gewöhnt, Eduard, daß ich mich in dieser Hinsicht allmählich auf sie verlassen kann. Sie reicht mir stets unaufgefordert den Arm, und ich habe ihn nötig. Aber wie gesagt, Weib, reiche ihn heute ihm. Eines so werten und seltenen Gastes wegen verzichte ich auch mal darauf. Also geht nur voran, ihr beide, ich folge langsam in eurer lieben Spur.“

Das tat er wirklich, und da es jetzt in Wahrheit zu Tische ging, auch ohne sich nochmals unterwegs niederzulassen oder gar in den Siebenjährigen Krieg, auf den Prinzen Xaver von Sachsen und die Belagerung unserer Heimatstadt zu fallen. Dicht hinter uns her erreichte er das Haus, welchem auch ich jetzt, sonderbarerweise, zuerst am heutigen Tage in nächste Nähe trat. Bis jetzt war es aber zu gemütlich unter den Linden vor ihm – dem Hause – gewesen. Und was aus einer blutigen Kriegsschanze und aus dem verfemten, verrufenen Unterschlupf von Kienbaums Mörder zu machen gewesen war, das hatte Stopfkuchen daraus gemacht. Solches konnte ich ihm zugeben, und darauf konnte er unbedingt stolz sein. Er hatte es verstanden, hier die bösen Geister auszutreiben, das bemerkte man auf den ersten Blick, wenn man Quakatzens Heimwesen noch gekannt hatte. Er aber sagte, ohne sich auf der Schwelle etwas zugute zu tun: „Komm denn herein, lieber Junge. Wenn der Mensch mit seinen höheren Zwecken, nach dem Dichterwort, in die Höhe wachsen soll, so sollte er von Rechts wegen mit seinem zwecklosen guten Gewissen sich unangegrinst in eben dem Verhältnis ruhig in die Breite ausdehnen dürfen. Aber komme der schlechten Welt mit diesem bescheidenen Anspruch! Na, die Haustür des alten Quakatz habe ich übrigens meinetwegen noch nicht breiter machen lassen müssen. Eduard, es freut mich ungemein, Arm in Arm mit dir diese Schwelle überschreiten zu können.“

Damit schob er seine Frau von mir ab und sie vor uns ins Haus. Er watschelte richtig Arm in Arm mit mir hinterdrein, nicht ohne vorher noch einen Augenblick stehengeblieben zu sein und mich auf die Überschrift seiner Tür aufmerksam gemacht zu haben. Ich traute meinen Augen nicht; aber es stand wahrhaftig da, in großen, weißen Lettern auf schwarzem Grunde angemalt, zu lesen:

Da redete Gott mit Noah und sprach:
Gehe aus dem Kasten.

Und als ich den Dicken darob wirklich nicht ganz ohne Verwunderung ansah, lächelte dieser behaglichste aller Lehnstuhlmenschen überlegen und sprach: „Weil ihr ein bißchen weiter als ich in die Welt hinein euch die Füße vertreten habt, meint ihr selbstverständlich, daß ich ganz und gar im Kasten sitzengeblieben sei. Nee, nee, lieber Eduard, es ist wirklich mein Lebensmotto: Gehe heraus aus dem Kasten!"

Ich würde einiges zu erwidern gehabt haben, aber er ließ mich wahrlich wiederum nicht zu Worte, sondern fuhr fort: „Was sagst du aber schon hier draußen zu den kleinen Verschönerungen, die ich an Tinchen Quakatzens Erbsitz vorgenommen habe. Hier auswendig am Hause, meine ich. Nicht wahr, hell und freundlich? – alles, was Pinsel und Farbentopf in dieser Hinsicht ins Erheiternde zu tun vermochten!"

Er hatte gewiß nicht nötig, mich noch besonders aufmerksam zu machen. Die Verschönerungen mußten jedem, der die „Mördergrube" auf der roten Schanze ehedem in ihrer ärgsten Verwahrlosung gekannt hatte, auffallen.

„Sieh mal", sagte Stopfkuchen, „auf den Noahkasten habe ich dich bereits aufmerksam gemacht; jetzt schüttele einmal in der Phantasie eine andere deiner Weihnachtsschachteln aus. Dorf oder Stadt – steht auf dem Deckel derjenigen, die ich meine. Kippe dreist um auf den Tisch und suche mir mein Weihnachtsmusterhaus heraus! Was? Hast du's? Schön himmelblau die Mauern, schön zinnoberrot das Dach, Fenster und Tür kohlenpechrabenschwarz, nur der Schornstein schön weiß. Es gibt auch nette Paläste und Hütten in anderen Farben in der Schachtel, aber ich habe Tinchens wegen ein helles Himmelblau gewählt. Dem sieht hoffentlich niemand mehr Kienbaums Blut ab, sondern es sagt höchstens dann und wann jemand: „Dieser alte Schaumann auf der roten Schanze ist doch ein ganz verrückter Hahn, und es ist nur zu hoffen, daß ihn seine brave Frau fest unter ihrer Kuratel hält."

Die brave Frau auf dem Hausflur wendete sich auf dieses letzte Wort um und sagte lächelnd: „Heinrich, ich bitte dich! vor diesem deinem Freunde brauchst du dich doch nicht ganz so närrisch wie vor den anderen anzustellen."

„Aber immer doch ein bißchen darf ich – was, alter Schatz?"

„Was kann ich dagegen machen? sagen Sie selber aus ältester Bekanntschaft mit ihm, Herr Eduard!" lachte Frau Valentine, und dabei stand auch ich an Stopfkuchens Arm auf seinem Hausflur und fiel in ein neues Erstaunen.

„Ja, aber, was ist denn das?" entrang sich, um im gehobenen Ton zu bleiben, das Wort meinen Lippen.

„Ein Bruchteil meines geologischen Museums. Die *Pièce de résistance,* die Krone, mein Mammut, werde ich dir nach Tische zeigen", sagte Schaumann.

Ich stand starr.

„Es ist die Liebhaberei meiner alten Tage“, fuhr der dicke Freund fort. „Etwas muß der Mensch doch immer haben, woran er sich hält, wenn er dem Gebote des Herrn nachkommt und aus dem Kasten geht. Was wunderst du dich? Für alle Ewigkeit reicht doch selbst der Prinz Xaver von Sachsen nicht aus, um einem Einsiedler oder vielmehr Zweisiedler durch die Stunden, Tage, Wochen und Jahre ein Liebhabereibedürfnis behaglich zu stillen. Aber sei nur ruhig, Eduard; dies ist meine Sache, dieses sind meine Knochen! Du kriegst die Suppe von ihnen nicht, Tinchen hält sich mehr an was Frischeres mit mehr Fleisch darauf. Ich hoffe, du wirst ihre Kochkunst, meinem osteologischen Museum zum Trotz, loben und draußen im Säkulum gleichfalls bestätigen, daß man auf der roten Schanze nicht bloß an den Knochen nagt. Übrigens sehe ich zu meinem Erstaunen, daß du derartigen Dilettantenwahnsinn bei mir am wenigsten gesucht hast.“

„Das muß ich sagen!“

„Der Zauber des Gegensatzes, Eduard. Einfach der Zauber des Gegensatzes! Werde du mal so fett wie ich und suche du nicht deinen Gegensatz – also hier diese Knochen! Dein Hausarzt wird sicherlich nichts dagegen einzuwenden haben. Der meinige hält zum Beispiel mein Herumkriechen, -keuchen und -klettern in den umliegenden Kiesgruben und Steinbrüchen der Feldmark um die rote Schanze für sehr wohltätig für meine Konstitution. Seinen Redensarten nach sollte es mir manchmal vorkommen, als sei die Sintflut nur meinetwegen eingetreten; nämlich bloß damit ich mir unter ihren Ruderibus, ihren schönen Resten die mir so notwendige Bewegung mache. Und mit ganz ähnlichen Redensarten legt auch Tinchen, wie sie sich ausdrückt, meiner Narrheit nichts in den Weg. „Das kommt davon“, fügt sie höchstens hinzu, „wenn der dicke Bauer der roten Schanze sein ganzes Ackerland der Zuckerfabrik Maiholzen als Rübenacker hingibt.“

„Mensch!“ rief ich. „Jetzt laß uns endlich zu Tisch! Deine Frau wartet, und ich habe es unbedingt nötig, auch mit deiner Frau über dich zu reden!“

„Aber erst nach Tische!“ grinste Stopfkuchen. Er „bat“ darum, wie man das in solchen Fällen sittiger zu bezeichnen pflegt, fügte auch noch hinzu: „Daß ich mich auf dem Wege zum Essen und beim Essen ungern aufhalten und nur sehr ungern stören lasse, weißt du ja wohl aus alter lieber Jugenderinnerung?“

Ich warf noch einen Blick auf die an den Wänden der alten „Bauerndehle" auf Börten und in offenen Schränken aufgestapelten Versteinerungen aus der Umgegend der roten Schanze und trat noch einmal in meinem Leben in die Wohnstube des Bauern Andreas Quakatz zur linken Seite des Hausflurs, und an den Tisch, den auch Stopfkuchen zu einem Eßtisch gemacht hatte, und auf welchem Tinchen Quakatz vor so vielen Jahren in meiner Gegenwart in Trotz, Grimm, Angst und Verzweiflung mit den Armen und mit dem Kopf lag.

„Wie freue ich mich, Sie wieder hier zu sehen, Herr Eduard", sagte Frau Valentine Schaumann.

Ich reichte ihr in Wahrheit bewegt die Hand über Stopfkuchens in Wahrheit wunderbar gedeckten Eß- und Lebenstisch. Aber Stopfkuchen drängte: ich hatte die Serviette zu entfalten und zu Löffel, Messer und Gabel zu greifen. So konnte er, Heinrich, doch nicht drängen, daß ich mich nicht auch hier schnell noch umgesehen hätte. Es hatte sich auch hier manches verändert.

„Ja, guck nur", sagte er. „Hier kannst du es richtig sehen, wie sie mich gegen den Strich zu kämmen pflegt. Nichts als meinen Koprolithenschrank habe ich hier hereinschmuggeln können. Da steht er in der Ecke, und da sitzt sie dir gegenüber und erwartet, daß du ihr deine Komplimente über ihren guten Geschmack machst. Sie hat den Raum von ihren Jugenderinnerungen gründlich gereinigt haben wollen, und der Schatz hat das Recht dazu gehabt. Erfreuliches hing nicht an den Wänden, stand nicht umher – dieser Eßtisch ausgenommen – und verkroch sich noch weniger in den Winkeln. Wir haben aber den väterlichen und urväterlichen Hausrat vom Quakatzenhof nicht verauktioniert. Wir haben ihn den Flammen übergeben, teilweise auf dem Küchenherde, zum größten Teil aber da draußen unter den Lindenbäumen. Da haben wir ein Feuer angezündet, am schönen Sommertage im Sonnenschein zwischen zehn und elf Uhr morgens. Da haben wir den alten wüsten Wust in die reinen blauen Lüfte geschickt. Oh, wie haben wir alle süßen, heimlichen, sentimentalen Gemütsstimmungen auf den Kopf gestellt! Ei ja, wie haben wir die rote Schanze durch Feuer von ihrer Krankheit geheilt! Sieh, Eduard, wie das Kind sich heute noch ihrer, wie die Leute umher sagten: unzurechnungsfähigen, grenzenlosen Herzlosigkeit freut – diese Mordbrennerin. Sieht sie aus, als ob sie sich durch das Aufwärmen ihrer eigensten Tat jetzt noch den Appetit verderben lassen würde?"

So sah sie wahrlich nicht aus! Frau Valentine Schaumann lächelte über unsern Suppennapf mich an und sagte: „Merken Sie es wohl, wie gründlich Heinrich mich erzogen hat? Ich habe auch gar nichts dagegen, wenn er es Ihnen nach Tisch noch gründlicher erzählt, wie er das angefangen hat, und wie er mich auch heute noch auf der Schulbank sitzen hat. Das heißt, Alter, dein Nachmittagsschläfchen hältst du erst wie gewöhnlich, denn Herr Eduard wird aus seinem heißen Afrika wohl auch ein wenig daran gewöhnt sein."

„Wenn Eduard zu schlummern wünscht, schlummre ich gewiß auch ein wenig ihm zuliebe. Mit den gewöhnlichen Gewissensbissen der ärztlichen Ratschläge wegen. Und hat dir Gott 'nen Wanst beschert, so halte ihn – und so weiter. Na, der Herr beschere uns allen einen sanften Sofatod."

„Du gehst mir heute und von heute an jeden Tag auf der Stelle nach dem Essen mit deinem Freunde oder mit mir in den Garten und auf den Wall!" rief Frau Valentine. „Heinrich, ich bin imstande und blase noch einmal ein Feuer unter den Linden an und verbrenne dir alle unsere Sofas unterm Leibe!"

„O du süße, umgekehrte indische Witwe *in spe*!" grinste Stopfkuchen, und dann war er eine geraume Zeit wieder einmal ganz bei der Sache, nämlich nur bei Tische, ganz und gar, einzig und allein, nur, nur bei Tische! Wir speisten vorzüglich, und eine Viertelstunde lang sagte er einmal kein Wort. Der Behaglichkeit und der Kühle wegen blieben wir auch mit dem Kaffee und bei der Zigarre fürs erste im Hause, und Tinchen Quakatz saß bei uns und ging ab und zu, freute sich ihres Mannes und, wie es gottlob schien, auch seines Jugendfreundes, und wir verzichteten alle drei auf den Nachmittagsschlummer zur „Feier meines Besuchs".

Im behaglichsten Moment des Verdauungsprozesses legte sich dann Stopfkuchen in seinem Sessel zurück, schlang über dem weit aufgeknöpften Busen die Hände ineinander, drehte die Daumen ineinander, seufzte wollüstig und – fragte: „Und nun, Eduard, machen wir dir noch den Eindruck einer Mörderhöhle? Würdest du dich vor dem seligen Kienbaum und der Mitternacht fürchten und dankend ablehnen, wenn wir dir ein Bett im Hause anböten? Sag es ganz offen heraus, wenn es dir im geringsten noch nach Blut und Moder auf der roten Schanze riecht."

Hoffentlich erwartete er, daß ich nun aufspringe, mit Händen und Füßen abwehrend, donnernd dreimal: Nein! brülle. Aber den Gefallen tat ich dem fast unheimlich behaglichen feisten Geschöpf doch nicht. Ich sagte ihm ganz ruhig:

„Auch deine antediluvianischen versteinerten Gebeine draußen riechen mir nach nichts mehr. Selbst deine Koprolithen da im Schrank kann die feinste Dame dreist als Briefbeschwerer gebrauchen, wenn niemand sie fragt und sie keinem mitteilt, was das eigentlich ist. In die Gespensterkammer von Quakatzenhof würde ich mit Vergnügen ziehen, wenn meine Zeitumstände es erlaubten. Daß deine liebe Frau mir im Schlafe den Hals abschneiden könne, glaube ich nicht; aber – was dich selber freilich anbetrifft, so möchte ich dich wirklich jetzt noch am freundlichen Nachmittage ausfragen, ehe die spukhafte Nacht kommt. Wundervolle Menschenkinder – unbegreiflicher Mensch – wie habt ihr – wie hast du es angefangen, den bösen Geist und Gast der roten Schanze zu bändigen?“

„Ich habe Kienbaum völlig totgeschlagen“, sagte Stopfkuchen. „Weiter brauchte es ja nichts. Der Schlingel – will sagen, der arme Teufel hatte freilich ein zähes Leben; aber ich – ich habe ihn untergekriegt. Wenn ein Mensch Kienbaum totgeschlagen hat, so bin ich der Mensch und Mörder.“

„Du? Heinrich, mir –“

„Willst du dabei sein, wenn ich's ihm ins genauere auseinandersetze, Tinchen?“ wendete sich Heinrich an seine Frau, und sie meinte lächelnd: „Du weißt es ja, daß du mich nicht dabei nötig hast, Alter. Wenn dein Herr Freund es gestattet, so horche ich lieber wie bisher von Zeit zu Zeit ein wenig hin, daß du mir nicht allzusehr ins Phantastische und Breite fällst.“

„Ich ins Breite und Phantastische, Eduard?“

„Aber ich würde den Herren vorschlagen, sich doch lieber mit dem alten Elend wieder draußen unter die grünen Bäume zu setzen. Sie, Herr Eduard, hören gewiß lieber draußen im Freien davon. Ich räume derweilen hier auf und komme nachher –“

„Mit meinem Strickzeug“, schloß Heinrich Schaumann den herzigen Rat und Vorschlag ab.

Er nahm seine Zigarrenkiste unter den Arm, ich bot ihm wieder den meinen; die Frau trug uns ein brennend Licht in die stille Sommerluft hinaus, und so saßen wir noch einmal unter den Linden, und ich wehrte eine letzte Tasse Kaffee ab, und – jetzt könnte ich jeden fragen, ob's nicht merkwürdig sei, auf einem Schiffe, auf dem sogenannten hohen Meer, auf der Rückreise in das ödeste, langgedehnteste, wenn auch nahrhafteste Fremdenleben so von dem sogenannten heimischen, vaterländischen Philisterleben zu schreiben? ...

„Ja, ja, Eduard“, sagte Stopfkuchen, „gehe heraus aus dem Kasten! Einige werden in die Welt hinausgeschickt, um ein König- oder Kaiserreich zu stiften, andere um ein Rittergut am Kap der Guten Hoffnung zu erobern, und wieder andere bloß um ein kleines Bauernmädchen mit unterdrückten Anlagen zur Behaglichkeit und einem armen Teufel von geplagtem, halb verrückt gemachtem Papa einzufangen und es mit Henriette Davidis Kochbuche und mit Heinrich Schaumanns ebenfalls schändlich unterdrückten Anlagen zur Gemütlichkeit und Menschenwürde etwas bekannter zu machen.“

„Gehe heraus aus dem Kasten, Heinrich!“

„Ihr anderen, als wir hier noch auf Schulen gingen, glaubtet vielleicht, eure Ideale zu haben. Ich hatte das meinige fest.“

„Das weiß ich zur Genüge; du hast es mir heute schon öfter gesagt: die rote Schanze!“

„Nein, durchaus nicht!“

„Nun, dann soll es mich doch wundern, was denn!“

„Mich!“ sprach Stopfkuchen mit unerschütterlicher Gelassenheit. Dann aber sah er sich über die Schulter nach seinem Hause um, ob auch niemand von dort komme und horche. Er hielt die Hand an den Mund und flüsterte mir hinter ihr zu: „Ich kann dir sagen, Eduard, sie ist ein Prachtmädchen und bedurfte zur richtigen Zeit nur eines verständigen Mannes, also eines Idealmenschen, um das zu werden, was ich aus ihr gemacht habe. Das siehst du doch wohl ein, Eduard, obgleich es freilich die reine Zwickmühle ist: damit ich ihr Ideal werde, mußte ich doch unbedingt vorher erst meines sein?“

„Aus dem Kasten, nur immer weiter heraus aus dem Kasten!“ murmelte ich. Was hätte ich sonst murmeln sollen?

„Ihr hattet mich mal wieder allein unter der Hecke sitzenlassen, ihr andern, und waret eurem Vergnügen an der Welt ohne mich nachgelaufen. Und am Morgen in der Schule hatte mich Blechhammer mal wieder wissenschaftlich zum abschreckenden Beispiel verwendet als Bradypus. Ich kann ihn heute noch nicht nur zitieren, sondern lebendig auf die Bühne bringen mit seinem: „Seht ihn euch an, ihr andern, den Schaumann, das Faultier. Da sitzt er wieder auf der faulen Bank, der Schaumann, wie der Bradypus, das Faultier. Hat fahle Haare, wie welkes Laub, vier Backenzähne. Klettert langsam in eine andere Klasse – wollt' ich sagen: klettert auf einen Baum, auf dem es bleibt, bis es das letzte Blatt abgefressen hat. Schuberts Lehrbuch der Naturgeschichte, Seite dreihundertachtundfünfzig: kriecht auf einen andern Baum, aber so langsam, daß es ein Jäger, der es am Morgen an einem Fleck gesehen hat, auch am Abend noch ganz in der Nähe findet. Und dem soll man klassische Bildung und Geschmack an den Wissenschaften und Verständnis für die Alten beibringen!" – Na, Eduard, du bist auch mit einer von meinen Jägern gewesen, wenn auch keiner von den allerschlimmsten: wie findest du mich, nachdem du mich am Morgen an einem Flecke gefunden hast und mich jetzt am Abend noch ganz in der Nähe desselben wiederfindest?"

Was sollte ich anders sagen, als: „Du wolltest von den grünen, den lebendigen Hecken unserer Jugend reden, alter Heinrich, alter lieber Freund! Erzähle weiter. Erzähle, wie du erzählst."

„Meinetwegen. Jawohl, ihr habt sie ja wohl noch in voller, grüner Fülle und möglichst unbeschnitten um eure Felder und Gärten in Afrika? Hier reuten sie sie allmählich überall aus, die Hecken. Da drunten um das Nest herum, in welchem wir jung geworden sind und grüne Jungen waren, haben sie sie glücklich alle durch ihre Gartenmauern, Eisengitter und Hausmauern ersetzt. Es ist wirklich, als könnten sie nichts Grünes mehr sehen! Selbst hier draußen fangen sie schon an, ein Ende damit zu machen. Na, laß sie, ich habe für mein Teil noch die Wonne genossen, mich drunterzulegen, heute in die Sonne, morgen lieber in den Schatten. Unter der Hecke hätte ich überhaupt geboren werden sollen und nicht in so einer muffigen Stadtkammer nach dem Hofe hinaus. Über die Hecken hätten meine Windeln gehängt werden sollen und nicht um den überheizten Ofen herum. Heinrich von der Hecke oder vom Hagen! nicht wahr, das wäre etwas für mich, den Eroberer der roten Schanze und der dazugehörigen Tine Quakatz gewesen, lieber Eduard? Herr Heinrich von der Hecke, wieviel würdiger, edler, bedeutungsvoller das doch klänge als Kandidat Schaumann, ehelicher Sohn weiland Oberunterrevisors Schaumann und dessen Ehefrau und so weiter mit allen bürgerlichen Ehrenhaftigkeiten. Und noch dazu, da ich im Grunde doch auch es, mein Tinchen, unter ihr, der Hecke, der grünen, sonnigen, wonnigen, der ganz und gar lebendigen Hecke gefunden habe, da ich unter ihr mein Fräulein, die mir bestimmte Jungfer, meinen scheuen Heckenspatz für diese diesmalige, sauersüße Zeitlichkeit eingefangen habe. „Geh da weg, Junge", sprach die junge Dame, mir die Zunge zeigend. „Die Hecke gehört meinem Vater, und da hat keiner ein Recht daran als wir." – „Bauerngans! dumme Trine!" sagte ich, und damit war die erste Bekanntschaft gemacht. Sehr mit eurem Zutun, lieber Eduard; denn was ließet ihr mich so allein im Grase unterm Haselnußbusch in Vater Quakatzens Reich? – „Ich bin keine Bauerngans, und ich bin keine Trine", rief die Krabbe. „Ich bin Tine Quakatz. Geh weg von unserm Brinke, Stadtjunge! Das sind meine Nüsse, dies ist unsere Hecke und unser Brink; und weil es unser Brink und unsere Hecke ist, so werfen sie auch gleich mit Dreck. Sie haben's mir wieder in der Nachmittagsschule verabredet und es sich versprochen." – Ob das eine Warnung sein sollte, kann ich nicht sagen; jedenfalls kam die Benachrichtigung zu spät. Denn im selbigen Augenblick schon hatte ich die Pastete über den Kopf, an die Nase, in die Augen und teilweise auch ins weitoffene Auslaßtor der Rede; war jedoch, trotz meiner weichen Füße, wieder im nächsten Augenblick über die Hecke und hatte den ländlich-sittlichen Attentäter mit seiner Faust voll frisch aufgegriffener Ackerkrume am Kragen und zu Boden. Im allernächsten Augenblick die ganze junge Dorfsbande, Jungen und Mädchen und Köter, über mich her, und Tinchen mit den Nägeln in den Gesichtern und den Fäusten in den Haaren der Gespielen und Gespielinnen, und sämtliche Hundewachtmannschaft von der roten Schanze über den Dammweg uns zur Hilfe! Reizend! ich fühle die Püffe heute noch und greife heute noch nach hinten und vorn mir am Leibe herum! Dann mit einem Male der Graben des Prinzen Xaver und die Wallhecke des Bauern Quakatz zwischen uns und dem Feinde! Herrgott, wie lief mir das Blut aus der Nase, und wie wischten sie drüben mit den Jackenärmeln das ihrige von den Mäulern und kreischten und schimpften und warfen mit Steinen herüber: „Kopfab! kopfab! Kienbaum! Kienbaum! Tine Quakatz, kopfab, kopfab!" Herrgott, und dann der wirkliche Schrecken bis ins Mark, sowohl bei mir wie bei der Menschheits-Entrüstungs-Kundgebung von drüben, jenseits des Grabens. Da stand er – die drüben rissen aus wie die Spatzen vor dem Steinwurf – da stand er hinter mir, zum erstenmal in meinem Leben dicht neben mir: der Mordbauer von der roten Schanze, der verfemte Mann von der roten Schanze, der Bauer Andreas Quakatz – Kienbaums Mörder! Im Grunde war es doch eigentlich nur eure Schuld, daß ich seine Bekanntschaft so zuerst machte und nachher sie mehr und mehr suchte. Ein Mensch, den seine Zeitgenossen unter der Hecke liegen lassen, der sucht sich eben einsam sein eigenes Vergnügen und läßt den andern das ihrige. – Ja, mein seliger Schwiegervater an jenem Tage! mich schien er gar nicht zu sehen; er sah nur auch über die Hecke nach dem kreischenden, immer noch mit allem möglichen Wurfmaterial schleudernden Schwarm unserer und seiner Gegner. Und statt etwas dazu zu bemerken, wandte er sich wieder und ging gegen das Haus zu – Kienbaums Mörder. Er konnte hier nichts für sein Kind tun, und er mußte uns allein mit der Sache fertig werden lassen. Doch die einzige Bewegung, die er gemacht hatte, hatte freilich schon genügt, das junge Dorfvolk im panischen Schrecken aus dem Felde zu scheuchen. „Komm, Junge, an den Brunnen!" sagte Tinchen. „Wie siehst du aus! deine Mutter, wenn du noch eine hast, schlägt dich tot, wenn sie dich so sieht." – Siehst du, Eduard, da steht er noch. Es ist derselbe alte Ziehbrunnen und liefert ein braves Wasser. Der Schacht geht ziemlich tief durch das Schanzenwerk des Grafen von der Lausitz, bis in den Grund der Erde. In Afrika habt ihr kein besseres Wasser, meine ich, und wenn du einen Trunk daraus wünschest, so wende dich nachher nur an Tinchen. Sie windet den Eimer heute noch so wie damals auf. Damals aber sagte sie: „Wenn wir und unser Vieh nicht daraus trinken müßten, so hätte ich schon längst ein paar von ihnen drunten liegen!" und dabei drohte sie mit der Faust nach dem Dorfe zu, und alle Köter der roten Schanze bellten nach derselben Richtung hin. – Nun wusch ich mir das Blut ab, und dann tranken wir beide aus einem Eimer, indem wir daneben knieten und die Köpfe nebeneinander in ihn hinein versenkten. Es war auch eine Art Blutsbruder- oder -schwesterschaft, die da auf solche Weise gemacht wurde. Als wir uns aber die Mäuler getrocknet hatten, meinte das Burgfräulein von Quakatzenburg: „Wenn du dich fürchtest, jetzt bei Hellem allein nach Hause zu gehen, so kannst du hierbleiben, bis es dunkel geworden ist, Stadtjunge. Sie lauern dir sicher am Dorfe auf; da kenne ich sie. Sie prügeln dich durch, und so ist es dir vielleicht lieber, du läßt dich abends wegen Ausbleiben von deinem Vater oder deiner Mutter durchprügeln." – Ihr habt mich nie in der Schar eurer Helden mitgezählt, Eduard. Von euch hellumschienten Achaiern hätte ich nimmer das beste und also auch ehrenvollste Stück vom Schweinebraten in die Hände gelegt bekommen. Wieviel mehr Heroentum unter Umständen in mir als wie in euch steckte, davon hattet ihr natürlich keine Ahnung. Wenn ich mein Rückenstück vom Spieß mit gebräuntem Mehl bestreut haben wollte, so hatte ich es mir hinter eurem Rücken selber anzurenommieren: „Ich fürchte mich vor nichts in der Welt und vor dem Pack aus Maiholzen gar nicht. Derentwegen gehe ich schon bei Tage zu jeder Zeit; aber weil du dies gesagt hast, bleibe ich doch hier – jetzt grade!" Der Herr Registrator Schwartner und der Prinz Xaver von Sachsen hatten in diesem Augenblick nichts mit dem gruselnd-süßen Gefühl, endlich innerhalb der verrufenen, geheimnisvollen roten Schanze zu stehen, zu tun. – „Der Vater ist wieder im Haus, und wir sind vor ihm sicher", sagte meine jetzige Frau. „Du bist gut gegen mich gewesen,

Stadtjunge, du brauchst dich diesmal also nicht vor mir zu fürchten. Ich werfe dich nicht in den Brunnen. Sollen wir zuerst in den Birnbaum steigen, oder willst du lieber erst meine Kaninchen sehen und meine Ziegen? Wir haben auch kleine Hunde. Von denen läßt der Vater aber diesmal nur einen bei der Alten liegen; wir haben noch genug auf dem Wall. Wenn es der Vater mir nicht verboten hätte und ich sie mit nach draußen, da nach der Hecke im Felde draußen, nehmen dürfte, und wenn ich sie hetzen dürfte, so sollte mir keiner aus Maiholzen noch mit gesunden Beinen und heilen Schürzen, Röcken und Hosen herumlaufen. Guck nur, wie sie auch dich drauf ansehen, daß ich sagen soll: Pack an! faß, faß, faß an!" Dem war gewiß so. Sie hielten mich alle giftig genug im Auge und umknurrten mich böse. Na, ich bin ihnen allmählich doch nähergekommen, Eduard. Da, du da, komm du mal her, Prinz! Siehst du, das ist noch einer von der alten Garde, oder stammt wenigstens noch von ihr her. Auch er hätte eigentlich schon längst den neun Gewehrläufen oder der Blausäure verfallen müssen, wenn ich das Herz dazu aufbrächte. Meine Frau will natürlich auch nichts von so einer wohltätigen Gewalttat hören, und selbst meinem guten Kater da würde die Sache gewiß leid tun. Nun, ich hoffe, eines Morgens finden wir ihn mal in einem Winkel heimgegangen zu seinen Vätern und aus dieser bissigen Welt heraus im Hafen als angelangt verzeichnet."

„Sollte ich seine Bekanntschaft vielleicht schon gemacht haben, als wir vor unserm Abgang zur Universität hier Abschied voneinander nahmen, Heinrich?"

„Kaum möglich. So alt wird kein verständiger Hund. Höchstens ein vernünftiger Mensch."

„Entschuldige, daß ich dich unterbrochen habe. Erzähle weiter, Stopfkuchen."

„Nicht wahr, für den Schwiegersohn von Kienbaums Mörder erzähle ich hübsch gemütlich? Ja, ja, es war im vollsten Sinne des Wortes eine Mordwirtschaft, in welcher ich mich zum einzigen Haus- und Familienfreunde auswuchs! Die Versicherung kann ich dir geben, Freund, daß nur sehr selten ein Schwiegervater sich seinen Schwiegersohn in so kurioser Weise groß und allgemach ans Herz gezogen hat wie Vater Quakatz mich, seinen dicken, braven Heinrich. Und dann der Heckenspatz, dem ich im Getümmel des Kampfes Salz auf den Schwanz gestreut hatte, oder – vielmehr der Schmetterling, auf den ich mit blutender Nase und blauem Buckel die Schülermütze gedeckt hatte. Ja, ja, so einen saubern fängt sich nicht jeder ein, der auf diese Jagd ausgeht! Herrjeh, wie das Frauenzimmer in jenen Tagen aussah! solch ein Bündel, wie meine selige

Mutter gesagt haben würde, solch ein vom Regen gewaschenes, von der Sonne getrocknetes, vom Winde zerzaustes, hilfloses, mutterloses, sich selber die Kleider flickendes, sich nach dem Modejournal der roten Schanze selber zusammenkostümierendes Bündel! und mit diesem Hautgout von Blut, Moder und ungesühntem Totschlag, diesem Kienbaums-Geruch an sich! Weißt du, was sie, Frau Schaumann, sagte, als sie mir unten im Grase von oben aus den Zweigen des Birnbaums ihre Birnen zuwarf? Sie meinte: „Er ist jetzt im Hause, mein Vater, und wenn er dich nicht sieht, ist es mir doch lieb und das beste. Ich weiß es von allen im Dorfe und auch unten in der Stadt, daß er Kienbaum totgeschlagen hat, und ich glaube es nicht. Darauf lasse ich mich totschlagen von euch allen, daß er es nicht getan hat; aber das weiß ich auch, daß er die ganze Welt, und dich auch, Stadtjunge, vergiften könnte. Das glaube ich fest! Er sagt es, daß er alle unsere Hausmäuse und unsere Feldmäuse und die Hamäuse auch gern frei laufen und Schaden tun läßt, weil er euch nicht an den Hals kann." Was konnte ich darauf anders sagen als: „Tinchen Quakatz! denn sieh nur zu, daß er mich in der Naturgeschichte als Haus-, Feld- und Hamaus mitzählt; denn morgen komme ich noch einmal wieder nach der roten Schanze, wenn ich nicht nachsitzen muß." – „Mein Vater hat auch sitzen müssen; aber sie haben ihn doch immer wieder freigeben müssen. Sie können ihm mit aller Gewalt nichts anhaben. Es kann keiner beweisen, daß er Kienbaum totgeschlagen hat."

In diesem Augenblick trat Frau Valentine wieder einmal aus dem Hause, kam aber diesmal mit ihrem Arbeitskörbchen und setzte sich zu uns, indem sie ihren Stuhl dicht an den ihres Mannes rückte.

„Nicht so nahe auf den Leib, Kind!" seufzte Stopfkuchen. „Ist das ein gedeihlicher Sommer! Guter Gott, die Leute draußen auf dem Felde, die keinen Schatten haben, oder sich doch nicht in ihn hineinlegen dürfen! Wir sind nämlich eben im Schatten der roten Schanze angelangt, Eduard und ich, und ich erzähle ihm grade, wie du mir zum erstenmal den Kopf, das heißt dasmal die blutende Nase gewaschen hast und wie ich ein Held war, und wie gern unser seliger Papa die Mäuse hätte laufen lassen und die ganze Menschheit vergiftet hätte."

„Lassen Sie sich nur nicht zu argen Unsinn von ihm aufreden", sagte Frau Schaumann freundlich, indem sie ihre Nadel ruhig einfädelte. „Manchmal ist er auch heute noch ganz in der Stille zu allem fähig, gerade wie als dummer, kleiner Junge. Nun, Sie kennen ihn ja, Herr Eduard!"

„So wie das Weib kommt, geht die Kritik und der Zank los!“ sprach Heinrich, mit ausgebreitetstem Bauch und Behagen seinem Weibe die Hand auf den Kopf legend. „Das arme Wurm! wenn es mich mit meinen Dummheiten nicht gefunden hätte! Nun, wo waren wir denn stehengeblieben, Herr Eduard?“

„Unter dem Birnbaum. Wahrscheinlich unter jenem dort.“

Wir sahen alle drei nach der Richtung hin, und Frau Valentine nickte nachdrücklich.

„Richtig“, sagte ihr Mann. „Sie saß drin und ich saß drunter. Sie pflückte und ich fraß. Eduard, ihr habt meiner körperlichen Anlagen wegen meine geistigen stets verkannt. Ihr Schlaumichel, Schnellfüße, gymnastische Affenrepublik hattet keine Ahnung davon, was in einem Bradypus bohren und treiben kann. Mit der Krabbe, dem Mädchen da, war ich im reinen. Die war nunmehr meine Freundin und meine Schutzbefohlene, und ich ihr Schutzpatron, ihr Sankt Heinrich von der Hecke; das war ja selbstverständlich –“ –

„Lieber Mann –“

„Liebe Frau, und ebenso selbstverständlich, ich will lieber sagen folgerecht, kam jetzt – unterbrich mich nicht immer, Alte –, kam jetzt der Alte dran. Und da machte sich die Sache denn natürlich auch. Ihr, Eduard, hieltet mich für dumm und gefräßig; er hielt mich wohl auch für gefräßig, jedoch aber auch, meine allgemeine Unschädlichkeit dazugerechnet, für ein Licht in einem gewissen Teile des Dunkels, das sein Leben umgab, sein armes Leben, Tine!“

Die letzten paar Worte waren so gesprochen, daß sein Weib doch den Stuhl wieder dicht an ihn heranrückte. Sie legte auch ihre Hand auf die seine, und er schlug den Arm um sie und sagte noch einmal: „Tine, meine alte Tine Quakatz!“

Dann wendete er sich wieder zu mir, und ich wußte jetzt schon den Wechsel im Ton zurechtzulegen.

„Nämlich am nächsten Tage nach der Heckenschlacht fand ich mich natürlich zum zweitenmal in Registrator Schwartners Zauberreich, und diesmal saß ich im Baum, einem niedern Apfelbaum – dem dort. Und diesmal stand Tinchen darunter mit aufgehaltener Schürze, und wieder stand der Alte plötzlich da und sah stumm zu mir hinauf, und das Wetterglas schien auf Sturm zu weisen. – „Vater, er will nur unsere Befestigung verstudieren“, sagte Tinchen, vielleicht doch auch etwas zaghaft. „Er kommt mit den Geschichtsbüchern von der Belagerung her, und sie haben sein Haus von hier aus beschossen.“ – „Komm lieber doch erst mal da herunter“, sagte Vater Quakatz. Und wie rasch selbst ein Bradypus, ein Faultier, von einem Baum herabsteigen kann, das bewies ich jetzt. Da stand ich vor Kienbaums Mörder, und wenn ich nicht erwartete, nun gleichfalls totgeschlagen zu werden, so war doch auch Tinchen der Meinung: der alte Herr werde wenigstens über den Graben ins freie Feld deuten und mit Nachdruck sagen: „Jetzt scher dich.“ – Es kam aber anders, er sagte nur: „Meinetwegen“; was sich doch nur auf mein Verstudieren seines Anwesens beziehen konnte. Nachher dachten wir, er werde sich nun wieder nach seiner Art umdrehen und weggehen; aber auch das kam anders. Er blieb und fragte: „Du gehst auf die Lateinschule?“ – „J, j, j, ja, Herr Quakatz!“ – „Kannst du es lesen? das Lateinische meine ich.“ – „J, j, ja“, stotterte ich und dachte an nichts Böses. – „Dann teilt euch die Äpfel, und nachher komm mal in die Stube. Du sollst mir was aus dem Latein übersetzen.“ – Da saß ich denn freilich fest drin. So hatte ich das Wort vom Lateinlesen nicht verstanden. Da rufe ich den gelehrten Afrikaner, den Eduard, zum Zeugnis auf, wie gründlich ich von Papa mißverstanden worden war, Frau! Wer aber in der Falle sitzt, der sitzt drin; und nach einer unheimlichen, zögernden, apfelkauenden Viertelstunde noch draußen saß ich noch mehr drinnen, saß ich mit dem verfemten Mann von der roten Schanze in seiner Stube, unserer heutigen Eßstube, Eduard, der Stube da, die du in ihrer damaligen dumpfigen Ungemütlichkeit bei unserm Jünglingsabschied kennengelernt hast, Eduard. Da mein Zögern dem alten Herrn zu lange gedauert hatte, war er noch mal in den Garten gekommen, hatte mich am Oberarm gepackt, in seine Mörderhöhle geführt und mich am Tische unter dem Groschenbild von Kain und Abel auf die Bank gedrückt, und zwar mit den Worten: „Was schlotterst du, Junge? ich schneide dir den Hals nicht ab.“ – Nachher ging er zu einem Schrank, ich habe ihn heute durch meinen Koprolithenbehälter ersetzt, nahm ein dickes Buch in Schweinsleder hervor, legte es vor mich hin auf den Tisch, nachdem er eine Weile darin geblättert hatte, setzte er sich zu mir, wie zu einem erwachsenen Mann und Rechtsanwalt, setzte den harten, knochigen Zeigefinger auf eine Stelle und sagte: „Hier, Lateiner! Mache du das mir mal auf deine Art deutsch klar – ein Wort nach dem andern. Es ist das Korpus juris, das Korpus juris, das Korpus juris, und ich will es mal von einem auf deutsch vernehmen, der noch nichts von dem Korpus juris, von dem Korpus juris weiß!“ Die Stelle war mit Rotkreide kräftig unterstrichen, und ein Ohr war ins Blatt eingeschlagen, und alles deutete darauf hin, daß hier öfters ein vor Aufregung zitternder Daumen und Zeigefinger gestanden hatten. Ich aber saß vor dem Buch und rieb mir weinerlich mit den Handknöcheln die Augen: so weit waren wir noch nicht in der Schule, daß wir dem Bauer Andreas Quakatz das Buch aller juristischen Bücher hätten auslegen können. Und wie in der Schule mich duckend, stotterte ich endlich: „Herr Quakatz, bloß wenn ich die Worte wissen sollte, müßte ich mein Wörterbuch hier haben, und das habe ich unten in der Stadt.“ – „Dann hole es und bringe es morgen mit heraus. Ich bin ein Narr, daß ich so mit dir rede; aber die Welt hat mich ja so gewollt, und du bist mir grade so gut als wie ein anderer, wenn ich zu einem über meine Sache reden will. Es ist aus, ich will keine Gelehrten, keine Afkaten, keine Großgewachsenen mehr bei mir und meiner Sache. Du sollst mir klug genug sein, daß ich auf dich hereinreden kann, wie zu einem Vernunftmenschen. Die Alten, unsere Vorfahren haben es auch so gemacht, daß sie sich an die Dummen und Unmündigen gehalten haben. Junge, Junge, meine Tine sagt, daß du herausgekommen bist, um die rote Schanze zu verstudieren. Verstudiere sie, und kriege es mir heraus, wer recht hat, die Welt oder der Bauer auf der roten Schanze! Du hast dich meiner Krabbe aus Gerechtigkeitsgefühl angenommen – ich habe es hinter der Hecke vom Wall mit angesehen – nun will ich's mal daraufhin probieren, ob es wahr ist, wie es geschrieben steht: In den Mäulern der Unmündigen will ich der Wahrheit eine Stätte bereiten. Kriegst du es mir heraus, wer Kienbaum totgeschlagen hat, so schenke ich dir und dem Herrn Registrator Schwartner die rote Schanze mit allen Historien vom Siebenjährigen und Dreißigjährigen Kriege und ziehe ab von ihr mit meinem Kinde und dem weißen Stabe in der Hand. Das Mädchen erzählt mir, sie lassen dich auch allein sitzen: so probiere es, kriege heraus, wer Kienbaum totgeschlagen hat, und ich verschreibe die rote Schanze dir und allen deinen Rechtsnachfolgern.“ – Ja, ja, Frau Valentine Schaumann, geborenes Quakätzlein, so ging er mit allen deinen Rechtsansprüchen an die Welt um; aber wenn ein unzurechnungsfähiger, gefräßiger, weichfüßiger Bradypus imstande war, dir zu dem Deinigen in ihr zu verhelfen, so bin ich das gewesen, Heinrich Schaumann, genannt Stopfkuchen. Zuerst aber winselte ich den Bauer von der roten Schanze noch einmal an: „Herr Quakatz, ich weiß doch gar nicht, ob ich es kann. Ich bin bei der letzten Versetzung wieder nicht mit nach der Obertertia gekommen.“ – „Probier's!“ sagte der zukünftige Schwiegervater, und sein Töchterlein stieß mir den Ellbogen in die Seite, als wolle sie sagen: „Tu auch mir den Gefallen“; und als wir wieder draußen im Garten standen, flüsterte sie mir zu: „Sei doch nicht so dumm, er weiß ja selbst vor dem schlimmen Buch nicht, was er will. Es ist ja auch nur, weil er keinen, keinen, keinen hat, außer den Afkaten, die er nicht mehr will, mit dem er reden kann. Und morgen redet er dich wohl gar nicht mehr drauf an: es ist ihm just eben nur so in den Sinn gekommen, weil du ihm als Gelehrter in den Weg gekommen bist. Bring du dein dickstes Buch mit heraus. Er kann dich ja jetzt hier auf unserm Hofe sehen, und du kannst zusehen und es probieren, was du für uns herauskriegst." –

Na ja, Frau, du kannst es dem Eduard eigentlich viel besser berichten, wie ich dann so von Zeit zu Zeit herausgekommen bin nach der roten Schanze, um endlich ganz dazubleiben. Daß ich dem Mordbauer auf der roten Schanze nicht das Korpus juris ins Deutsche übertragen habe, das steht fest. Aber das steht auch fest, mein Herz, mein Kind, du altes, gutes Weib, und du afrikanischer Freund, daß ich es beiläufig und fast ohne mein Zutun herausgekriegt habe: wer Kienbaums Mörder gewesen ist – wer Kienbaum totgeschlagen hat."

Ohne Sturm oder gar Wirbelsturm sind wir bis jetzt glücklich durchgekommen. Aber gestern mittag ging plötzlich über den Hagebucher der Ruf: „Feuer auf dem Schiff!" und es blieb nur der Schiffskoch ruhig; denn er wußte es ja anfangs allein, woher der Brandgeruch stammte. Er wußte allein von dem alten wollenen Strumpf, welcher ihm unter seine Steinkohlen und auf seinen Küchenherd geraten war. Der nichtsnutzige Nigger hatte ihn im nordischen Hamburg noch am eigenen Fuße gehabt; aber unterm Äquator hatte er die schönen Reste davon eben entbehrlich gefunden.

Wie als wenn eben vom Haus her auch der Ruf: „Feuer! Feuer auf der roten Schanze!" erschollen wäre, war ich aufgesprungen und stand Frau Valentine aufrecht am Tische und hatte ihr Strickzeug weit von sich geschleudert.

„Ist es die Möglichkeit?" stammelte ich. „Frau Valentine –"

Die Frau stand nur bleich und wortlos und starrte aus weit offenen Augen auf ihren Mann.

„Es ist die Möglichkeit gewesen", sagte dieser. „Es ist eine altbekannte Sache, auch der Dummste kann einen Zweck erreichen, wenn er nur seinen Dickkopf fest dran- und draufsetzt. Ja, Kinder, ich weiß es heute, wer Kienbaum totgeschlagen hat."

„Aber deine Frau! So sieh doch nur deine Frau an! Mensch, hat denn deine Frau ebenfalls bis heute, wie alle andern –"

„Meine Frau erfährt von meinem Wissen in diesem Augenblick gleichfalls das erste Wort. Das kannst du ihr doch ansehen, Eduard. Aber so setze dich doch wieder, Tinchen! Liebes Herz, Alte, liebe, gute Alte, bleib doch ruhig! Erinnere dich, was wir ausgemacht haben. Erst wenn mir die Pfeife über einer Sache ausgeht, kommt an dich die Reihe, Jodute! zu rufen, mit den Beinen zu strampeln, die Arme aufzuwerfen und der Welt mit Tränen oder Grobheiten aufzuwarten. Kinder, tut mir den Gefallen und sitzt still!"

Wie es mit seiner Tabakspfeifenverabredung beschaffen sein mochte: dem Ausgehen war seine Pfeife eben doch nahe. Aber er brachte sie durch einiges Saugen daran richtig wieder zum hellen Brande, blies eine blaue Wolke in die liebe Sommerluft und – ja, kurz, war eben nicht ohne Grund von uns Stopfkuchen genannt worden! Da sein Weib sich wirklich wieder hinsetzte, blieb mir nichts anderes übrig, als dasselbe zu tun.

„Heinrich!" murmelte angstvoll, flehend die Frau. Ich brummte unwillkürlich: „So gehe doch heraus aus dem Kasten, Ungeheuer!", aber Stopfkuchen sagte stoßweise, immer noch an seinem Weichselrohr saugend: „Aber – Kinder – so – laßt mich doch – die Geschichte von der völligen Eroberung von Quakatzenburg in Ruhe erzählen, wenn ihr sie wissen wollt. Unterbrecht mich doch nicht immer! Diese ewige Aufgeregtheit in der jedesmaligen, eben vorhandenen Menschheit, bis sie sich hinlegt und tot ist! Fallt mir doch nicht bei jedem dritten Worte ins Wort, wenn wir bis zum Abendessen mit der Sache fertig sein sollen."

Der Mensch sprach wahrhaftig vom Abendessen wie von der Hauptsache bei der Sache. Es blieb nichts übrig, als ihn faultierhaft in seinen Baum hinaufsteigen zu lassen; aber selbst für jemand, der auf allerlei Kreuz- und Querzügen rund um den Erdball auch das Seinige ruhig erlebt zu haben glaubte, wurde diese Kaltblütigkeit allgemach zu unheimlich.

„Herze, schenk mir noch eine Tasse Kaffee ein und gib Eduard auch eine. Du regst dich doch nicht auf, Kind? Welch ein wundervoller Tag hier in der Kühle mit der heißen Welt da draußen! So – noch ein Stück Zucker."

Das arme Weib kam dem Wunsche nach; aber wie eine Traumwandlerin, wie eine Hypnotisierte. Auf den Topf und die Tassen blickte sie nicht –; nur immerfort auf den Mann, und zwar wie auf einen, von dem man nicht weiß, ob man ihn ferner liebbehalten oder sich vor ihm zu Tode fürchten soll.

„Ich bitte dich, Heinrich –"

„Tue das nicht. Du weißt doch, Kind, daß du das nicht nötig hast! Kenne ich nicht alle deine Wünsche im voraus? Ich sage dir, Eduard, nicht einmal an den Augen brauche ich sie ihr abzusehen, wie andere, gewöhnlichere gute

Ehemänner. Du erfährst alles, Tinchen. Es tut ja nun niemand mehr Schaden und hilft keinem zu Schadenfreude, den alten, verjährten, muffigen Schrecken mit der Zange anzufassen, ans Licht zu ziehen und in der Sonne vorsichtig mit der Fußspitze umzuwenden. Übrigens steht es bei euch: Soll ich fortfahren, wie ich angefangen habe, oder wünscht ihr einen kurzen Aufschluß in drei Worten?"

„Fahre fort, Menschenkind!" mußte ich nun doch rufen, und die Frau sagte, mehr denn je wie im Banne gehend: „Ich kann nichts dagegen machen; es wird ja auch wohl das beste sein, wie du es verstehst."

„Dann bleiben wir noch ein Weilchen in der Idylle und lassen Kienbaum Kienbaum sein, solange als möglich", sagte Stopfkuchen. „Was sollen auch die versteinerten Gesichter? Ziehe ich euch eines? Nee, dafür hat man sich eben das schlechte Beispiel des Bauern auf der roten Schanze zur Warnung dienen lassen. An seinem Elend konnte man wohl lernen, ruhig, gleichmütig den Weltlauf an sich herankommen zu lassen. Natürlich mit einer Anlage hierzu muß einer auch in die Welt hineingesetzt worden sein: es braucht nicht jeder die Forsche zu haben, das neue Deutsche Reich aufzurichten, hinzustellen und zu sagen: Nun könnt ihr und so weiter ... Jawohl, lieber Eduard, laß nur jeden auf seine Weise heraus aus dem Hordenkasten gehen. Da war zum Exempel der Heinrich Schaumann, den ihr Stopfkuchen nanntet. Er hat wenigstens mal ganz und gar nach seiner Natur gelebt, hat getan und hat gelassen, was er tun oder was er lassen mußte –; ist es dann am Ende nachher seine Schuld, wenn in irgendeiner Weise doch etwas Vernünftiges dabei herauskommt? Gar nicht. Für diese Verantwortlichkeit danke ich ganz und gar. Da ich nicht in einer netten, saubern, durchaus behaglichen Welt leben kann: was kümmert's mich, ob ich in einer verständigen und vernünftigen lebe? Plato, Aristoteles, der selige Kant –"

„Mensch, Mensch, Mensch, mach mich nicht ganz verrückt!" rief ich, mit beiden Händen nach beiden Ohren fassend, und Stopfkuchen sprach lachend: „Siehst du, Eduard, so zahlt der überlegene Mensch nach Jahren ruhigen Wartens geduldig ertragene Verspottung und Zurücksetzung heim. Darauf, auf diese Genugtuung habe ich hier in der Kühle gewartet, während du mit deinem Le Vaillant im heißen Afrika auf die Elefanten-, Nashorn- und Giraffenjagd gingest oder dich auf andere unnötige Weise ab- und ausschwitztest. Also bleiben wir noch ein wenig in der Idylle, ehe wir von Kienbaum und wie der zu Tode kam weiterreden. Nachher magst du ja selber beurteilen, ob du deine, seine oder meine Geschichte für die wichtigere hältst. Sei nur ruhig, Tinchen, und verlaß dich auch heute noch einmal auf deinen Mann! Du bist Partei, aber du weißt es ja: dein Mann nimmt immer deine Partei!"

Wir ließen also, da wir mußten, Kienbaum fürs erste noch ungerächt weitermodern und blieben in der Idylle.

„Ich glaube, ich habe dich schon einige Male aufgefordert, Eduard, meine Frau dir anzusehen; aber jetzt bitte ich dich von neuem: Guck sie dir noch einmal an. Wie sie da so niedlich sitzt! Kannst du es heute noch für möglich halten, daß sie einmal wie eine in eine Wildkatze verzauberte Jungfer, die auf ihren Erlösungsritter wartet, dagesessen hat? Mich brauchst du wohl ja nicht weiter drauf anzusehen: mein Rittertum fiel euch, und also auch dir, von früher Jugend an umfänglich imponierend in die Augen, und ihr habt's mich genug entgelten lassen. Aber die Narren haben mich doch unterschätzt. Sage du es ihm, Alte, wie viele Schock Leihbibliothekspaladine ich eigentlich in mir hatte und sie offenbarte, als du mir zum erstenmal gesagt hattest: „Du, mein Vater mag dich, also besuche uns nur." Nein, sage es dem guten Eduard lieber nicht, er benutzt sonst sofort die Gelegenheit, sich mir als bloß verleumdeter Pylades aufzuspielen und zu behaupten, er habe mich nie verkannt. Bleiben wir bei deinem Alten, Weib. „Natürlich komme ich morgen wieder und nicht bloß eurer Birnen wegen. Dein Alter ist ein ganz famoser Kerl, und wenn der wen totgeschlagen hat, so hat der's dreidoppelt verdient gehabt. Mit seinem dicken Gesetzbuche und mit meinem Latein ist das natürlich nur dummes Zeug; aber mit der Kugel, die von der roten Schanze bis an unser Haus geflogen ist, nicht. Und wenn ich dem alten Schwartner erzähle, daß dein Vater mich in die rote Schanze hineingelassen hat, so schenkt er mir vier Groschen, und dann paß auf, dann gibt's hier auch Kuchen und nicht bloß Äpfel und Birnen. Morgen bin ich wieder da."

Da am folgenden Morgen weder Vater und Mutter noch der Klassenlehrer den Riegel vorschob, war ich wieder da. Na, Tinchen, und wer durfte gründlicher Triumph krähen: der Prinz Xaverius von Sachsen von der roten Schanze aus über die Stadt, oder Schaumanns dicker, dummer Junge von der Stadt aus über die rote Schanze?"

„Du!" sagte Frau Valentine, und zu mir sich wendend, fügte sie hinzu: „Es hilft uns nichts; wir müssen ihm seinen Willen und Weg lassen."

Wir ließen ihm seinen Willen und Weg, und er watschelte auf dem letztern weiter, mit dem sichern Bewußtsein, uns in seiner Hand zu haben.

Erst stopfte er seine Pfeife von neuem, dann seufzte er: „Da die Welt von ihm, dem Schanzenbauer, nichts mehr wissen wollte, weil sie nicht genug von ihm herausgekriegt hatte, so suchte er, nach seinem angeborenen Menschenrecht, ohne sie auszukommen, so gut es ging. Eigentlich ging es schlecht, denn er steckte zu der Aufgabe weder in meiner Haut noch in meinem Gemüte. Er war viel zu dürr und viel zu lebendig und viel zu gesellig dafür angelegt. Die Rätsel und die harten Nüsse kommen nur zu häufig an den Unrechten. Was hätte es mir Feistling gemacht, unter dem Verdachte, Kienbaum totgeschlagen zu haben, durch die Welt zu vegetieren? Gar nichts! Oder die Sache würde sogar einen gewissen Glanz auf mich geworfen haben; denn die Welt würde sicherlich gesagt haben: „I sieh mal! eigentlich sollte man es dem faulen Strick gar nicht zutrauen, und zu dumm ist der Bengel im Grunde auch dazu." Aber der Vater Quakatz? Was blieb ihm übrig, um nicht ganz verrückt zu werden, als seinen Sinn und seine Gedanken auf allerlei Dinge zu richten, auf die vor ihm noch kein Bauer auf der roten Schanze gekommen war? Daß ich, Heinrich Schaumann, genannt Stopfkuchen, ihm dabei zu Hilfe kommen konnte, mochte Zufall sein, war aber unbedingt Schicksal. – Da war zuerst die Geschichte seiner Burg; und ich sagte ihm: „Herr Quakatz, von hier aus hat der Prinz von Sachsen eine ganze Menge Menschen drunten in der Stadt ums Leben gebracht."

„Ja, Junge, in der Schwedenzeit."

„Nein, Herr Quakatz. So lange ist's noch gar nicht her. Im Siebenjährigen Kriege ist's gewesen."

„Kannst du mir welche mit Namen nennen, Junge?"

„Nein, aber ich kann den Herrn Registrator Schwartner nach ihnen fragen und sie Ihnen bei ihm aufschreiben. Er hat sie alle schriftlich."

„Dann bring mir mal das Register mit heraus, Dicker. Aber sag nicht, daß ich es habe haben wollen. Sie möchten sich sonst wieder was denken."

Und an einem der nächsten Tage schon steckten wir statt über dem Korpus juris die Köpfe über meiner Abschrift aus der Sammlung des alten Schwartner zusammen, und der Bauer auf der roten Schanze suchte herauszubringen, welche Leute heute die Rechtsnachfolger der Totgeschlagenen von Siebenzehnhunderteinundsechzig waren und möglicherweise die Rechtsnachfolger des Grafen von der Lausitz darob verklagen konnten. Was für ein Trost damals für den Papa hierin lag, Tinchen, war mir zu jener Zeit dunkel. Heute glaube ich es zu wissen. Von den Knochen der jüngern Vergangenheit gingen wir sodann zu denen der wirklichen Vorwelt über; und groß und bedeutend für mich war der Tag, lieber Eduard, an welchem mich der Bauer Quakatz zum erstenmal in einen verschlossenen Stall führte und auf einen sonderbaren Haufen zeigend fragte: „Was ist das, Junge?" Ja, was war es? Ein ziemlich vollständiges Mammutsgerippe war's, und – „ich bin beim Kiesgraben hinterm Hofe draufgestoßen", sagte der Bauer; „es liegt wohl noch mehr da; denn diese Schanze ist wohl so eine Anschwemmung von der Sintflut her. Junge, Junge, von der Sintflut her! Du weißt es nicht, wie es dem Bauer auf der roten Schanze zumute ist, wenn er in der Bibel von der Sintflut liest; aber wenn du in deinen Büchern über das Knochenzeug was hast, so bringe es auch mit heraus; aber sage keinem Menschen davon, welch einen versteinerten Drachen Kienbaums Mörder zu seinem Troste in seiner Kiesgrube gefunden hat." – Ich habe keinem Menschen damals davon gesagt, welch interessanten Fund Tinchens Vater gemacht hat; aber wenn heute der Briefträger – nicht mehr Freund Störzer – nach der roten Schanze herauskommt, so hat er, außer der Zeitung, gewöhnlich irgend etwas von irgendeiner geologischen oder sonst in das Fach schlagenden Gesellschaft für Herrn Schaumann. Die Vorstellung, in einer spätern Schicht auch mal unter den merkwürdigen Versteinerungen gefunden zu werden, hat für den gemütlich angelegten, denkenden Menschen so viel Anregendes, daß sie ihn, und noch dazu wenn er Zeit dafür hat, unbedingt in die Petrefaktenkunde, in die Paläontologie führt. Und du brauchst bloß noch einmal die paar Schritte an die Brüstung unserer Schanze zu tun, Eduard, und dir die Umgebung noch einmal in Beziehung hierauf zu betrachten, um sie plötzlich auch noch nach einer ganz neuen Richtung hin höchst interessant zu finden. Zwischen der Trias und der Kreide nichts als Wasser, und die erste nächste Insel dort der blaue Berg im Süden! Wenn das Feuchte sich in der Eozänzeit etwas zurückzog, in der Miozänzeit es, was man jetzt nennt, trocken wurde, und wenn es in der Pliozänzeit sogar dann und wann hier über der roten Schanze schon staubte: so war das dem Bauer auf derselben ganz einerlei: der fragte nur danach, wer in der Welt etwas von seinem Verhältnis zu Kienbaum wußte oder gewußt haben konnte. Aber mir, dem heutigen Bauer auf der roten Schanze, ist es im Laufe der Jahre nicht einerlei geblieben. Der Doktor hatte Tinchen nämlich gesagt: „Bei der Körperbeschaffenheit Ihres Herrn Gemahls gibt es gar nichts Vernünftigeres für ihn als diese Liebhaberei und sein Herumkriechen in Steinbrüchen und Kies- und Mergelgruben –; je mehr er bei seinem Knochensuchen schwitzt, desto besser ist's für ihn und Sie.“ Und, lieber Eduard, wenn je ein Weib eine närrische Liebhaberei ihres Gatten gefördert hat, so ist es Valentine Quakatz auf diesen ärztlichen Ausspruch hin gewesen. O Eduard, in der Tertiärzeit soll es hier noch so heiß gewesen sein wie heute bei dir zu Hause im heißesten Afrika, und wäre ich damals hierhergekommen, so wollte und könnte ich ja gar nichts dagegen sagen. Aber ich bitte dich, erst in der Eiszeit – in der Eiszeit – ist unter den ersten Säugetieren auch der Mensch hier auf der roten Schanze aus Asien eingewandert – und da soll ein Nachkömmling von ihm heute im Sommer nicht schwitzen, wenn er pietätvoll und wissenschaftlich nach den ersten Spuren seiner Vorfahren hier um den Aufwurf des Prinzen Xaver von Sachsen herum nachsucht!“

Keine Möglichkeit, heute weiterzuschreiben. Das Schiff stößt allzusehr. Hohle See. Kapitän unnahbar. Matrosen sehr beschäftigt und vernünftigerweise ungemein grob. Niggersteward besoffen. Passagier – „hol der Henker das Heulen! sie überschreien das Ungewitter und unsere Verrichtungen! *Heigh, my hearts! cheerly, cheerly, my hearts! yare, yare!*“ – Siehe den Sturm, ein Zaubermärchen von William Shakespeare, aber sieh ihn – wenn es dir irgend möglich ist – ja nur von einem sichern Sperrsitz oder sonst behaglichen Theaterplatz aus mit an.

Zwei Tage und zwei Nächte durch hat das Unwetter gedauert. Die „Riesen ängsteten sich unter den Wassern“, und „die bei ihnen wohnen“ auch. Wer wäre da nicht gern herausgegangen aus dem Kasten, wenn er's nur gekonnt hätte?! Wahrlich, der Herr hat mir wieder einmal große Wunder auf dem großen Meere gewiesen, und wie gemütlich ist's nun um so mehr jetzt, immer noch mit seinen kleinen und großen Heimatserinnerungen und -erfahrungen auf Quakatzenburg bei Heinrich Schaumann, genannt Stopfkuchen, zu Gast zu sein und den dicken Freund zu seiner Frau sagen zu hören:

„Aber, Kind, was geht dich und Eduard eigentlich deines Vaters und meine Spezialliebhaberei und die Petrefaktenkunde überhaupt an? Was geht es euch an, wie lange der Ozean über der roten Schanze gestanden hat, ehe die Möglichkeit vorhanden war, daß Kienbaum in ihrer Umgebung totgeschlagen werden konnte? Wieviel ergötzlicher ist es doch, davon zu reden, daß der Herr nach der Sintflut wieder aufgehen ließ Gras, Busch und Baum, und daß er Blüten gleich Weihnachtslichtern dransteckte und allerlei Früchte daranhing, lieblich dem Auge und angenehm dem Gaumen! Eduard, wie oft soll ich es dir sagen, daß man den edlen Namen Stopfkuchen nicht ohne die dazugehörigen Leistungen trägt? Welch ein Leben und Futter in dieser Hinsicht hier auf der Schanze! O Tinchen, o Valentine, und so mit dir unterm Busch, kauend und schmatzend, und der andern lächerliche, mühsame Papierdrachen über dem Herbstfelde im Blau!“

„O Heinrich“, unterbrach hier noch einmal die arme Frau, „bester Heinrich, ich bitte dich himmelhoch, mach dich nicht schlechter –“

„Gefräßiger willst du sagen –“

„Meinetwegen auch! aber bitte, bitte, mach dich doch in diesem schrecklichen Augenblick, wo mir alle Glieder beben von deinem Worte über Kienbaum, mach dich jetzt wenigstens nicht gräßlicher, als du bist. Bist du denn allein der Obstbäume und der Stachelbeeren wegen zu – mir – uns herausgekommen aus der Stadt?“

„Ganz gewiß nicht, Schatz. Die Speisekammer und die Milchkammer hatten auch ihre Reize. Nimm nur mal die frische Butter und das Bauernbrot an! Und euren Käse! Für mich hatte die ganze klassische und moderne Welt nur deshalb geschrieben und drucken lassen, um das nötige Einwickelpapier herzustellen. Nämlich, Eduard, ich stopfte mir nicht nur den Hals, sondern auch die Taschen voll.“

„Er ist unverbesserlich!“ seufzte die Frau, sich zu mir wendend. „Ich habe es eigentlich auch schon von unserer ersten Bekanntschaft an aufgegeben, ihn zu bessern, und versuche es nur manchmal noch bloß des Anstands wegen vor fremden Leuten und liebem Besuch. Aber jetzt im Ernst, o Gott ja, im herzbebenden Ernst, ich rede nun wohl selber zu deinem Freunde ein Wort von unserm damaligen Verhältnis, wenn – wenn du uns nicht doch vorher sagen willst –“

„Nein, das will ich nicht. Wenn etwas heute gottlob Zeit hat, so ist es das! Du hängst und köpfst ihn nicht mehr, Schatz. Es ist zu spät. Es geht heute keiner mehr Kienbaums Mörder an den Kragen als der Totenrichter: und freilich, wer weiß, ob nicht gerade der uns drei heute hierherbestellt hat zu seinen Schöffen und Beisitzern?“

„Heinrich, meines armen Vaters Tag- und Nachtgespenst –“

„Laß es noch einen Augenblick, Kind. Sieh in das wonnige Blau über uns, blicke in Eduards dürres, aber wohlwollendes, wenngleich auch etwas verlegen gespanntes Kafferngesicht und bleib noch ein klein bißchen in unserem Idyll. Erzähle ihm meinetwegen auf deine Weise unsere Liebesgeschichte. Ich gebe dir mein Wort darauf: was das andere anbetrifft, so kommt es wahrhaftig nicht darauf an, ob du das Genauere ein paar Minuten früher oder später erfährst. Dein Vater, unser Vater ist mit unserer Hilfe in Frieden beruhigt hinübergegangen, und Kienbaums Mörder wird die Mitwelt und die Nachwelt auch nichts mehr anhaben können als mit dem ungewaschenen Maul. Und letzteres auch dann vielleicht nur, wenn ihr – du und Eduard – morgen den Mund darüber nicht würdet halten können."

Die Frau schüttelte noch einmal über das bessere Wissen und Verstehen ihres Mannes den Kopf, dann legte sie die gefalteten Hände auf den Tisch und blieb ebenfalls noch bei ihrem und seinem Lebensidyll, und es kam freilich, trotz aller Melancholie und der Aufregung und Spannung der Stunde, herzig und lieblich heraus, wie sie – erzählte, ehe Stopfkuchen das Geheimnis der roten Schanze offenbarte.

„Ich kann es gar nicht sagen, wie lieb es mir war, daß der Junge zu uns kam", sagte sie. „So wie mich weiß ich doch keinen in meiner Bekanntschaft, dem es als Kind so ergangen wäre als wie mir. Armes Volk in der Stadt und auf dem Lande muß auch wohl das Seinige ausstehen; aber wir hier auf der Schanze gehörten ja gar nicht zu dem armen Volk, und doch – wenn ich unter der Hecke geboren wäre und meiner Mutter aus der Kiepe in das öffentliche Mitleid gefallen wäre, hätte ich es besser gehabt wie als des Bauern von der roten Schanze einziges wohlhabendes Kind und seine Tochter! Daß ich bei meinen Erlebnissen und Erfahrungen im Dorfe, in der Schule, auf dem Felde, auf der Wiese nicht hundertmal mehr als mein armer seliger Vater ein wirklicher Mörder geworden bin, das ist nichts weiter als ein unendlich großes Wunder. Was ich habe sehen, hören und fühlen müssen, seit ich mich zuerst in die Welt finden mußte, das geht in gar kein Buch zu schreiben."

„Hm", murrte Stopfkuchen, „vielleicht lohnte es sich grade gegenwärtig mehr als manches andere."

„Nein, Heinrich! es war doch zu häßlich."

„Grade darum“, brummte Heinrich Schaumann, doch seine Frau rief jetzt: „Ich habe dich reden lassen, nun laß auch mir das Wort, da du mich doch einmal dazu aufgefordert hast. Und Herr – Herr –“

„Eduard –“

„Ja denn, wenn unser lieber Freund, Herr Eduard, so gut sein will, mit unsern kleinen Erlebnissen hier in der Einsamkeit heute vorlieb zu nehmen.“

„Einsamkeit?!“ grinste Stopfkuchen. „Na ja, dem da wird es in seiner afrikanischen Wüste freilich wohl manchmal zu lebendig um ihn her. Wenn ich mir wo eine ewige Sabbatstille hindenke, so ist's grade die Gegend, die er sich ausgesucht hat, unser lieber Freund – Herr – Eduard.“

Ich bezwang mich und schlug den Dicken mit seinem lächerlichen Verständnis für mein Dasein und meine exotischen Errungenschaften nicht hinter die Ohren, ich nahm die Hand seiner Frau und sagte: „Lassen Sie alles, liebe Freundin, liebe Frau Valentine, und erzählen Sie mir für meine Einsamkeit von sich und dem Vater und der roten Schanze.“

„Ja, von uns dreien alleine weiß ich auch nur was. Ich bin niemals auf einer Insel im Meere gewesen, aber wie ich das mir vorstelle, so waren wir drei zusammen wie eine Insel im Meere.“

„Aber ein sauberer Brei, dickflüssig, graugelb mit grünen Schimmelflecken qualmte statt der blauen karibischen See drum herum und roch nach Pech, Schwefel und noch viel Schlimmerem!“ brummte der Unverbesserliche.

„Können Sie sich, Herr Eduard, wenn Sie sich als ein gehetztes Tier und alleingelassenes Kind in der Welt finden, einen bessern Aufenthaltsort für sich denken, als wie diese unsere alte, vergessene Kriegsburg?“

„Ganz gewiß nicht, Frau Valentine.“

„War es nicht schlimm, daß ich selber als so junges Kind die Hunde habe mit bösartig gegen die armen Menschen machen müssen? Aber war es nicht gut, nach der Schule in Sicherheit da auf dem Walle zu sitzen und das Dorf und die Stadt und die bösen Blicke und bösen Worte und das Geflüster und Gucken auch der Besten und Vernünftigsten unter sich zu haben? O Gott, man sollte sich heute noch schämen, weil man so oft, eigentlich tagtäglich aus seiner letzten Schanze heraus die Zunge hat ausstrecken und mit Steinen werfen und die armen treuen Tiere hat hetzen müssen! Heinrich hat's eben erzählt, wie mein seliger Vater auch hinter ihm stand und kein Wort sagte. Großer Gott, so hat er ja immer hinter mir gestanden, seit ich ins Denken und Nachdenken hineingekommen bin! Es konnte mir ja auch nur ganz langsam ins Klare wachsen, weshalb er so wild auf die Menschen war und keinem gut als dann und wann einem Advokaten, der ihm nach dem Munde gesprochen hatte. Es ist schlimm, es als Kind von Kindern erfahren zu müssen, daß man allein sein soll in der schönen Gotteswelt! Und wenn ich auch tausendmal sagte und weinte und schrie: „Lügner!“, sie machten mir doch hinterm Rücken des Schullehrers immer dieselben Zeichen, wie als wenn man einem einen Strick um den Hals legt oder nach einem Schlachtochsen mit dem Beile ausholt. Wenn der Vater mir dann und wann über die Haare fuhr, wenn wir den Winterabend ohne ein Wort gesessen hatten, ich im Winkel und er im Winkel, und wenn er sagte: „Ich kann nicht helfen, du Wurm, geh zu Bett und schlafe du, ich komme und sehe nach, ob du nichts mehr von dir weißt!“ ja, dann hatte ich einen Trost, der mir das Herz in die Kehle trieb. Manchmal bin ich wieder in später Nacht aus dem Bette gekrochen und bin an die Stubentür auf nackten Füßen geschlichen und habe ihn dann noch ohne Schlaf sitzen sehen. Ach, Herr Eduard, es haben wohl wenige Leute so wenig geschlafen wie mein armer seliger Vater! Und dann die Dienstboten – die Knechte und Mägde: o wie hat es da an einem Haar gehangen, daß ich wirklich schlecht, wirklich vielleicht zu einer Mörderin oder Totschlägerin wurde! Sie brachten mir jedes Orgellied und alles, was sich sonst in der Art auf dem Jahrmarkte kaufen läßt, und sangen es mir, und pfiffen mir es und, wenn sie zueinander davon redeten und bloß nach mir dabei hinübersahen, so war's noch schlimmer. Auf jede grüne Wiese, wo andere Kinder Blumen pflücken und Ringelkränze von Kuhblumenstielen machen durften, wurde mir ein Galgen hingebaut; und mitten unter die Erdbeeren, die Heidelbeeren und Himbeeren im Wald ein Schafott. Der Hirte und der Pflugknecht im Felde, die Weiber und Mädchen beim Rübenjäten und Kartoffelroden hatten alle ihre Geschichten für mich und gaben sie mir mit nach Hause, auf den Wall von meines Vaters Schanze und nachts mit unter das Deckbett, das ich im heißesten Sommer oft über mich zog, auf die Gefahr hin, darunter vor Herzbeben und Grauen zu ersticken. O wie manche Nacht habe ich mich in den Kleidern ins Bett gesteckt, weil es mir, und nicht bloß beim Wintersturm, sondern auch im Sommermondschein davor zu arg graute, die Schuhe und die Röcke auszuziehen.“

„Du armes Kind“, murmelte ich unwillkürlich.

„Jawohl, du armes Kind, Eduard", brummte Stopfkuchen. „Ich armes Kind habe mich natürlich in meiner Jugend so kläglich anstellen können, wie's mir beliebte: das machte auf niemanden einen bemerkenswerten Eindruck. „Der Bengel wird von Tag zu Tag muffiger!" das war das einzige, was ich zu hören kriegte."

Dabei fingen aber des Dicken Äuglein an, sonderbar zu leuchten, und er klopfte mir aufs Knie und fragte: „War es nicht Zeit, daß ich mich der Sache annahm? War es nicht das beste, was wir tun konnten, als unser Elend zusammenzuwerfen und unsern Jammer in einem Topfe ans Feuer zu rücken? Und ist nicht das Resultat erquicklich? Habe ich die hagere Wildkatze von Quakatzenburg nicht recht hübsch und rund und nett und fett herausgefüttert und sie behaglich mit dem gewöhnlichen und deshalb um so komfortableren Weiberstrickzeug in die behagliche Sofaecke niedergedrückt? Na, du solltest Mieze jetzt einmal beim Wintersturm und Sommermondschein drin spinnen – schnurren und purren hören!"

„Ich habe das Wort, Heinrich!" meinte lächelnd die liebe Frau.

„Das hast du, hast es immer. Und immer das letzte. Behalt es auch meinetwegen; ich wollte nichts weiter bemerken, als daß wir heute nicht mehr des Abends weder das große noch das kleine Malefizbuch lesen, Tinchen. Nämlich, Eduard, höchstens stört sie mir jetzt mit der Frau Davidis in der Hand das Nachdenken und paläontologische Studium, indem sie kommt und mit dem Zünglein um die Lippen neue Triumphe vorkostend die Frage stellt: „Du, Alter, sollen wir uns mal an dieses Rezept wagen?" Ich, lieber Eduard, habe selbstverständlich auch für diesen Verdruß nur die eine Antwort: Dem Mutigen gehört die Welt. Heraus aus dem Kasten!"

Frau Valentine behandelte vernünftigerweise ihren Feinschmecker mit seinem berühmten Kochbuch als Luft und fuhr, gegen mich gewendet, in ihrem Recht, jetzt einmal selber zu erzählen, fort. Gottlob, wirklich wie aus der Sofaecke heraus, wenn auch mit einem feuchten Leuchten in den Augen und einem verschluckten Aufsteigen in der Kehle, gleich einem Kinde, das aus erlittenem, aber vergangenem Kummer in das Lachen der Gegenwart übergeht.

„Ja, es war schlimm. Und es war die höchste Zeit, sowohl für meinen Vater wie für mich, daß wir endlich einen Kameraden kriegten – einen, den unsere Hunde über unsern Graben und Dammweg passieren ließen, ohne daß sie ihm an die Kehle fuhren und ihm unser häuslich Glück und Behagen entgegenkläfften und

-heulten. Anfangs konnte ich es doch nicht wissen, daß der Junge aus der Stadt auch für meinen Vater brauchbar war. Zuerst war er ja nur für mich gegen die Dorfkinder eingetreten und hatte sich die Nase blutig schlagen lassen. Da nahm ich ihn auch nur meinetwegen zwischen den Hunden durch mit auf die Schanze und brachte ihn an den Brunnen, daß er sich wenigstens ein bißchen wieder waschen konnte. Aber es wies sich zum Segen für Vater und Kind, für die rote Schanze aus, daß es doch mehr mit ihm an sich hatte durch Gottes Güte. Nicht wahr, Heinrich?“

Das letzte Wort war ein Fehler von der Frau. Damit hatte sie ihrem dicken Haupt und Herrn vollständig wieder das Heft in die Hand gegeben. Glücklicherweise hatte er aber eben etwas zerstreut den Wolken seiner Pfeife in die Baumwipfel nachgesehen und brummte nur: „Hast immer recht, Alte! Was war es denn eigentlich – wo warst du stehengeblieben? Ja, so! Na, Eduard, gewinnst du bald die Überzeugung, daß wir drei, Vater Quakatz, sein Tinchen und der faule Schaumann aus der Stadt, hier – hier keinen Vierten zwischen uns gebrauchen konnten?“

„Nein, den brauchten wir damals nicht!“ rief Frau Valentine Schaumann, ohne meine Meinung über die Sache abzuwarten. „Wenn meinem Vater und mir der liebe Gott nur einen gab, so war das völlig genug! Aber dem mußte ebenfalls alles andere gleichgültig oder zuwider sein: nur wir und die rote Schanze nicht! Der mußte alles mögen, was der Bauer Quakatz und sein kleines Mädchen geben konnten, ohne sich vor dem Mord- und Schinderkuhlengeruch, der dran hing, zu ekeln und zu fürchten. Und, Herr Eduard, dazu, dazu hatte der Stadtjunge, der mich vor den Dorfjungen und -mädchen in seinen Schutz genommen hatte, unter der Hecke da drüben auf der städtischen Feldmark gelegen! Und dazu hatte er auch genug Latein, daß er es meinem Vater in seinem dicken Wörterbuch nachschlug und übersetzte für seine Schriften und Akten, wo der selbst seinem Advokaten nicht mehr traute. Herr Eduard, bitte, achten Sie jetzt gar nicht auf meinen Mann! Er mag nachher, bis er mit Ihnen als angehender Student hier stand und von uns Abschied nahm, in seinen Schulzeiten noch etwas mehr gelernt haben – das kann ich nicht beurteilen, aber für die rote Schanze war er damals genügend mit allen Kenntnissen ausgestattet. Er brachte nicht bloß die Hunde zur Ruhe, er brachte auch meinem seligen Vater ruhigere Stunden.“

„Nu höre sie, Eduard! Ja, ja; aber sie hat recht: die Klugen haben wahrhaftig lange nicht soviel Behaglichkeit in die Welt gebracht und so viele Glückliche drin gemacht wie die Einfältigen."

„Ganz sicher, Heinrich! Mein seliger Vater meinte das wenigstens auch. Er drückte sich nur etwas anders aus. „Tinchen", sagte er, „ich will nichts dagegen sagen, daß dieser dicke, stille Junge sich an uns herangemacht hat. Wenn du mit ihm auskommen kannst, soll es mir recht sein. Mich stört er nicht, und man hat doch einen in der Stube, der nicht zu den anderen gehört."

„Das war ein großes Wort von deinem verstorbenen Herrn Vater, Frau Valentine Stopfkuchen!" grinste Heinrich Schaumann unverbesserlich drein.

„Es war nur das Wort von einem Manne, der seinen Kopf und sein Herz seit Jahren, Jahren, Jahren mit beiden Händen hatte zusammenhalten müssen, auf daß ihm beides nicht in Wut und Angst und Grimm und Scham zerspringe. Wenn einer damals nicht zu den andern gehörte, Herr Eduard, so war das mein Mann. Nicht etwa weil er grade so was Besonderes an sich gehabt hätte, sondern grade vielleicht weil er das nicht hatte und auch an uns in unserer Verscheuchung und Verschüchterung nichts Besonderes fand und mit uns wie mit ganz gewöhnlichen sonstigen Menschen in Verkehr und Umgang kam!" –

Frau Valentine hatte natürlich nicht im geringsten eine Ahnung davon, welch ein wunderbar Zeugnis und Lob sie jetzt meinem Freunde ausstellte, und wie sehr sie mich zu den ganz Gewöhnlichen, den ganz Gemeinen, an jedem Wege Wachsenden warf: zu denen, die nur dreist in die Welt hinaus und nach Afrika laufen mochten, um ihre trivialen Abenteurerhistorien zu erleben. Mein dickster Freund grinste wieder nur, war sich aber sicherlich klar über alles.

Die Frau fuhr fort. „Er saß mit meinem Vater in der Stube, und er lag mit mir auf unserm Wall gegen die Menschheit unterm Busch. Ja, gegen die Menschheit, Herr Eduard; denn jetzt warfen sie mit ihren Steinen auch nach ihm über den Graben; aber nicht lange. Ihre jungen Herren Kollegen und Schulkameraden haben doch nicht ganz genau gewußt, was mein Mann damals war –"

„Alte!" lachte Stopfkuchen.

„Ach ja! ich drücke mich wohl wieder falsch aus. Nun denn: sie wußten nicht ganz vollkommen, was du alles in dir hattest, Heinrich, und was du alles tun und sagen konntest, wenn dir ein Erdkloß, der eigentlich doch nur für Kienbaums Mörder bestimmt war, an deinen Kopf flog. O Herr Eduard, Ihr damaliger Freund konnte sich damals schon in den ersten großen Sommerferien als den Herrn der roten Schanze betrachten. Er hatte sie, und zwar für mich mit, einem schlimmen Feinde abgewonnen; und nun, da ich mich nun nicht mehr nachts so arg vor andern zu fürchten brauchte, lag ich manchmal ganz wütend und fragte mich, weshalb ich es eben von ihm litte?! Denn, Herr Eduard, er behandelte mich eigentlich gar nicht gut bei seinem Ritteramt! Dumme Gans war noch der mildeste Ehrentitel, den er mir zukommen ließ. Und wehe mir, wenn ich es merken ließ, daß auch ich meinen Vorrat von Kosenamen zur Hand hatte aus meinem Verkehr und Krieg mit den andern Kindern! Und wenn ich mich durch Tränen wehren wollte, da war's noch schlimmer. Da hieß es höchstens: „Sie hat den besten Platz in ganz Deutschland, und sie mault! Mädchen, sitze du mal auf meinem –“

„Podex“, riet Freund Heinrich.

„Platz in der Schule“, fuhr Frau Tine fort, doch lieber einen zartern Ausdruck für das Ding wählend. „Freilich, es mochte ihm, was den anbetraf, manchmal zu Hause und in der Schule auch nicht zum besten gehen. Nun, auf der roten Schanze saß er denn mit seinen Sünden ebenso sicher als wie ich. Beim Mordbauern Quakatz tat ihm keiner noch mehr was drum zuleide, sondern im Gegenteil! Er war mir vielleicht auch darum grade recht und zu meinem und meines seligen Vaters Umgang passend, weil auch er recht häufig was auf dem Gewissen hatte und noch mit den Tränenspuren auf den Backen zu uns herauskam und dort von der Wallbrüstung auf die ganze Stadt und die ganze Schule ungestört hinunterbrummeln und -grummeln und -schimpfen konnte. Schrecklich faul muß er damals gewesen sein, Herr Eduard.“

„Meine jetzigen süßen Daseinsbedingungen in dieser Hinsicht läßt sie gelten, Eduard. Aber ich imponiere ihr doch auch ein wenig durch meine Petrefakten und die gelehrte Korrespondenz, die sich dran knüpft. Man kann schon seinem Weibe was unter die Nase halten, wenn man Mitglied von einem halben Dutzend paläontologischer Gesellschaften ist. Und eines blüht ihr noch. Meine Abhandlung über das Mammut und seine Beziehungen zu der roten Schanze, dem Prinzen Xaver von Sachsen und dem Bauer Andreas Quakatz nebst angehängtem Exkurs über das Megatherium wird ihr unbedingt gewidmet. Wer weiß, ob das Riesenfaultier ihr nicht noch den Kranz der Unsterblichkeit auf die Haube – wollt' ich sagen die Locken drückt?“

„Gott soll mich bewahren!“ lachte Frau Valentine, fügte aber hinzu: „O Gott, wohin bringt er mich und uns durch seine Art und Weise, Herr Eduard! Er weiß es, wer Kienbaum totgeschlagen hat, und hier sitze ich und rede alles dumme Zeug durcheinander, bloß weil er's so haben will. O mein armer, armer Vater! Und wenn er, meinen Mann meine ich, mit dem Ärmel um die Augen Staub und Feuchtigkeit durcheinandergerieben hatte –“

„Dreck und Tränen willst du sagen, Herze.“

„Jawohl, und mit dem Jackenärmel! Und wenn er dann zuweilen noch nach dem – Rücken griff und sich zwischen den Schulterblättern rieb, dann sagte mein seliger Vater: „Geh hin und schneid ihm erst ein ordentliches Butterbrot und gib ihm ein ordentliches Stück Wurst dazu. Der hat auch das Seinige ausgestanden und weiß in seinen jungen Jahren schon, was an der Welt ist.“

Nun, das tat ich denn auch, und dann gingen wir zu den Käsen, den Stachelbeeren, den Birnen, Äpfeln und Pflaumen und was sonst so die Jahreszeit zu seinem und meinem Troste gab. Ja, Herr Eduard, in dieser Hinsicht war die rote Schanze vom sächsischen Prinzen ganz für ihn geschaffen. Oh, was er aber auch durch seinen Herrn Schwartner von ihr alles wußte! O Gott, wie ich sie noch sitzen sehe, ihn und meinen armen Vater, wie sie die Geschichte vom Siebenjährigen Kriege traktierten und wie es so schade sei, daß die arme Stadt da unten damals nicht ganz in Klump geschossen worden sei!“

„Das Wort traktieren hat sie von mir, Eduard“, schmunzelte Stopfkuchen, doch Frau Valentine lächelte und seufzte weiter: „Ich hielt ihn schon damals für den gelehrtesten und weisesten aller Menschen. Daß ich ihm das aber damals schon auf die Nase band, konnte keiner von mir verlangen; denn dazu war er doch noch zu dumm, und ich zu sehr in der Wildheit und Wut gegen alles aufgewachsen. Er brachte mir, ohne daß ich es ihn merken ließ, von so vielen Dingen ein Verständnis und an so manchen Sachen Geschmack bei –“

„Das Wort Geschmack hat sie von mir, Eduard.“

„Und da kam er mit meinem Vater zu der Überlegung, daß kein Hahn mehr nach dem hochberühmten Herrn Prinzen von Sachsen und seinem Mordkriege krähe, und daß auch einmal nach dem Herrn Oberlehrer Blechhammer und uns andern und – und – und Kienbaum auch kein Hahn mehr krähen, kein Hund mehr bellen und kein Mensch mehr die Nase verziehen werde, und daß es bei allem auf der Erde nur ankomme auf ein gutes Gewissen und Genügsamkeit –“

„Genügsamkeit hat sie von mir.“

„Natürlich! Alles habe ich von dir!“ rief Frau Valentine jetzt wirklich etwas zittrig, aufgeregt, ärgerlich. „Nun, da ist es ja noch ein Trost, daß du mir wenigstens das gute Gewissen als mein eigenstes Eigentum läßt! Und wenn ich denn einmal die Genügsamkeit auch von dir haben soll, so hat doch gewiß wenigstens etwas davon auch schon in mir gelegen, und du hast mir nur –“

„Das Verständnis aufgeknöpft. Da hat sie recht, Eduard. Ich sage dir, Eduard, du hast in der Hinsicht gar keinen Begriff davon, was und wieweit alles in ihr verstöpselt lag und darauf wartete, daß ich komme und den Korkzieher mitbringe. O Alte, Alte, liebste, beste, alte Alte: wie hätten wir zwei auch sonst so gut zueinander gepaßt. O Tine, Tine – du und ich, des Gottes schöne Trümmer – na, haben wir denn nicht von Anfang an zueinander gehört, und halten wir nicht beieinander bis zum allerletzten? Du vom alleräußersten Ende von Afrika, du, Eduard, was ist deine Meinung?“

Vor Jahren hatte ich weggeguckt; diesmal sah ich genau hin, wie sich die zwei den Arm um die Schulter legten und sich aneinanderdrückten und sich einen lauten Kuß gaben. Sie zierten sich diesmal gar nicht mehr vor mir; aber Heinrich hatte freilich heute auch eine glänzende Glatze, und in Valentinens Haar mischte sich hier und da ein vorzeitig silbernes Fädchen; aber hübsch war's doch, und es tat der Sache durchaus keinen Abbruch, daß Stopfkuchen ein bißchen fett war und seine kleine, gute, tapfere Frau der Aphrodite von Melos gar nicht glich.

„Ich sage Ihnen, lieber Herr Eduard“, sagte Valentine, ihre Haube unbefangen wieder zurechtrückend, „wenn ich mich jetzt als erwachsene, alte Frau in meinen Zustand als Quakatzens Mädchen von der roten Schanze zurückdenke und es mir überlege, wie es gekommen ist und wie es die Vorsehung angefangen hat, daß ich durch Heinrichs Bekanntschaft aus einem verwilderten Tier zur Ruhe und ins Menschliche hineinkam, so soll mir keiner meinen Glauben an den lieben Gott aus der Bibel und dem Gesangbuche streichen: auch selbst da mein Alter nicht mit seinen Knochen und Versteinerungen und seinen Briefen und Drucksachen von seinen gelehrten Gesellschaften. Und wenn er tausendmal nicht mehr an ein Wunder glaubt und eine höhere Regierung: zu einem halben Wunder muß er sich mit seinem wissenschaftlichen Besserwissen doch bequemen. Denn daß so ein Junge so einen segensreichen Einfluß auf so ein Frauenzimmer ausübt, von meinem armen seligen Vater dabei gar nicht zu reden, das ist doch nicht bloß ein halbes Wunder, das ist ein ganzes, ein doppeltes, ein dreidoppeltes! Sie haben es wohl gelesen, was er über unsere Haustür geschrieben hat: Gehe heraus aus dem Kasten. Das ist eigentlich dummes Zeug; denn das hat auf uns hier gar keine Beziehung. Ich habe darüber die Bücher Moses nachgelesen; es betrifft bloß die Arche Noah und den Vater Noah und möglicherweise noch seine Familie und seinen Tierbestand. Die Redensart hatte damals mein Heinrich auch noch nicht an sich. Vielleicht erinnern Sie sich noch an seinen damaligen ewigen Trost, Herr Eduard?“

Leider erinnerte ich mich nicht mehr, und Stopfkuchen sah mich nur erwartend, grinsend an und half mir nicht ein. Wenn ich ihm in unsern Schultagen „einhelfen“ sollte, dann grinste er nicht; dann sah er anders aus als wie heute.

„Na, Eduard?“ Das war das einzige, auf was er sich heute einließ.

„'Friß es aus und friß dich durch!' lautete seine damalige Redensart“, sagte Frau Valentine und ließ es in Ton und Ausdruck zweifelhaft, ob sie heute noch völlig ihre Billigung habe. Doch jetzt ergriff Schaumann, genannt Stopfkuchen, wieder das Wort und seufzte zwar nicht weich und elegisch, aber voll Behagen: „Und meinetwegen könnt ihr sie mir auch mal in Goldschrift auf meinen Grabstein setzen lassen. Natürlich ohne irgendwem die Möglichkeit zu nehmen, eine noch bessere zu finden.“

„O Gott“, seufzte seine Frau, „damals setzte er gewöhnlich noch hinzu: „Es gibt keine andere, um durchs Leben zu kommen, Tinchen!“

„Meinst du nicht auch, daß alle anderen mehr oder weniger auf Schwindel beruhen, Eduard? Oder hast du in dieser Beziehung wirklich einige neue Erfahrungen vom alten nobeln Onkel Ketschwayo mitgebracht? Na, mal raus damit: was habt ihr dem Manne auf sein Heldengrab gesetzt, nachdem der brave Kaffer sein stolzes Königsleben aus- und sich durch euch Englishmen, Dutchmen und Deutsche Burengesellschaft durchgefressen hatte? Aber entschuldige, Schatz, ich meine dich, Madame Stopfkuchen, wir sind immer noch bei deiner Idylle und nicht der unseres teuern afrikanischen Gastfreundes.“

Die Frau Valentine warf mir einen Blick zu, der wieder nur bedeuten konnte: Wer kann wider Gott und Groß-Nowgorod? Es war gegen den Menschen nicht anzuerzählen. Sie gab es auf, nahm dafür ihr Strickzeug wieder und überließ ihren Dicken seiner Rednergabe und, wie sie sich ausdrückte, seinem doch bessern Verständnis. Daß sie wohl hoffte, auf diese Art am Ende doch noch etwas früher zu erfahren, wer Kienbaum totgeschlagen und das Lebenselend ihres Vaters dazu auf dem Gewissen gehabt hatte, trug wohl dazu bei, daß sie sich den Anschein gab, von jetzt an ruhig weiterzustricken.

„Ich sagte ihr also ganz einfach, wenn mal die Welt wieder ein wenig mehr als gewöhnlich die Katze gegen sie gespielt hatte oder, was auch vorkam, sie die Katze gegen die Welt zu spielen wünschte und mit ausgespreizten Krallen fauchend gegen sie anfuhr – bemerke beiläufig die sich hier ganz von selbst gebende, weich hinfließende Alliteration, Eduard –, ich sagte ihr also: „Schatz, friß mich nicht; aber Mädchen, friß es aus und friß dich durch, und, bei Gott, ich helfe dir dabei!" Mit dem herzigen Wort und Rat nahm ich sie am Wickel, holte sie so peu à peu aus sich heraus und mir allgemach die ganze rote Schanze, den Papa Quakatz eingeschlossen. Wir fraßen es zusammen aus und fraßen uns durch, wir armen Würmer. Für alles, mit welchem ich meinerseits da unten in der Stadt und in eurer Schule nicht aus mir herauskommen durfte, hatte ich hier oben freisten Spielraum. Da entwickelte sich, was ich an Lyrischem und Epischem in dem hatte, was ihr da unten als mein gemütliches Fett zu bezeichnen pflegtet. Was ich an Dramatischem in mir hatte, ließ ich natürlich ruhig in dem, was ihr meinen Wanst benamsetet, latent bleiben. Das erfordert zu viel Kapriolen, Fratzen und Phrasen, und es ist, Gott sei Dank, immer noch hie und da einem gestattet, *ore rotundo,* seine Serviette, oder wie man itzo im teutschen Vaterlande sagt, sein Tellertuch unterm Kinn festzustecken und über seinen Sesquipedalien die Hände ineinanderzulegen und die Daumen umeinander zu drehen. Würde ich hier heute bei dem Tinchen, diesem Quakätzchen hier so sitzen, wie ich sitze, wenn ich der roten Schanze damals ebenfalls dramatisch gekommen wäre? Gewiß nicht, lieber Eduard! Diesem Kriegsaufwurf des Herrn Grafen von der Lausitz, diesem Punktum auf hiesiger Feldmark hinter dem Wort: Kindlein, liebet euch untereinander! war nur durch die Lyrik und Epik beizukommen, und das habe ich denn auch besorgt! was, Tinchen Quakatz? Ich kann es nur immer von neuem wiederholen, Eduard: ihr habt mich verkannt, die Schätze in meinem Busen lagen euch, offen gesagt, dummen Jungen viel zu tief. Dazu gehörte eben ein schlaues kleines Mädchen, um die heraufzuangeln. Du persönlich, Eduard, liefest höchstens mit deinem Freunde Störzer und bereitetest dich durch des alten Le Vaillants Geschichte von wilden Eseln, Giraffen, Elefanten, Nashörnern, sauberen Namaquamädchen und aus der Historie vom Bravsten der Braven aller Hottentotten Swanepöl auf dein Kaffern-Eldorado vor. Den biedern Buren Klaas Baster wirst du wahrscheinlich allmählich auch gefunden haben und ihn in sentimentalen afrikanischen Stimmungen an den Busen schließen; aber den biedern Heinrich Schaumann hast du jenerzeit auch nicht gefunden, sondern ihn nur mit den übrigen von uns als Stopfkuchen unter der Hecke belassen. Verzeihe die Abschweifung: bei dem Bauer Quakatz und seinem verwilderten, zerzausten Kätzchen, da erklang die Zauberharfe; da griffen die Geister der roten Schanze hinein und entlockten ihr die Töne, welche euch europäischen gezähmten Eseln, Affen und Rhinozerossen, so das fürstliche Gymnasium alle Nachmittage um vier aus dem Kulturpferch herausließ, auf, wie ihr euch freundlich ausdrücktet, auf kompletten Blödsinn hinzudeuten schienen. Oh, Eduard, wenn ich heute, jetzt endlich doch einmal zu dem Genuß käme, ein theatralisches Interesse an meiner eigenen Person zu nehmen! Aber damit ist es selbst heute, heute, wo du wieder da bist, nichts! Ich kriege es nicht fertig, und so bleibe ich ohne Arm- und Beinschlenkern sitzen, wo ich mich hingesetzt habe: auf der roten Schanze. Mach nur keine Gesichter, Tinchen; ich bleibe bei der Sache. Du weißt es ja; wie närrisch ich reden mag, ich bin immer bei dir. Da sei nur ganz ruhig; kein Kind hält sich so krampfhaft fest am Rocke seiner Mutter, wie ich mich an deiner Schürze und – Eduard hat ja heute bei uns gegessen und wird mir also einmal in seinem Leben beistimmen – vor allem an deiner Küchenschürze! Ja, lieber Eduard, kein Winkel im Hause, kein Fleckchen im Garten, kein Mauerwerk, keine Bank, kein Busch und Baum und, wieder vor allem, kein Viehzeug auf der roten Schanze, die nicht allgemach ein lieber Schein und Schimmer überlief aus dem Robinson, aus dem Ferdinand Freiligrath, aus den Gebrüdern Grimm, dem Hans Christian Andersen und dem alten Musäus! Ich war feist und faul; aber doch nun grade, euch allen zum Trotz, noch vor meiner Kenntnisnahme des Weisen von Frankfurts bester Table d'hote ein Poet ersten Ranges: der Begriff war mir gar nichts; ich nahm alles unter der Hecke weg, mit dem Sonnenschein des Daseins warm auf dem Bauche, aus der Anschauung! Es zog einer den andern in seine Kreise oder vielmehr in seinen Kreis: Tinchen mich, ich Tinchen. Aber an dem Tage, an welchem auch der Papa Quakatz hinter mir zum erstenmal fragte: „Wie war die Geschichte, Junge?“, da hatte ich ihn ebenfalls beim Wickel. Erinnerst du dich noch, Valentine? Es war die Geschichte von den beiden unüberwindlichen, kugelrunden Müllern, die sein Interesse erweckte. Ja, dahin hatte es die Welt mit ihm und Kienbaums Morde gebracht, daß er auch so einer hätte sein, und so sich wappnen mögen. Ein Wams mit Kalk und Sand und, zur Verbindung, mit geschmolzenem Pech gefüttert, hinten und vorn beblecht mit alten Reibeisen und Topfdeckeln, darunter drei bis vier Hemden, darüber neun lodene Röcke; zur Abwehr und zum Angriff zwei Spieße, eine Armbrust, ein Zweihander, eine Manneslänge lang, und auf die Wirkung in die Ferne ein Bogen mit Pfeilköcher!"

„Ja, ja", seufzte Frau Valentine, „und endlich eine Wohnung in einer Wüste hinten an der Welt! Ach ja, und wenn auch er nicht gestorben wäre, so lebte auch er heute noch, wie die Märchen endigen. Der arme, arme, liebe Vater! Und er, er hätte es sicherlich nicht ertragen, daß du uns so lange darauf warten läßt, wer an seiner Statt Kienbaum totgeschlagen hat! für wen er, er, der Arme, Arme, durch sein ganzes Leben hat unschuldig büßen müssen!"

In diesem Augenblick wurde die arme Frau abgerufen, und Stopfkuchen benutzte die Gelegenheit, um mir zuzuflüstern: „Hoffentlich bleibt sie uns jetzt fünf Minuten vom Halse. Vom Papa spreche ich, jetzt im Vertrauen ganz offen gesagt, am liebsten hinter ihrem Rücken, wenn ich einmal davon sprechen muß. Und sie hat es auch eigentlich nicht gern, wenn ich in ihrer Gehörweite wirklich mal aufrichtig an meine innerste Meinung über ihn anstreife."

Schön Wetter auf See! Wie hätte ich mein Garn aber auch so fortspinnen dürfen, wie es eben geschehen ist, wenn dem nicht so gewesen wäre? Halkyonische Tage haben uns, die letzte Woche durch, das Geleit über das große Meer gegeben. Infolge davon angenehme Stimmung auf dem Schiff und wenig Störung des „sonderbaren Herrn im Rauchzimmer, der von Hamburg an ununterbrochen über seinem Geschäftskonto brütet und wahrscheinlich erst am Jüngsten Tage damit zu Rande kommen wird."

Die Herrschaften und die Leute haben aber recht mit ihrer Verwunderung, ihrem Lächeln und Kopfschütteln, Kopfzusammenstecken und Flüstern. Da sitzt ein sonderbarer Herr auf dem guten Schiff Hagebucher, und sonderbar von ihm ist's im hohen Grade, grade auf dem hohen Meer den Versuch zu wiederholen, das Leben mit einem Fingerhut ausschöpfen zu wollen! ...

Was aber würden die Herren und Damen, die einige Male sogar den Versuch gemacht haben, mir beim freundschaftlichen Auf-die-Schulter-Klopfen über die Schulter auf die „absonderliche Schreiberei" zu sehen, sagen, wenn ihnen der Versuch gelungen wäre?

Wahrscheinlich nichts weiter als: „Nun, das hätte er zu Hause auch bequemer haben können."

Darin würden sie sich aber doch auch irren. Ich hätte das nicht zu Hause bequemer haben können, und deshalb eben schrieb ich's auf dem Schiffe mir auf, um es späterhin, zu Hause, im Wirrsal der Tage für einen möglichen stillern Augenblick bequem zur Hand zu haben.

Seinen Stuhl mir näher rückend, sagte Stopfkuchen, noch einmal einen vorsichtigen Blick nach dem Hause sendend: "*Evasit* – sie trippelte ab. Jawohl, Eduard, wenn die Welt irgendwo und -wann das Recht hatte, einem ducknackigen, mürrischen, widerwärtigen Patron, kurz einem unangenehmen Menschen mit dicker, die Oberlippe einsaugender Unterlippe und malaiischen Wülsten hinter den Ohren – einen Mord als sein kleinstes Verbrechen zuzutrauen, so war das bei meinem seligen Schwiegervater – Gott hab ihn selig! – der Fall. Im Grunde war er ein greulicher Kerl, dem keiner deiner bösartigsten, schlimmsten Kaffern das Wasser reichte. Eine mißtrauische, stänkerhafte, auf Kisten und Kasten hockende Bauernseele vom faulsten Wasser! Ob er Kienbaum totgeschlagen hat, der alte Quakatz, wirst du ja wohl nachher noch erfahren; aber daß ich ihn nicht drei oder vier Dutzend Male totgeschlagen habe, das war keine Kleinigkeit, das sage ich dir jetzt schon. Es gehörte eben eine Natur oder, wenn du lieber willst, ein Gemüt wie das meinige dazu, um so einem mißglückten Ebenbilde Gottes an den Kern zu kommen! Nun, weißt du, Eduard, Apfel, Reis und Mandelkern frißt der kleine Affe gern; aber auch Nüsse mag er und knackt sie ihres süßen Inhalts wegen: seines süßen Inhalts wegen habe ich denn auch den Bauer Andreas Quakatz auf der roten Schanze mit der roten Schanze geknackt. Freilich nicht ohne die harte Nuß eine erkleckliche Weile aus einer Backentasche in die andere gewälzt zu haben und mit allen Backenzähnen und aller Kinnbackenkraft drangewesen zu sein. Ob er Kienbaums wegen gehängt zu werden verdient hätte, wollen wir immer noch auf sich beruhen lassen. Aber aus manchem andern Grunde hätte er sicherlich verdient, wenn nicht gehängt, so doch geprügelt zu werden. Vor allen Dingen seines Tinchens wegen. Sie läßt sich immer abrufen, wenn darauf die Rede kommt. Diesen närrischen Frauenzimmern ist eben die Pietät auf keine Weise auszutreiben; und, beiläufig, man mag sich manchmal darüber ärgern wie man will; man stellt sich und andern doch nur sehr selten die Frage, wozu dieses gut sei? Gut – das heißt, großer Gott, die Welt war schlecht gegen das Kind von der roten Schanze; aber so schlimm wie der Papa, der Bauer auf der roten Schanze, war sie doch nicht gegen es. Da hielt sie ihm noch lange nicht die Stange! Die Schule war arg, und meine Herren Eltern waren grade auch nicht von der liebenswürdigsten Sorte; aber so verschüchterten sie mich doch nicht, wie der alte Quakatz seine Krabbe zu verschüchtern verstand. Aus der alleruntersten Schublade seiner verstockten Seele holte er sein Wesen gegen sie; und tausendmal mochte er meinetwegen Kienbaum totgeschlagen haben und der Menschheit, ihr Jüngstes Gericht eingeschlossen, es ableugnen: so – in solcher Weise brauchte er seinen Verdruß nicht auf sein eigen Fleisch und Blut abzuladen! Eduard, leugne es nicht: ihr habt mich dann und wann nicht bloß für einen faulen, sondern auch für einen feigen Burschen taxiert: doch wirklich mit Unrecht. Ihr armen Hasen, deren ganzes Heldentum auf dann und wann eine zerrissene Hose, einen Buckel voll Schläge oder ein paar Stunden Karzer hinauslief! Die rote Schanze hättet ihr mal erobern sollen! Das wäre etwas gewesen, was einen neuen Plutarch auch für euch wünschenswert gemacht haben würde. Und dann der Oberlehrer Blechhammer, wenn der mal wieder in meinem Kopf mit der Stange gestört, nach der Eule der Minerva geforscht hatte und von neuem zu der Überzeugung gekommen war, daß da vielleicht eben noch eine Eule, aber freilich nicht die der Pallas Athene gesessen hatte! War der brave Mann – Gott erfülle alle seine Verheißungen an ihm und rangiere ihn unter seine beflügeltsten Engel! – war der alte ciceronianische Kochinchinaknarrhahn einer Würdigung meiner Lebensaufgabe fähig? Wahrlich nicht! im höchsten Pathos dieses aus der Erinnerung heraus gesprochen. Doch ich schweife ab; – der warme Tag öffnet einem so angenehm alle Poren des Leibes und der Seele! Wo war ich denn eigentlich, was die Hauptsache anbetrifft? Jawohl, natürlich, immer noch beim Vater Quakatz. Du großer Gott, wo in aller Welt haben wir, ich und Tinchen, uns vor dem verkrochen? Wie und wo haben wir hier unter dem Schutze *Sancti Xaverii, comitis Lusatiae* vor seiner Unvernunft Unterschlupf suchen müssen, nachdem ich schon längst Vernunft zu ihm geredet hatte und stellenweise auch damit durchgedrungen war?! Im Taubenschlag, im Schweinestall, auf dem Heuboden, im Wandschrank, hinter und unter dem Bett. Wo suchte er nicht sein Kind mit dem Prügel und der Peitsche in der Hand? Ihr Helden führtet derweilen eure Indianergeschichten, euren Fenimore Cooper draußen im Felde dumm und phantasielos genug auf: ich schützte Cora und versteckte Alice im Leben und in der Wirklichkeit, wenn nicht in der Felshöhle, so doch hinter dem Küchenschrank und ließ den verrückten, wütenden alten Mingo mit geheimstem, wollüstigstem Grausen suchen und hörte ihn schnüffeln und sein Kriegsgeheul erheben. Wenn dann Tinchen flüsterte: „Ich habe ihm die Schnapsflasche auf den Küchentisch gestellt!“, so weiß ich es heute ganz genau zu taxieren, wieviel mehr sie auf Miß Cora als auf Miß Alice zugeschnitten war. Damals wußte ich es noch nicht so und hielt mich mehr, als mir zukam, für den edlen, urwalderfahrenen Lederstrumpf. Aber die Hauptsache war natürlich, daß der Alte die Flasche fand. Sowie wir sein „Hugh“ vor ihr hörten, waren wir einmal noch gerettet, und die Welt und die rote Schanze gehörten uns wieder allein! Aus Pietät steht sein Sorgenstuhl, wie du bei Tische bemerkt haben wirst, noch immer hinter dem Ofen, und wenn ich jetzt darin sitze und mir überlege, wie ich damals schon den Fall Kienbaum gegen Quakatz frühreif ansah und sagamorenhaft dem aus seinem Feuerwasserdusel erwachenden armen Kerl sagte: Herr Quakatz – du liebster Himmel, da ist sie schon wieder! keinen Augenblick hat man doch Ruhe vor ihr. Na, Eduard, denn das Weitere vielleicht bei Sonnenuntergang.“

Da war sie wieder, und wenn ich sie wieder ansah, wie sie vom Hause her näher kam und wieder zu uns trat und ihrem Mann die Hand auf die Schulter legte, hätte ich mir dreist alles „Weitere“ von ihm schenken lassen dürfen. Die Hauptsache wußte ich jedenfalls.

Der schöne Nachmittag aber war, ohne daß ich es gemerkt hatte, was freilich selbstverständlich war, ruhig immer mehr gegen den Abend hin vorgeschritten. Es war selbst für unsern Dicken allgemach angenehm kühl unterm Lindenbaume geworden, und er bezeigte nun Lust, „sich ein wenig die Füße zu vertreten“. Er bot seiner Frau den Arm, und bei sinkender Sonne umschritten wir jetzt das Viereck des alten Kriegswalles auf seinem äußersten Rande: Stopfkuchen natürlich, ohne die lange Pfeife dabei aufzugeben. „Du bemerkst, ich habe mir hier wie ein anderer Gefangener von Chillon einen Pfad ausgetreten; aber dazu auch einige Bänke hingesetzt. Seine Aussicht in die Weite wünscht der Genügsamste in dieser Beziehung zu haben; behält er seine Bequemlichkeit sich dabei vor, so verdenke ich es ihm nicht, sondern lobe ihn. Wie du gleichfalls bemerkst, Eduard, bin ich auch hier immer unter der Hecke geblieben.“

Dem war so. Die vier Bänke auf den vier Ecken der roten Schanze hatten alle ein schattig Gebüsch hinter sich, und man konnte sich wohl auf ihnen in die Lust der Jugend: unter der Hecke zu liegen – zurückträumen. Der Pfad war wohl betreten, aber auch wohlgepflegt: „Ich pflege hier auch im Winter meine Welt und die der übrigen ins Auge zu fassen“, sagte Stopfkuchen. – Die Aussicht nach Norden und Süden, nach Osten und Westen war so ziemlich geblieben, wie sie in unserer Kinderzeit war. Da war in der Tiefe die Stadt, da zur Seite Dorf Maiholzen, da der Wald, da das freie Feld und da die fernen blauen Berge liegengeblieben. Behaglich schliefen darunter und darin Heinrich Schaumanns Floren und Faunen sämtlicher wissenschaftlicher Erdballsperioden, Formationen und Übergangsperioden, das Riesenfaultier eingeschlossen und mit eingeschlafen. Darüber der Sommerspätnachmittagssonnenschein. Nur eine oder zwei neue Eisenbahnlinien durchschnitten jetzt die Ebene. Und der Zug, der eben auf der einen die Stadt verlassen hatte und mit langgezogener weißer Lokomotivenwolke der Ferne zuglitt, erinnerte mich in diesem Augenblick wieder daran, wie wenig Halt und Anhalt ich jetzt noch in der Geburtsstadt, in den Heimatsgefilden habe.

Statt mir aber mit einem Hinweis auf die neuen Verkehrsmittel aufzuwarten, zog Heinrich Schaumann sonderbarerweise sein Tinchen nur noch ein bißchen zärtlicher an sich und sagte: „Ja, Alte, nicht wahr, auch der Winter ist hübsch hier, es läßt sich leben auf Quakatzenburg, und man sehnt sich so leicht nicht fort? Das kann man aber im Grunde überall haben, lieber Eduard, den ich doch wohl auch einen Baron, und noch dazu einen südafrikanischen, nennen darf. Man muß nur von jedem Ort den von Rechts und Ewigkeits wegen dranhaftenden Spuk auszutreiben verstehen, und man sitzt immer gut. Eine gute Frau ist freilich nicht von Überfluß dabei. Sitze du selbst hier mal mit einer bösen, Eduard!"

„Ein vernünftiger, wenn auch halb närrischer Mann gehört doch aber auch dazu", meinte Frau Valentine zugleich seufzend und lächelnd, und Stopfkuchen sprach mit allem Nachdruck: „Selbstverständlich!"

Wir saßen ebenso selbstverständlich bereits wieder. Auf einer der Bänke, von denen aus man die Stadt und Dorf Maiholzen vor sich hatte.

„Ein halb vernünftiger, wenn auch ganz und gar nicht närrischer Mann und Mensch kann einem überall den weichsten Sitz und die schönste Aussicht und Gegend verleiden", fuhr Heinrich fort. „Ja, ja, unser guter seliger Vater! Weißt du wohl noch, Tine, wie der mich hier mal um den Wall jagte, wie der unzurechnungsfähige, alberne wütende Achill den einzigen anständigen, ordentlichen Charakter in der ganzen Ilias? Und weißt du wohl noch, wie damals die Sache ganz anders ausging als wie vor Troja und in der Iliade? Damals stellte ich dem unberechtigten Verfolger das Bein, und so kam er kopfüber, kopfunter hinunter in den Graben des Prinzen Xaver von Sachsen, und du, Tinchen, konntest wieder aus deinem Versteck im Keller zum Vorschein kommen und mir behilflich sein, den armen Teufel fernerweit zu Bette und zu besserer Besinnung zu bringen."

„Der Vater, der arme Vater! O Gott, ja, ja! aber, Heinrich, so haben wir ja noch niemals hiervon vor anderen Leuten gesprochen!"

„Ich glaube, ich habe es dir schon bemerkt, Schatz, daß wir heute eben auch nicht mit anderen Leuten, sondern mit einem von uns zu tun haben. Dieser hier zeigte doch schon in seiner Kindheit Mitgefühl und ging als der letzte, wenn die anderen mich unter der Hecke liegenließen. Und als Jüngling – na, Eduard, nicht wahr, du nimmst in diskreter Weise teil an der letzten Entwicklung dessen, was dir vor Jahren, als wir nicht mehr unschuldige Kinder, sondern mehr und weniger schuldenbehaftete Jünglinge waren, hier – da drüben jenseits des Grabens aus dem Gesichte kam?“

Ich nickte, nicht zu dem Dicken, sondern zu seiner Frau hinüber, wie man nickt, wenn man innigstes Mitgefühl nicht durch Worte kundgeben kann.

Valentine sagte: „Als mein Mann, das heißt damals Heinrich, auf die Universität abgehen wollte und Sie, Herr Eduard, mitbrachte am letzten Tage, da drüben hin auf den Feldrain zum Abschiednehmen, da hatte sich schon vieles hier verändert, und wo es zum Bessern war, da war er, mein Mann – Heinrich, wirklich sehr beteiligt. Wie er das auf seine närrische Weise Ihnen ja auch bereits schon mitgeteilt hat. In dieser Hinsicht braucht er freilich vor keinem Menschen was zu verschweigen von uns, der roten Schanze und meinem armen seligen Vater.“

„Ja, es ist eine reizende Gegend heute im Sommergewande, Eduard“, seufzte Stopfkuchen, mit der Pfeifenspitze um den Horizont herumdeutend, als ob er mir da etwas ganz Neues zeige. „Aber schön war doch auch die Winternacht, in der ich hier auf Quakatzenburg bei der verlorenen Tochter als verlorener Sohn im Ernst an den Fensterladen klopfte! was, Tinchen Quakatz? wie, kleine Mieze?“

„Heinrich, Heinrich, es ist ja dein Busenfreund, der dich jetzt so ausführlich hierüber sprechen läßt, und so will ich ihm zuliebe auf deine sonstigen Dummheiten nicht eingehen, sondern es auch ihm sagen: Wenn ich tausend Jahre alt würde, so könnte ich doch die Nacht nicht vergessen. Ja, Herr Eduard, es ist so, wie er sagt. Und er ist ein viel klügerer und gelehrterer Mensch, als wie er sich stellt, und mir gegenüber stellt er sich auch nur so, weil er weiß, daß wir von Anfang an zueinander gehören und nicht ohne einander leben können. Glauben Sie ihm ja nur nicht alles, was er an Dummheiten vorbringt: er hat es selbst in den schlimmsten und besten Augenblicken, die der Mensch auf dieser Erde erleben muß, zu dick hinter den Ohren. Ja, ja, ja, er kam damals zur rechten Zeit! Meinen Vater hatte zum erstenmal der Schlag gerührt, und ich war einundzwanzig Jahre alt geworden und die Herrin auf der roten Schanze. O du grundgütige Barmherzigkeit, was für eine Herrin! Mit was für einer Welt auf dem Hofe und rund umher! Seine Witze konnte Heinrich ja natürlich auch dabei nicht lassen. Ich habe es aber in seinem Konversationslexikon nachgeschlagen, weshalb er mich mitten in meinen Tränen Kaiserliche Majestät nannte. Die Frau Kaiserin Maria Theresia meinte er mit mir und hatte wohl nicht unrecht."

„Moriamur pro rege nostro Maria Theresia", brummte Stopfkuchen. „Sie will die Schmeichelei bloß wieder hören in deiner Gegenwart, Eduard."

„Der Doktor hatte mich wohl getröstet, daß es für diesmal noch nichts auf sich habe, und der Vater war auch schon wieder aus dem Bett und ging an meinem Arm und an einem Stocke herum, aber daß er sein gesundes Menschenverständnis ganz und völlig wiedererhalte, das wollte der Doktor mir nicht versprechen. Auf alles mußte ich mich für ihn besinnen, für alles, was er sagen wollte, die Worte finden. Und er wollte immer reden und mir so vieles sagen und hatte doch für nichts mehr das richtige Wort. Und von keinem Menschen, und wenn er noch so gut wußte, wie er hieß, konnte er den richtigen Namen finden. Da erfand er auch neue, o was für schlimme für alle seine Bekannten!"

„Höre sie nur, Eduard!" rief Stopfkuchen.

„Nein, hören Sie sie nicht, Herr Eduard, sondern lassen Sie mich so schnell wie möglich hierüber wegkommen. Ach ja, und der Knecht hatte mir an dem ganz besondern Nachmittage wieder mal die Faust unter die Nase gehalten und die Magd mir den Kochlöffel vor die Füße geworfen. Einen von den Hunden wenigstens hatte ich ja immer bei mir, um mich mit ihm im letzten Notfall zu wehren; aber an dem Sonntage hatten sie mir auch gedroht, sie mir alle zu vergiften. Ei freilich, wenn sie dieses ausgeführt hätten, ehe Heinrich kam, so wäre ich freilich bis dahin ganz verraten und verkauft und in ihren Händen gewesen."

Es läßt sich nicht schildern, wie ruhig die Frau alles dieses jetzt erzählte: man mußte sie dabei sehen, ansehen. Stopfkuchen stopfte seine Pfeife aus einer Schweinsblase, die er mühsam, ächzend aus seiner Schlafrocktasche vorwand. Frau Valentine erzählte weiter: „Es war Sonntag und in Maiholzen Durchtanz; Knecht und Magd mir gegen meinen Willen durchgegangen und im Dorf und auf dem Tanzboden. Es war ein wüster Wintertag gewesen, und am Abend wurde es noch wüster, und es kam ein Schneewehen –"

„Eine Mauer um uns baue,
Sang das fromme Mütterlein“,

summte Stopfkuchen; aber sein Weib rief: „O nein, das tat damals das fromme Mütterlein gar nicht. Sie redete nur auf ihren Vater im Lehnstuhl ein, denn der war unruhiger als wie je, und immer verwirrter aus seinen eigenen und anderer Mordgeschichten und Jurisprudenzen und Scharfrichtersachen. Den Namen Kienbaum, ja, den konnte er immer finden und sagen an diesem Abend; immer hatte er ihn auf der Zunge. Jawohl, singen – an dem Abend, Heinrich? In jedem Schneeanwehen gegen die Fenster und das Haus und in die Gräben der roten Schanze: Kienbaum! Kienbaum! Singen? Nicht mal vor Angst! Aber tot wäre ich gerne gewesen, Herr Eduard! Und da kam es mir fast wie eine Erlösung: ja, wenn jetzt so eine Bande bei euch einbräche, deinen armen hilflosen Vater und dich unnützes Geschöpf totschlüge und alles nähme, was ich ihnen gerne gönnte, alles, alles, und über euch das Haus in Brand setzte und so dem Jammer, der Verlassenheit, dem Schimpf und der Schande auf einmal ein Ende machte! Singen? Jawohl, nach dem Fenster hinhorchen und zwischen den Sturmstößen darauf passen, ob es nicht endlich, endlich als eine Gnade von Gott so komme! ob sich nicht endlich in dieser Hinsicht draußen was rühre! Aber es rührte sich nichts als, wie gesagt, der Wind und die Fensterläden, und dann und wann eine Stalltür, die der Knecht offen gelassen hatte, und die hin und her schlug. Dazu im Haus allerlei Spuktöne und ein Eulenschrei vom Scheunengiebel. Oh, so dazusitzen und mit den krampfigen Händen zwischen den Knien den Vater von Kienbaum, Galgen und Rad murmeln zu hören, bis die Hunde allesamt mit einem Male anschlugen, als ob auch noch der ganze Siebenjährige Krieg auf der roten Schanze von neuem angehe!“

„Philosophie der Geschichte, Eduard!“ brummte Heinrich. „Auch der Alte Fritze hatte keine Ahnung davon, wie nahe er dem Hubertusburger Frieden war, als die Kaiserin Katharine ihm seinen guten Freund Peter abgurgelte und ihre Russen ihm wieder aus den Händen, unter der Nase und aus seiner *Ordre de bataille* wegnahm. Es kam nur der Hubertusburger Frieden für die rote Schanze, Eduard.“

„Nämlich selbst der Vater, den sonst so etwas damals gar nicht mehr aufregte, fuhr aus dem Stuhl und zitterte und wimmerte leise: ‚Jetzt kommen sie!‘ Und ich, die ich mir alles schon längst für solche Fälle zurechtphantasiert hatte: was tust du, wenn es mal mitten in der Nacht so kommt? ich griff nach dem

Hackemesser, das ich mir immer unter die Kommode geschoben hielt, und faßte es hiebgerecht und sagte so gelassen wie möglich: „Einer wenigstens geht mit, wenn es endlich so sein soll!“ Es kam aber gottlob anders.“

„Selbstverständlich!“ brummte Heinrich.

„Die Hunde, die sich eben noch die Seele aus dem Leibe gebellt hatten, gaben mit einem Male keinen Laut mehr; und ich dachte auch da schon wieder an Gift, ohne zu bedenken, daß das doch recht schnell gewirkt haben müßte. Ich hatte das Ohr am Fensterladen und das Hackmesser mit der Schärfe auf der Fensterbank zum Schlag bereit; da – da na, Herr Eduard, wie fuhr ich zurück!“

Jawohl, wie fuhr auch ich, der Herr Eduard, der Gastfreund der roten Schanze, zurück, als mein Freund Heinrich trotz seines Fettes mit jugendlich-frischestem Nachdruck anstimmte:

„Was kommt dort von der Höh?
Was kommt dort von der Höh?
Was kommt dort von der ledern Höh?
Si, sa, ledern Höh!
Was kommt dort von der Höh?“

„Stopfkuchen?!“

„Jawohl, Stopfkuchen, Herr Eduard!“ sagte Frau Valentine lächelnd. „Sollten Sie es für möglich halten, Herr Eduard, daß dieses närrische Menschenskind sich in dieser Nacht vor unsern Fensterladen wirklich und wahrhaftig mit dem dummen Lied bemerkbar machte? und natürlich umwinselt und umschmeichelt von allem Hundevolk der roten Schanze? Nach dem ersten Blaff alles so still und stumm vor Verwunderung wie ich nach seinem ersten albernen Verse! Aber es dauerte doch eine geraume Weile, ehe ich mich so weit gefaßt hatte auf den Schrecken, daß ich dem Narren die Haustür aufschließen konnte; ich –“

„Da hörst du eben wieder einmal, wie sie, seit wir uns kennen, von ihrem ihr von Gott vor- und aufgesetzten Herrn und Haupte redet. Tinchen, nimm Rat an und blamiere euer Geschlecht hier in Europa nicht unnötigerweise. Bedenke, der Mann, dieser Eduard, kommt als Gatte aus Afrika: da sind die Weiber äußerlich wohl etwas schwärzer als ihr; aber inwendig –“

„Natürlich viel weißer. Ich weiß das ja, oder wenn ich es nicht weiß, so gestehe ich es gern zu; aber laß mich dafür auch ausreden, bester Heinrich. Ich öffnete ihm also, Herr Eduard, und er kam herein. Ja, Herr Eduard, und wie von der Vorsehung geschickt zur richtigen Stunde; denn gleich nach ihm kam der Knecht betrunken und wollte mich erst küssen und mir dann die Kehle zusammendrücken. Und die Magd, die ein Sonntagstuch von mir trug, nannte in meiner Gegenwart meinen Vater noch einmal einen alten Mörder und riet ihm, sich doch selber an dem Nagel an der Tür aufzuhängen, da er dem öffentlichen Galgen entgangen sei. Sie waren beide sehr lustig und spaßhaft und hatten beide keine Ahnung davon, wer da jetzt hinter dem Schrank stand und sich die Szene mit anhörte und mit ansah. Ja, er trat zur rechten Zeit hinter dem Schranke vor und seinerseits auf die Szene: der Herr und Meister und das Haupt der roten Schanze, mein –"

„Liebes Dickerchen – Heinrich Stopfkuchen – in wohltuendster Fülle der Erscheinung, Eduard, und mit allem Humor und Animus, aber auch mit der dazugehörigen Faust für die Sache."

„Ja, ja, und wem nicht die Kehle in dieser Nacht zusammengedrückt wurde, das war die Tochter von der roten Schanze! und wer der Magd nicht das Schuhband aufzubinden hatte, das war ebenfalls die Tochter von der roten Schanze!"

„Und wer einfach und ganz gemütlich auf den Tisch schlug, die nötige Ordnung wiederherstellte und dem alten Herrn im Lehnstuhl das Kissen zurechtrückte und das junge Mädel mit dem blutdürstigsten aller Hackmesser um die Hüften nahm und ihr den ihr in dieser Nacht bestimmten Kuß aufdrückte, daß der Schmatz alles Sturmgeheul draußen übertönte, das war ich! Wenn es dich langweilt, Eduard, sag es ja! wir beide von der roten Schanze können jeden Augenblick mit unsern Dummheiten aufhören und dich von deinen erzählen lassen. Auf meine Frau brauchst du nicht die geringste Rücksicht zu nehmen in deinen Gefühlen. Ich tue es in den meinigen auch nie."

„Diese Redewendung wird jedenfalls allmählich langweilig, Schaumann."

„Schön!" sagte Schaumann und behielt jetzt das Wort wiederum für längere Zeit allein. Ich legte nur einen Augenblick leise wieder meine Hand auf die der Frau Valentine, was soviel hieß wie: Es ist wundervoll!

„Die Geschichte war ganz einfach", sagte Stopfkuchen, „und einfach so: Draußen und im wissenschaftlichen Brotstudium hatte es mir absolut nicht gepaßt. Ich fiel dabei für meine Natur viel zu sehr vom Fleisch. Es mag der Welt unglaublich erscheinen, aber es ist dessenungeachtet lächerlich wahr: auch die vergnüglichste Seite des Universitätslebens war nicht für mich. So eine deutsche Alma mater ist doch die reine Amazone. Sie hält dir die eine Brust hin, und du saugst oder saufst. Sie dreht dir die andere zu, und du empfindest dich in der Tat als das bekannte Tier auf dürrer Heide. Jeder Blick in eure Gerichtsstuben, auf eure Schulkatheder und Kirchenkanzeln und in eure Landtage und vor allem in den Deutschen Reichstag zeigt, was dabei herauskommt, soweit es unsere leitenden gelehrten Gesellschaftsklassen anbetrifft. Entschuldige, Tine, ich bin gleich wieder bei dir; aber wenn man so einem alten, lieben, gelehrten Afrikaner gegenüber auf sein Studentenleben kommt, geht einem das Herz auf, wie die Welt sagt. Da ist es denn aber für dich gleich ein wahres Glück, Tinchen, daß mich der Bursche hier schon auf Schulen da unten in dem Neste im Tal nicht für den Gerichtsstuhl, das Katheder, die Kanzel und das Reichstagsmandat, sondern für die rote Schanze hat miterziehen helfen, indem auch er mich unter der Hecke hat liegenlassen, meiner schwachen Füße wegen. Von meinen Fäusten hatte er eben, meiner angeborenen Gutmütigkeit wegen, nicht die genügende Ahnung. Aber es ist einerlei, denn es ist so: was ein Mensch bei mäßigen Geistesgaben, schwachen Füßen und einer unmäßigen Anlage zum Fettwerden aus sich für die Jungfer Quakatz und den Prinzen Xaver und die rote Schanze machen konnte, das ist gemacht worden. Was, Tine Schaumann? wie, Tine Quakatz? Für dich armen, zerzausten Spatz ließ mich die Weltentwicklung unter der Hecke in der Sonne liegen und auf der Studentenbude im Schatten und Tabaksgewölk. Um dich, Himmlische, nach deinem vollen Werte zu erkennen, machte es mir für sechs Semester einen Platz am Freitische der *Universitas literarum* aus. Fasse es ganz, Eduard: Stopfkuchen am Freitische! Das alte Mädchen da neben dir schiebt ihr Entsetzen in jener stürmischen Winternacht auf alles Mögliche, nur nicht auf das Richtige, nämlich auf den Knochenfinger, mit welchem ich an ihren Fensterladen pochte. Laß du dir mal, um Mitternacht in Afrika, vom Freund Hein an den Laden klopfen und erschrick nicht vor seinem dürren Knöchel! Hat mich nicht das Studieren meines eigenen Knochengerüstes im achten Semester auf meine jetzige Liebhaberei gebracht? Hat mir nicht mein sogenanntes Brotstudium die fürchterlichst günstigste gute Gelegenheit geboten, das vorsintflutlichste Riesenfaultier wissenschaftlich einwandsfrei tadellos zu rekonstruieren? Auf diese Wissenschaft hin hätte ich freilich Doktor werden können; aber – schweigen wir davon, die Erinnerung an das Studieren greift mich heute noch zu sehr an! ... Als ich wieder zu Hause ankam, roch es hinter mir ganz verdammt nach verbrannten Schiffen, und zwar nach meinen eigenen. Ich wußte es ganz genau, daß ich weder das Katheder noch die Kanzel oder den

Richterstuhl je besteigen werde! Auch zur praktischen Ausübung der Arzneikunst reichte meine Kenntnis der Osteologie doch nicht aus. Meine Mutter war tot. Freunde hatte ich nicht – auch du, teuerster meiner Freunde, warst in der Ferne, wenn ich nicht irre, bereits als Schiffsarzt ununterbrochen auf dem Wege zwischen Hamburg und New York und New York und Hamburg. Was mein Vater sagte? nun so juckt es mich natürlich, das Meinige dazu zu bemerken; aber ich lasse es doch lieber. Es mischt sich da zum bissigen Nachtragen doch etwas wie Gewissensbisse ein. Er war recht grob und hatte sehr das Recht dazu. Als er mir erklärte, da die Welt nichts mit mir anzufangen wisse, so könne ich nicht verlangen, daß er zum zehnten Male den Versuch mache, mit mir was zu beginnen, war mir in der Tat nichts geblieben, was ich dagegen einwenden konnte. „Geh zu deinem Mordbauern, dem Quakatz!" brauchte er grade nicht mir vorzuschlagen; aber es war kein übler Rat. Ob er an jenem unbehaglichen Abend, an welchem wir das Fazit unseres gegenseitigen Verhältnisses in der Welt und im Leben zogen, der Meinung war, daß ich ihn auf der Stelle befolgen werde, weiß ich nicht, glaub ich eigentlich auch nicht. Aber er rief mich auch nicht zurück, als ich ihm von der Türschwelle zumurrte: *"Moriturus te salutat!"* Der gute Alte! Er hätte freilich für seine dürren Subalternbeamtengefühle einen strebenderen, einen weniger gemütlichen, einen weniger bequemen, einen weniger feisten Sprößling verdient: aber konnte ich dafür, daß ich sein Sohn war und er nicht der meinige? ... Gottlob, wir können ja jetzt ohne Gewissensbisse und Reuegefühle darüber lächeln – was, Tinchen, alte Sibylle? Wir sind doch noch auf den allerbesten Fuß miteinander gekommen. Dort, hinter uns, unter den Linden hat auch er noch manchmal sich seinen Nachmittagskaffee von meiner Frau einschenken lassen. Und er hat sich sogar auch noch für meine und Tinchens Knochen – unsere Urweltsknochen meine ich – interessiert. Er stieg nämlich nach seiner Pensionierung mit Vorliebe, weniger der schönen Natur wegen, als um ihrer selbst willen um die rote Schanze herum und hat mir mehr als einmal von seinen Spaziergängen einen aufgepflügten Kalbsschädel oder ein Schinkenbein mitgebracht und es meiner Sammlung einverleiben wollen mit der Überzeugung, einen Fund für mich getan und alte Sünden durch ihn an mir wieder gutgemacht zu haben. Nun, in jener Nacht oder vielmehr an jenem Nachmittag und Abend waren wir natürlich so weit in Güte noch nicht miteinander. Der alte Herr hatte eben die Überzeugung gewonnen, daß ich ihm jetzt bis zum längsten auf der Tasche gelegen habe, und gab es mir zu verstehen, wie der Vater Jobs seinem Hieronymus. Laß mich dich verschonen, Eduard, mit Einzelheiten, die sich in die Tage und Stunden zwischen meiner letzten Heimkehr ins Vaterhaus und meinem endgültigen Verlassen desselben drängten. Ich stand plötzlich mit sehr beunruhigtem Gewissen und mit einem herzlichen Mitleid mit dem alten Mann draußen in der Straße im wehenden Sturm und treibenden Schnee und konnte dreist von neuem die bittere Frage an das ewige Dunkel und die gegenwärtige Finsternis stellen: Wer hatte eigentlich das Recht, dich so als geistigen und körperlichen Kretin so hier hinzustellen: So! – ? – Glücklicherweise war im Goldenen Arm Licht, und da ich doch in der Straße nicht stehenbleiben konnte, ging ich hinüber und fand die Gesellschaft, die mir augenblicklich allein gemäß war, und mit ihr die Lösung der eben aufgeworfenen Frage. Es war gottlob noch so früh am Tage, daß selbst die trostlosesten Philister der Stadt noch nicht zu Bette waren. Da fand ich und nahm ich meinen Trost, wo mir aller Welt Schönheit, Weisheit und Tugend zu gar nichts von Nutzen gewesen sein würde. Juchhe, lauter gute alte Bekannte, die sich zwischen Schoppen und Schoppen immer das Beste wünschten, und mir natürlich auch – an diesem Abend sogar in ausgiebigster Fülle! Ich kam ihnen grade zur rechten Zeit; bei sinkender Unterhaltung und epidemischer Maulfäule wahrhaftig als ein gefundenes Fressen; und ich hatte bloß hinzuhorchen, um von ihnen die Antwort auf jenes große fragende Warum hinzunehmen. Es hätte mir jedermann im Kreise gern auch einen Bleistift geliehen, wenn ich den Wunsch ausgesprochen haben würde, mir den Schicksalspruch ihres Mundes lieber doch auch noch zu notieren. Dies war aber durchaus nicht nötig. Gottlob haben es mir die Götter, die mir so vieles versagten, gegeben, mich betreffende Reden und Redensarten an mich herankommen zu lassen, das dazu passende Gesicht dabei zu machen und nötigenfalls mit den darauf passenden Gegenbemerkungen aufzuwarten. Ihr habt diese Gabe lange nicht genug an mir gewürdigt, lieber Eduard; ihr waret wohl noch nicht reif genug dafür. Nun, für ein paar Schoppen reichte es an jenem historischen Abend auch noch, und bei denen vernahm ich denn das Meinige, überlegte mir das Meinige und fand das Richtige. Selbstverständlich kam sofort bei meinem Eintritt in das alte, wohlbekannte Eckzimmer die Rede auf mich. Man war so freundlich, sich zu freuen, mich noch zu sehen: je später der Abend, desto schöner die Leute! Aber daß man bereits ziemlich genau wußte, wie es mit mir daheim im Vaterhause stand, war klar und quoll rundum auf in jedem lautern Wort und leisen Geflüster. Wenn sie auch um alles in der Welt nicht gern in meiner Haut gesteckt hätten, so hätten sie doch allesamt unmenschlich gern gewußt, wie ich mich bei so bewandter Lebenslage in ihr fühle. Mit dem Humor der Verzweiflung, wie ja wohl das Wort lautet, schenkte ich ihnen den reinsten

Wein ein, nahm diesen Herren vom Spieß diese ihre edle Väterwaffe ab und ließ sie kneipengerecht drauflaufen. Was hätte ich an diesem in der Tat recht ungemütlichen Abend vor dem Sturz in den Abgrund Besseres beginnen können, um – deutsches Gemüt zu zeigen? Daß ich von Universitäten endgültig weggegangen sei, gab ich zu; aber die genauen Umstände stellte ich nunmehr in das rechte Licht. Daß von Zwang oder dergleichen die Rede gewesen sei, lag ja vollständig außer Frage; doch daß ich herzlicher Bitte und langem, wiederholtem, inständigem Zureden endlich, vielleicht allzu gutmütig Folge gegeben habe, müßte jetzt doch, und noch dazu bei so passender Gelegenheit und in so trautem teilnehmendem Kreise bester Bekannter, Schul- und anderer Freunde, klargestellt werden. Eduard, ich hatte Humor an jenem Abend! Nicht den des Satans, aber den eines armen Teufels, welchen ein Mißverhältnis zwischen körperlicher und geistiger Veranlagung faktisch unfähig machte, mit dem, was gedeihlich durch den Lebenstag hastet, wettzulaufen. Ja, denen zeigte ich an jenem Abend, wie man einer öden Welt auf dem Wege zum Ideal voranlaufen, und welche zu üble Folgen ein zu gutes Beispiel in dieser Hinsicht haben könne. Da standen in meiner Generalbeichte die Wirte vor den leeren Bänken, die vollen Fässer hinter sich, da saßen die Mädchen im Kämmerlein und verschluchzten ihre jungen Seelen, weil sich meine sämtlichen Mitstrebenden ein zu gutes Exempel an meinem Streben genommen hatten. Sämtliche Studierende sämtlicher Brotwissenschaften saßen so sehr über ihren Büchern, daß verschiedene Male die Feuerwehr alarmiert werden mußte, ob des Dampfes, der von ihren Köpfen aufstieg. Da ging es denn nicht anders: die Ärzte – Sanitäts- und Medizinalräte – mußten sich einmischen, der Verein für öffentliche Gesundheitspflege mußte einschreiten. Die ersten gingen selber *in corpore,* der letztere schickte seinen Vorsitzenden sowie zwei Abgeordnete, und alle verlangten sie ein und dasselbe vom Profax, nämlich meine schleunige Abreise (guck mal, Eduard, wie das Tinchen hierbei so vergnügt wie die Maus aus der Hede guckt!), grade als ob Mutter Eruditio, unser germanisches verschleiertes Bild zu Sais, einen Menschen von meinem Gewicht so leicht wie einen Floh aus dem Gewande schüttele! Sie kamen auch zu mir. Sie schickten auch mir eine Deputation, eine Abordnung. Wenn nicht mit der Aufforderung, so doch mit der Bitte: „Gehe uns aus dem Kasten!“ Wer hätte so herzlichem Anflehen widerstehen können; zumal da auch von Hause ein ähnliches Rufen kam. Ich ging ihnen aus dem Kasten, und noch am Bahnhof war mancher, der sich schluchzend mir an den Hals hing: „Bruder, laß uns das wenigstens von deinem Wissen, wofür du zu Hause gar keine Verwendung hast.“ Natürlich sagte ich, mit einem Fuße im Wagen: „Gerne!“ und sagte damit keine Unwahrheit. Ich konnte ihnen in dieser Hinsicht mit Vergnügen vieles dalassen. Ich war im Goldenen Arm wirklich gut im Zuge, spaßhaft in das Nichts zu sehen, bis ich plötzlich die Maulschelle heiß und brennend spürte, den Schlag auf die ironische Nase, den ich mir so wohl verdient hatte, nicht bloß an meinem armen kümmerlichen Erzeuger, sondern auch an diesen wohlverdienten und wohlverdienenden braven Philistern und guten Leuten und Staatsbürgern. – Sagte einer: „Es geht also aus allem diesem einzig und allein hervor, Heinrich, daß du dich allein und einzig die ganzen Jahre durch auf deine rote Schanze, den seligen Kienbaum und deinen Freund Quakatz einstudiert hast.“ – „Was?“ frage ich. – „Nu, was ich sage, und worin mir die andern Herren hier am Tische beistimmen werden: so wie du jetzt bist, können sie grade jetzt dich wirklich vielleicht recht gut da brauchen. Vermißt haben sie dich da oben ja wohl lange genug.“ – Oh, wie der Mensch recht hatte! nicht wahr, Valentine Quakatz? Das ganze große Wort: Volkes Stimme, Gottes Stimme! hielt mir in ihm grinsend das Gehörorgan hin, und ich konnte ihm nicht hinter den Löffel schlagen! – Wie, Valentinchen Quakatz? Ich konnte dem Mann, der da für Tausende sprach, nur freundschaftlichst näher rücken, die Allgemeinunterhaltung abbrechen und mich noch eine Viertelstunde ihm allein widmen, das heißt, ihn und durch ihn die Tausende hinter ihm gemütlich ausfragen. Nachher ging ich; aber nie vorher hatte ich mich und nie nachher habe ich mich so fest auf den Beinen gefühlt wie an jenem Abend, als ich nun aus der überheizten Kneipe, aus dem Bier-, Grog- und Tabaksgedünst in den wehenden Wintersturm hinaustrat und die weichen Füße in den fußhohen Schnee setzte. Willst du genau erfahren, Eduard, was im bürgerlichen Leben das Richtige ist, so frage nur beim nächsten Spießbürger an. Der sagt es dir schon! Ich kann es natürlich nicht wissen, wie das bei euch in Afrika ist, aber hier in Deutschland spricht man immer dann nachher von Intuition, Führung von oben, Zuge des Herzens, Stimme des Schicksals, Vorsehung und dergleichen. – Gegen den Wind wäre es mir wohl unmöglich gewesen. Mit dem Winde ging es, und merkwürdigerweise um so besser, je weiter ich die Gassen der Stadt und ihre Gärten hinter mir ließ. Er fegte gegen die rote Schanze, der Wind, und über die Höhenrücken trieb er den Schnee vom Pfade und schob mich schnarchend, aber gutmütig, als meine auch er: „Wo wolltest du an diesem Abend wohl anders hin als zum Vater Quakatz, Heinrich?“ – Auch den Graben des Prinzen Xaver hatte der gute Dämon zugeweht und den Übergang klar gemacht; aber dann kam die weiße Mauer am Tor und an der Hecke durch den Garten bis an die Fensterladen: na, ob Schnee oder Reisbrei:

Stimme des Schicksals, Zug des Herzens, Führung von oben, und nicht zu vergessen, von unten der Stammgast im Goldenen Arm, alles half. Ich war dazu geboren worden, mich durchzufressen ins Schlaraffenland und in Jungfer Quakatzens weiche, weitgeöffnete Arme."

„Oh, aber Heinrich?!" rief errötend Frau Valentine Schaumann.

„Sammetpfötchen, behalte die Krallen eingezogen! wir erzählen ja nur Eduard aus Afrika hiervon, und der sagt es unter seinen Kaffern und seiner Frau nicht weiter."

Auf dieses Wort hin wendete sich die Frau Valentine wieder zu mir und sagte: „Sie haben ja die Tiere jetzt auch wohl persönlich kennengelernt: sagen Sie doch mal, bester Herr Freund aus Afrika, haben Sie es zu Ihrer Zeit, ich meine Ihrer Jung – jüngern Zeit, wohl je für möglich gehalten, daß mein Heinrich Löwenaugen machen könne?"

„Nein!" erwiderte ich sofort und kurzweg. Wenn es einen Helden gab, den die schroffe Verneinung nicht kränken konnte, so war das mein Freund Schaumann.

Er lachte auch nur herzlich; nahm aber doch, ebenso rasch und kurzweg, seiner Gattin das Wort wieder vom Munde und sagte: „Aber ich habe sie gemacht, Eduard. Ich habe sie um mich herumgeworfen. Löwenaugen! Prinz Xaver von Sachsen konnte, als er von der roten Schanze aus die Kapitulation eures Nestes drunten entgegennahm, keine größern in die Welt hineinwerfen. „Die Augen wurden Teller", singt ein Dichter jener Tage, kannte aber natürlich noch nicht die, mit welchen ich, von unserem Neste da unten aus, Besitz von der roten Schanze, Tinchen Quakatz samt Knecht, Magd, Kienbaum – kurz, von der ganzen Mordgeschichte nahm. Da reichten Teller lange nicht. Er soll auch, eurem Kommandanten gegenüber, auf den Tisch geschlagen haben, Eduard, dieser erhabene Siebenjährige-Kriegs-Heros; aber ich bezweifle es, daß er nach dem Schlage so mit der brennenden Faust an den Mund fuhr und den schmerzlichen Übereifer wegsog wie ich, nachdem ich das unbotmäßige Vasallengesindel der roten Schanze geduckt hatte. Nachher machte ich mich selbstverständlich näher an dies kleine Mädchen hier und triumphierte auch da über allerhand Dummheiten und Widerspenstigkeiten. Solltest du es für möglich halten, Eduard, daß sie mich halb durch ihre Tränen und halb durch ihr Lachen fragte: „Aber sage mal, Heinrich, geht denn dieses so? und schickt es sich so für mich und für uns mit dem ganzen Dorf und der ganzen Stadt mit allen Augen und Brillen auf uns?" Im Grunde genommen war dieses nur eine andere, das heißt den Umständen angemessene Wendung für das schämige Wort: „Sprechen Sie mit meiner Mutter!" Und ich tat dem Gänselein den Gefallen, klopfte diesmal nicht auf den Tisch, sondern dem guten Kind auf die Schulter, seufzte schmachtend: „Sie sollen mich nicht umsonst Stopfkuchen benamset haben, Fräulein, und da sitzt ja der Papa, den können wir um das übrige fragen; den hat die Welt sicherlich ganz genau gelehrt, was sich auf der roten Schanze schickt und was sich nicht schickt." An diesem Abend wurde es freilich mit solcher Frage noch nichts. Ein vernünftiges Wort war an diesem Abend mit Vater Quakatz noch nicht zu sprechen; die Szene von vorhin war ihm zu arg auf die Nerven gefallen. Er saß da, schlotternd vor Angst, blödsinnig weinerlich jetzt; aber doch immer fest bei seiner Behauptung: „Mord und Totschlag! aber ich bin's doch nicht gewesen! ich nicht! ich nicht! ich bin es nicht gewesen, Herr Präsident!" Gott sei Dank, erkannte er mich aber doch zuletzt und begriff, daß ich für diese Nacht eine Schlafstelle in seiner Burg brauche, und nahm die Hausmütze ab und murmelte: „'s ist der dicke, gelehrte Junge aus der Stadt! 's ist Heinrich! wenn er sein Latein bei sich hat, kann er dableiben. Gib ihm eine Birne, Tine, und mach ihm ein Bett; aber gib ihm auch die Axt mit. Mit der soll er jedem den Schädel einschlagen, der sagt, daß ich Kienbaum totgeschlagen habe." – Das sah selbst Tine ein, daß sie hier nichts weiter machen konnte, als mich machen zu lassen. Und es ging ja denn auch ganz gut. Ich bekam meine Schlafstelle zum erstenmal auf der roten Schanze, und am andern Morgen schien die Sonne auf den Schnee und – ich werde heut noch poetisch! – wie auf ein ausgebreitetes Brautkleid aus der Krinolinenzeit. An diesem andern Morgen hatte das Herze natürlich auch einen außergewöhnlich guten Kaffee gekocht, und bei demselben ließ ich das Ingesinde vortreten, und der Bauer auf der roten Schanze stellte mich bei vollständig klarem Bewußtsein dem Reich als Majordomus oder, wie er sich ausdrückte, als den neuen Administrator vor. Das Gericht, das sich früher in seinem Leben so viel um ihn gekümmert hatte, schien ihn in der letzten Zeit gänzlich aus den Augen verloren zu haben. Es schien sein Interesse an ihm nur als an Kienbaums Mörder genommen zu haben; und das war jetzt, und zwar was alle beteiligten Parteien anging, ein Glück und ein Segen; wenn du die Freundlichkeit haben willst, Eduard, nach dem heutigen Tage zu schließen. Emerentia! ich glaube, Sie werden gerufen."

„Er war noch nicht von Gerichts wegen entmündigt worden, unser armer, lieber Vater, Herr Freund!" schluchzte Frau Schaumann. „Heinrich, du brauchst jetzt wirklich nicht mehr mit Literaturpersonen und -geschichten zu kommen, um zu sagen, was du zu sagen hast. Ja, Herr Eduard, es war so! sie hatten dem Vater nur noch keinen Vormund bestellt von Gerichts wegen, bis Heinrich kam, wenn es auch manchmal noch so nötig gewesen wäre. Und es war auch noch nicht so nötig; denn am nächsten Morgen begriff er ganz gut, um was es sich für ihn und für mich handelte, und jetzt kam es erst heraus, wie sehr die Vorsehung ihre Hand im Spiel gehabt hatte, als sie Heinrich mit dem unglückseligen Bauern von der roten Schanze bekannt machte."

„Der Blindeste konnte die Sterne sehen, die hier geleuchtet hatten. Erst mit Dreck schmeißen und dann einander in die Arme. Und was die Befähigung, eine Landwirtschaft zu führen, anbetrifft, na, Eduard, so weißt du ja auch wohl ein wenig aus deinem afrikanischen Bauernleben, wie sich das macht. Dir kam die Geschicklichkeit aus der innersten, lebendigen Natur, mir flog sie unter der Hecke an und auf Tinchens Birnenbaum und in der Speisekammer der roten Schanze. Ich hatte Tinchen Mist aufladen sehen, und – was tut die Liebe nicht? – ich nahm ihr die Gabel aus der Hand und probierte die Kunst ächzend ebenfalls. Der Mensch ist doch nicht allein auf Messer und Gabel angewiesen in dieser Welt, und eine Serviette bekommt er auch nicht umgebunden bei jedem Lebensgericht, so ihm auf den Tisch gesetzt wird. Braucht sie auch nicht. Aber das Kind, das gnädige Fräulein, das Burgfräulein von Quakatzenburg schickte ich doch lieber wieder mit wieder gewaschenen Händen in die Küche. Reinlichkeit ist doch eine Tugend, Eduard! Man schätzt sie an der Hottentottin, und man nimmt sie als etwas Selbstverständliches an seiner europäischen Geliebten. O Gott, wie dankbar war mir dies kätzlich reinliche, gute alte junge Mädchen da, als ich ihr die Möglichkeit bot unterzutauchen wie Schundkönigs Tochter und aufzutauchen wie Prinzeß Schwanhilde. Sag es selber: ist es nicht so, Lichtalfe, o du Herrin meines Lebens?"

„Er erzählt das, wie er es weder vor Gott und den Menschen und selber kaum vor seinem besten Freunde verantworten kann; aber es ist so – es war so!" rief Frau Valentine zwischen Lachen und Weinen. Und wie ihr ging es mir beinahe auch, was das Lachen und das Weinen anbetraf. Zu einer Äußerung darüber aber kam ich nicht; denn natürlich grinste Stopfkuchen: „Was für mich die Hauptsache bei der Geschichte war, war das Vergnügen, das ich mir in den Gefühlen, durch die Gefühle der Gegend und der Umgegend bereitete. Nur solange der Schnee hoch lag, und er türmte sich in den Tagen nach meiner Ankunft auf Quakatzenburg sehr hoch, hatte ich das Tinchen, den Papa und das Ingesinde ganz allein für mich. Kein Gott hatte sich je in einer dichtern weißen

Wolke dem Nachstarren der Menschheit so entzogen wie ich. Die Welt hatte fürs erste Tauwetter abzuwarten, ehe sie mich wiederbekam. Nachher aber hatte sie mich als die merkwürdigste Tatsache seit dem Deutsch-Französischen Kriege; und wochenlang war der historische Vorgang in der Spiegelgalerie zu Versailles gar nichts gegen das geschichtliche Faktum: „Der dicke Schaumann ist Großknecht auf der roten Schanze geworden! Wer will, kann hinausgehen und ihn im Februarschmadder Klüten treten sehen und Quakatzens Hofgesinde zusammenreißen hören!" – Und sie gingen hin und kamen und sahen sich fürs erste vorsichtig von weitem über den Graben des Prinzen Xaver das Phänomen, das Portentum an. Nach Tinchen hatte beim Mistauf- und -abladen natürlich niemand geguckt; aber nach mir schauten sie aus, und wenn ich jemals einen Spaß in der Welt gehabt hab, so war's damals, wo ich zum erstenmal nicht bloß Geschmack, sondern auch Geschick entwickelte!"

„Herr Eduard, er erzählt greulich; aber es ist wirklich, wirklich so gewesen, wie er's auf seine alberne Weise vorbringt!" rief die Frau hier wieder drein. „Er ist unser erster und letzter Knecht geworden, als ob er's von Ewigkeit an gewesen wäre; als ob ihn nie mein seliger Vater hingeschickt hätte, um sein lateinisches Wörterbuch zu holen. Es ist ihm von der Hand gegangen, als ob er von Jugend auf dabeigewesen wäre als Ökonom, als Landwirt, als Bauer, als Bauer auf der roten Schanze. O guter Gott, wie habe ich damals geschluchzt oder meine Tränen verbissen, wie habe ich damals geweint vor Jammer und Frohlocken! Natürlich nur vom Küchenfenster aus, wo er nichts davon merken konnte. Es war ja zu unnatürlich!"

„Natürlich war es zu unnatürlich; nämlich daß Jakob um Rahel sieben Jahre lang diente", grinste Stopfkuchen. „Etwas kürzer machten wir doch die Sache ab. Ich nahm sie, und sie nahm mich bedeutend früher; und jetzt ganz kurz, o du mein Jugendfreund: es war jammerschade, daß du nicht bei der Hochzeit warst; denn da würdest du mich zum erstenmal nach Verdienst gewürdigt haben. Und wenn du an dem Tage gerufen hättest: „Oh, dieser Stopfkuchen!", so würdest du zum erstenmal vollkommen recht mit dem Worte gehabt haben, sowohl was die Braut wie was das Festmahl anbetraf. Die reine Hochzeit des Camacho, nur daß ich auch die Maid für mich selber behielt! Du weißt, Eduard, daß ich unter meiner Hecke allerlei durcheinander zusammenlas. Aber du erfährst vielleicht erst heute, daß es in der ganzen Weltpoesie nur eine Schilderung gibt, welche mich selber poetisch stimmt, stimmte und stimmen wird: die Hochzeit des Camacho! Oh, welch einen Hunger muß der Senor Miguel bei der Ausmalung der Vorbereitungen zu der wunderbaren, schmalzreichen, bratenfettglänzenden, zuckerig-inkrustierenden Abfütterung gehabt haben! seinen südländischen, mäßigen, nach Ziegenfellschläuchen duftenden Durst selbstverständlich gar nicht mitgerechnet. Unter der Hecke noch hatte ich mir schon als Junge fest vorgenommen, nur bei ähnlichen oder vielmehr nur bei gleichen Kesseln, Pfannen, Töpfen und Bratenwendern auch einmal ein Mädchen glücklich zu machen! Jetzt war ich so weit und konnte die Gegend einladen, mir über die Hecke bei dem Vergnügen zuzusehen. Tinchens Meinung war das so; aber nicht die meinige, und das bräutliche Kind gab nach, wenn auch seufzend: „Aber es hat ja keiner das um uns verdient!“ – „Grade deshalb“, sprach ich, „einen Spaß will doch der Mensch an seinem ersten Hochzeitstage haben, also laß mir dies Vergnügen. Und dann sollst du mal sehen: der Scherz lohnt sich zugleich und hat Folgen.“ – „Du meinst, sie vergeben uns nachher das Leid, das sie uns angetan haben, und die rote Schanze darf sich wieder sehen lassen unter den Leuten?“ – Auf diese lächerliche Frage antwortete ich gar nicht; sie war zu entschuldigen, aber zeugte doch von allzuwenig Menschenkenntnis. Ich wusch, wie euer Ketschwayo sich ausgedrückt haben würde, Eduard, meine Speere in den Eingeweiden der umwohnenden feindlichen Stämme: frei Futter wurde für den Tag ausgerufen, so weit das Gerücht von Kienbaum und Kienbaums Mörder gereicht hatte, und ich habe sie alle, oder doch beinahe alle auf Quakatzens Hofe gehabt an dem menschenfreundlichsten Tage meines Lebens. Sie haben uns alle, bis auf wenige, welche ich für magenkrank hielt, die Ehre gegeben: der Fleischtopf rief, und alle, alle kamen; und ich stand am Tor und empfing sie, begrüßte sie und lud sie ein, noch näher zu treten: mit allen Kulturerrungenschaften der Jahrtausende im Busen. Ich bin fest überzeugt, ich habe der Welt nie so dick, und zwar so dick-deutsch-gemütlich ausgesehen wie an jenem sonnigen Sommermorgen. Die Hunde hatte ich eingesperrt, doch davon später!“

„Ich kann dies nicht mehr anhören!“ rief Frau Valentine. „Ich kann es wirklich nicht, Herr Eduard. Oh, und dein alter, guter Vater, Heinrich?!“

„Jawohl, der kam auch, zum erstenmal in seinem Leben, über den Graben des Prinzen Xaverius, und zwar in seinem Hochzeitsfrack und bedauerte an diesem festlichen Tage zum erstenmal in seinem Leben es nicht mehr, mich in die Welt gesetzt zu haben. Hätte ich dich denn genommen, Wurm, wenn ich nicht genau gewußt hätte, wie niedlich und töchterlich, schwiegertöchterlich du dich gegen den braven alten Hämorrhoidarier benehmen würdest? Wie er sich mir zuliebe nachher sogar auf die Paläontologie geworfen hat, habe ich dir ja wohl schon erzählt, Eduard? Die Hauptsache übrigens an jenem Tage, Tinchen, war nicht mein Vater, sondern deiner."

„O Gott, ja, ja, ja!"

„Wir hatten ihn nämlich ausnehmend wohl unter uns, Eduard. Auch Doktor Oberwasser, du kennst ihn ja als Langdarm, wie ihr ihn zu unserer Zeit im Gegensatz zu mir nanntet, und hast ihn vielleicht im Brummersumm eben so feist jetzt wie mich wiedergefunden – also auch Doktor Oberwasser war mit herausgekommen und gab uns die Versicherung: „Unter guter Pflege, bei freundlichem Eingehen auf seine Schrullen und bei möglichster Vermeidung allen Widerspruchs kann euch der alte Sünder noch lange auf dem Halse liegen." – Nun, wir haben ihn gottlob noch eine geraume Zeit bei uns behalten, und an jenem festlichen Tage als leuchtend psychologisch Exempel des Wandels des Menschen unter Menschen. Was war mir Freund Oberwasser? Ich rieb mir verstohlen die Hände ob meiner eigenen psychiatrischen Behandlung des Vaters Quakatz! Der nahm, weiß Gott, ganz selbstverständlich den Honoratiorenzusammenlauf auf der roten Schanze, der fröhlich meinetwegen stattfand, für eine Ehre und Ehrenerklärung, die ihm angetan wurde. Und das brauchte mir Freund Langdarm wahrlich nicht noch anzuempfehlen, und dem Tinchen auch nicht, daß wir ihn bei seiner Höflichkeit, seinen Komplimenten und seiner innerlichen Genugtuung ließen. Übrigens saß er dann doch auch wieder in seinem Ehrenstuhl wie ein echter *Roi des gueux;* denn das hatte ich mir auch nicht nehmen lassen, ich hatte ihm auch die eingeladen, welche ihn niemals aufgegeben hatten. Ein ausnehmend reichhaltiges Lumpenkontingent von unter den Hecken und Landstraßen weg war nicht von dem Wall und Graben seiner kursächsischen und königlich polnischen Hoheit zurückgewiesen worden. Die Fahne mit dem *Salve hospes* wehte für alle, und alle Hunde lagen, wenn nicht an der Kette, so doch im fest umfriedeten Hofraum, für heute und von nun an für immer ihrer Wacht auf der roten Schanze entledigt. Wenn aber wer vor den gefülltesten Freßnäpfen und umgeben von Bergen abgenagter Knochen mit Hochzeit feierte, so war sie es, die alte, treue, gute Wachtmannschaft der alten roten Schanze und meiner jungen Frau! Ich stahl mich gleich nach dem Tusch oder Trinkspruch aufs Brautpaar aus dem Kreise der Freunde und Bekannten fort und ging mal zu ihnen hinein in ihren abgeschlossenen Bezirk hinter dem Hühnerhofe. Sie lächelten mich sämtlich an, das heißt, sie wedelten sämtlich mit den Schwänzen bis auf den Braven, der es nicht konnte, weil ihm ein Maiholzener Halunke den wohlwollenden Appendix dicht an der Wurzel abgehackt hatte. Der aber rieb zärtlich winselnd seine Nase an meinem Bein und gestand mir so zu: „Na ja, du weißt es wirklich, was das beste für uns hier auf der roten Schanze ist!“ – „Nach meinem Mädchen habt ihr das wohl zuerst herausgeschnüffelt?“ fragte ich dagegen, dem alten Veteranen die Hand aufs Haupt legend. Ich meine, Eduard, wir hatten beide recht: der eine mit seiner Bemerkung, der andere mit seiner Frage.“

„Ich sage gar nichts mehr!“ sagte Frau Valentine Schaumann.

„Und da hast wieder du recht“, seufzte Heinrich, trotz der Abendkühle sich immer doch noch mit dem Taschentuch über die Stirn fahrend. „Aber wenn du doch noch etwas sagen willst, so komm jetzt damit heraus und nicht, wenn Eduard wieder weg ist, sowohl heute abend wie später auf seinem weitern Wege nach Afrika. Nun? Sprich aus!“

„Nein!“ sagte Frau Valentine, mit dem Taschentuch sich an die Augen fahrend.

„Schön. Es wird Eduarden aber wohl so am liebsten sein; denn was soll dieser Weltwanderer und Abenteurer auf seiner demnächstigen Fahrt über das große Weltmeer eigentlich von uns denken, wenn das mit unsern Lebensabenteuern und unserer Erzählungsweise noch lange auf diese Weise weitergeht?“

Etwas Besonderes ist auf dem Schiffe nicht vorgefallen und scheint auch nicht passieren zu sollen. Wir haben Sankt Helena angelaufen. Aber ich war schon einmal in Longwood und habe mir nicht zum zweitenmal die Mühe gegeben, die entsetzlichen Treppen zu steigen, um die abgebleichten, zerfetzten Tapeten zu sehen, auf welchen das Auge von den Pyramiden, von Austerlitz, Jena, Leipzig und Waterloo in seinen letzten Lebensfiebertagen und -nächten das Muster gezählt hatte. Ich gehe an Deck, wo der Kapitän den Kindern auf seinem Schiffe, natürlich aus der ersten Kajüte, den Kindern zuliebe, noch einmal einen Haifisch hat fangen lassen, aus dessen Bauche sich aber gottlob diesmal nichts dem Menschen allzu Greuliches entwickelt. Das Vieh hat naturgeschichtlich-ausnahmsweise keinen Menschen gefressen, hat kein halb verdautes Matrosenbein oder keine noch auf ein Brett gebundene Kindesleiche in sich. Es hat nur gegessen, was ihm sonst aus der Naturgeschichte als zu seiner Nahrung gehörig geboten wurde, und ich gehe bei ruhigstem Wogengang wieder hinunter in den Rauchsalon und lasse Stopfkuchen weiter erzählen.

Er tat's; denn die Unterbrechung an dieser Stelle meines Logbuches kam nicht auf seine Kappe. Er berichtete: „Am Morgen nach der Hochzeit traf natürlich nur das ein, was ich schon längst im voraus gewußt hatte. Ich lag auf der roten Schanze, wenn auch nicht an der Kette, so doch im beschlossenen Bezirk. Und daß der gefüllte Freßnapf dazugehörte, war für sämtliche Festgäste des vergangenen schönen Tages im mehr oder weniger behaglichen Nachverdauungsgefühl Glaubensartikel Numero eins im anteilnehmenden Hinblick auf mein ferneres Lebensglück. Ja, ich hatte es nun, was ich hatte haben wollen. Ich saß mitten drin in meinem Ideal, und ich war mit meinem Ideal allein auf der roten Schanze. Am Lendemain stand ich mit meiner jungen Rosigen auf dem Wall, der unser junges Glück umschloß, und sah auf Dorf und Stadt hinunter und in die schöne Natur hinaus und ließ mich recht unnötigerweise auf eine Verständigung ein. „Kind", sagte ich, „daß wir jetzt ins Weite gehen, geht nicht. Dazu habe ich mir doch nicht so große Mühe um dich gegeben. Wir haben annähernd den Papa wieder unter uns Menschen. Es war zwar nicht hübsch anzusehen, wie die Verbindung sich wieder herstellte; aber was hilft es? es muß doch unsere Sorge sein, daß sich der Zusammenhang nicht wieder löse. Also – pflegen wir den Vater weiter, wie ich angefangen habe! Solltest du später einmal Berlin, Petersburg, Paris, London, Rom und dergleichen doch zu sehen wünschen, so watschele ich natürlich mit, oder hinter dir drein. Aber Eile hat es damit nicht. Augenblicklich haben wir noch ganz andere Dinge und Herrlichkeiten vor der Hand." Das hatten wir in der Tat. Die rote Schanze zu erobern, war verhältnismäßig recht leicht gegen die Aufgabe, sie zu erhalten und sich in ihr, und das letztere noch dazu mit Sack und Pack, mit Weib und Schwiegervater. Tinchen, es ist mein bester Freund, dem ich hiervon jetzt erzähle, und er kann alles hören."

„Mich hast du freilich schon lange gewöhnt, alles von dir zu hören", seufzte Frau Valentine Schaumann.

„Meinst du?" fragte ihr Mann. „Heute abend noch hoffe ich dir das Gegenteil zu beweisen. Wenn es irgend möglich ist, lasse ich dir morgen von andern zutragen, was ich dir heute abend noch sagen könnte."

„O Gott, doch nicht in Sachen Kienbaums?"

„Ich war unbedingt der schwerwiegendste lateinische Bauer, den die Göttin der Geschichte der Landwirtschaft je auf ihre Waagschale gelegt hat, Eduard. Ich bestellte den Acker, von dem ich aß, aber ich sah auch die dazugehörigen schriftlichen Dokumente und sonstigen Papiere im Schreibschranke meines armen närrischen Schwiegervaters nach. Ich bestellte auch das Vermögen, welches er in Schuldverschreibungen, also nicht bloß in rund um die rote Schanze liegenden, nicht nur in paläontologischer Hinsicht fruchtreichen Gründen besaß. Des Volkes Stimme erklärte mich darob für den Schlauesten, aber auch Gewissenlosesten aus seiner Mitte. Es hat so was, wie du weißt, lieber Freund, von Zeit zu Zeit nötig, um sich selber vor sich selbst eine ethische Haltung zu geben. Du lieber Himmel, wie waren sie mit dem Andreas Quakatz, mit Kienbaums Mörder, trotzdem daß sie gar nichts von ihm wissen wollten, in Geldangelegenheiten intim umgegangen! Was alles hatte sich vertraulich, Zutrauen gegen Zutrauen setzend, an ihn gemacht mit schlechten und guten Aktien, mit Pfandscheinen, Hypotheken, Bürgschaften und was sonst im wechselnden Verkehrsleben vorkommt. Bei drei Feuerversicherungsagenten hatte der alte Herr die rote Schanze versichert, weil sie ihm versichert hatten, daß sie fest überzeugt seien, er habe Kienbaum nicht totgeschlagen. Ich gebe dir da einen Faden in die Hand, an dem du dich, soweit es dir beliebt, in das dunkle Labyrinth, in das ich den Tag einzulassen hatte, zurücktasten magst. Mir erlaß eine weitere Ausführlichkeit. Kurz und gut, der Fluch Adams, soweit er den Acker: das Graben, Hacken, Pflügen, die Kartoffel-, Heu- und Getreideernte angeht, war eine Erholung gegen das nächtliche Graben, Pflügen und Roden am Schreibtische. Uh je, Eduard, hätte ich da nicht das Tinchen, das Kind mit seinem Strickzeuge, seiner Welterfahrung, seinen am Abend öfters recht altklugen, aber am anderen Morgen manchmal zum Erstaunen schlauen Zuflüsterungen bei mir gehabt! und die beiden arbeitsharten Bauernpfötchen, wenn sie mir meine zwei weichen Bildungsmenschenhände von den fiebernden Schläfen sanft herniederzog: „O Heinrich, du tust es ja mir zuliebe, und, sieh nun mal zu, den fehlenden Rest von Kleynkauers Schuld findest du vielleicht noch auf seinen Schwiegersohn, der den Ausspann drunten in der Stadt hat, und auf seine zugekaufte Wiese hinter seinem Hause ins Schuldbuch eingetragen!" – Eduard, auch du hast es im Kaffernlande zu einem Vermögen gebracht: bitte, überhebe dich nicht deiner Anstrengungen dabei! Sieh, da fängt das Kind zu guter Letzt auch noch an zu weinen, weil sie es mir überlassen muß, dir zum Schluß mitzuteilen, daß es uns – ihr und mir – gelungen ist, dem Vater ein bißchen von seinem Recht an der Lebenssonne in den Belagerungsaufwurf des Comte de Lusace, den Ofenwinkel hinein und auf das wirre Haupt und über die geschwollenen Knie und die tauben Füße leuchten zu lassen."

„Ja, ja, ja, Herr Eduard!" schluchzte die Erbtochter der roten Schanze, Quakatzens Tochter; doch Heinrich Schaumann schien weniger denn je in diesem Logbuch des Lebens Sinn zu haben für solche Rührung. Er zog bloß die Augenbrauen etwas tiefer herunter und murrte (zum erstenmal in seiner Erzählung machte sich hier so etwas wie ein leises Knurren geltend) und murrte: „Ja, ja, ja! da sie mich zu grüßen hatten, so grüßten sie auch ihn wieder, und der Mensch ist so, Eduard! es machte dem greisen Sünder wirklich Spaß, es machte ihm das höchste Vergnügen, noch einmal seine Zipfelkappe vor der albernen Welt freundlich zum Gegengruß lupfen zu dürfen. Er ist hinübergegangen in der vollen Überzeugung, unter der Menschheit *in integrum* restituiert worden zu sein. Was für eine Ehrenerklärung ihm drüben, droben, vom allerallerhöchsten Thron und Gerichtssitz zuteil geworden ist, kann ich leider nicht sagen. Und nun – nun, Tinchen, altes, tapferes Herz, und du, Eduard, fernster, das heißt entferntest wohnender Freund meiner Jugend, nun werde auch ich ihm sein letztes Recht zuteil werden lassen. Wer weiß, ob der höchste und letzte Richter mich nicht bloß deshalb so fett und so gelassen in die hiesige Gegend abgesetzt hat? Was die Gelassenheit anbetrifft, soll er wirklich den Richtigen an mir gefunden haben. Also, wenn du nichts dagegen hast, begleite ich dich nachher ein Stück Weges auf deiner Rückfahrt nach Afrika!"

„Heinrich?!" rief die Frau, beide Hände zusammenschlagend.

„Frau Valentine Schaumann?" mimte der Gatte ihr den Ton alleräußerster Verwunderung nach.

„Herr Eduard", rief die Frau, „er hat mir Rom, Neapel, Berlin und Paris und dergleichen nicht gezeigt, und ich hatte auch nie ein Bedürfnis danach; aber er hat selber auch nie ein Bedürfnis danach gehabt! Er hat seit unserer Verheiratung keine sechs Male den Fuß über unser Besitztum und seine Knochensucherei in der nächsten Nähe hinausgesetzt! In die Stadt geht er nur, wenn ihm die Behörde dreimal ein Mandat geschickt hat und zuletzt mit Gefängnis droht! Er macht mich schwindlig mit so einem Wort, wie er eben gesprochen hat!"

„So sind die Weiber!" seufzte Stopfkuchen. „In Paris, Berlin und Rom hatten wir eben nicht das mindeste zu suchen; aber in der Stadt dort unten haben wir heute abend ausnahmsweise noch ein Geschäft. Wir! Frau Valentine Schaumann, geborene Quakatz! Solltest dich doch auch heute abend noch einmal darauf verlassen, daß ich weiß, was für unsere Gemütlichkeit das zweckmäßigste ist."

„Oh, Heinrich, das weiß ich ja!" rief die Frau, zitternd den Arm ihres Mannes fassend und ihm ängstlich in die Augen sehend. „Aber das ist heute abend doch ganz was anderes als wie sonst! Du erzählst freilich den ganzen Tag durch nach deiner gewöhnlichen Art das Schlimmste und das Beste, das Herzbrechendste und das Dummste, wie als wenn man einen alten Strumpf aufriwwelt; aber jetzt solltest du damit aufhören und Rücksicht auf mich nehmen: grade wenn du mich auch zu allen übrigen Frauen auf Erden rechnest. Es ist mein Vater, von dem du erzählst! es ist meine kümmerliche Kinderangst und Jugendnot, von der du so sprichst! Und – Herr Eduard, er stellt sich ja auch nur deshalb so albern, weil er es wieder nicht an die große Glocke hängen will, was er eigentlich Gutes an uns getan hat! Nun sieh mir in die Augen, bester Heinrich, bester Mann, und habe noch einmal Mitleid mit mir! Es ist des Vaters letzter, vollständiger Rechtfertigung wegen, weshalb du jetzt mit deinem Freunde in die Stadt willst; und – und du willst mich nicht dabei haben! O Mann, Mann, ich gehöre aber doch dazu, und du mußt mich dabei sein lassen. Nicht wahr, du nimmst mich mit dir in die Stadt?"

„Nehme ich dich mit in die Stadt?" murmelte der jetzige unbestrittene Herr auf der roten Schanze, trotz aller rührenden Bitten seinem Weibe nicht in die Augen blickend, sondern, nachdenklich und zweifelnd, nur nach oben sehend. Erst nach einer geraumen Weile sagte er: „Wie du willst, mein Kind. Hm, hm, wenn deine Küche – wenn du nicht meinst, daß du in deiner Küche – Eduard bleibt doch auch wohl zum Abendessen –"

„Mensch, Mensch", rief aber jetzt ich, „Unmensch, ich bin satt! Jetzt hörst du endlich hiermit auf und quälst mir deine Frau in diesem Augenblick nicht länger! Was hast du ihr, was hast du uns zu sagen? Kannst du es denn wirklich nicht hier auf deiner Verschanzung, in dieser Stille, bei diesem Abendschein über unserer Erde mitteilen?"

„Du wünschest lieber hier im Freien mit dem Grauen zur Nacht zu speisen und dich zu sättigen mit Entsetzen, Eduard? Hm, hm, hm –"

Und jetzt nahm er zärtlich sein Weib in seine Arme und küßte es und streichelte ihm die Wangen und fuhr ihm kosend, beruhigend über das Haar: „Mein Herz, mein Kind, mein Trost und Segen, es ist so ein alberner, alter, abgestunkener Unrat, den ich aufzuwühlen habe, weil es am Ende wohl nicht anders geht. Wie gern hielte ich den letzten öden, faden Geruch, der davon aufsteigen wird, ganz fern von unserer Verschanzung, wie Eduard eben die Sache mit dem ganz richtigen Namen genannt hat! Das kann ich nicht; aber – ich kann dir davon erzählen in dieser Nacht, so nach Mitternacht, wenn wir beide die

Nachtmützen übergezogen haben – ich kann dir dann auch besser, wenn alles still ist über Quakatzenburg – droben die Sterne und unten die Gräber, sagte der alte Goethe – die dazugehörigen Bemerkungen machen –"

„Ich bleibe zu Hause und warte wieder auf dich, Heinrich", sagte die Frau. Sie weinte, sie war in großer Aufregung, und ihr Dicker war unerträglich für jeden andern, in seiner Art, sich zu geben und andere dran teilnehmen zu lassen; aber sie war nicht bloß eine gute, sondern sie war auch eine glückliche Frau.

„Siehst du, das war wirklich im Grunde meine Meinung, Tinchen! Da – hier dieser gute Freund, dieser Eduard, reist morgen – übermorgen oder in drei Wochen ab, und zwar zu Schiffe. Er geht, wie man das im hohen Ton nennt: aufs hohe Meer. Dort weht gewöhnlich ein frischer Wind, und der Mann sieht auch unterwegs nur lauter andere Gesichter, nicht wie wir hier immer dieselbigen. Dem glücklichen Kerl will ich frisch diesen Duft der Heimat von der Lagerstelle aus mit auf die Reise geben, und dann ist er gewissermaßen auch sogar dazu berechtigt. Er steckt persönlich viel tiefer mit drin, als er es sich jetzt noch vermutet. Ja, ja, guck nur, mein Junge! mach mir nur große Augen! Also, du willst wirklich nicht mit uns zu Abend essen? Na, dann unterhalte du jetzt meine Frau so lange, bis ich die nötige Toilette gemacht habe."

Er erhob sich schwer stöhnend von der Bank auf dem Walle des Prinzen Xaverius, griff, die erloschene Pfeife in der Linken, mit der Rechten zärtlich seinem Weibe unters Kinn und sagte: „Ja, bleib du lieber hier oben in der guten, lieben Luft unserer Schanze, Herz. Es ist ein zu angenehmer Abend und zu hübsch still, nur noch mit den späten Lerchen in der Luft! Diesem Weltwanderer wird der Seewind und vielleicht so'n kleiner Schiffbruch mit interessanter Rettung und dergleichen den fatalen Geruch von da unten wieder aus der Nase fegen. Und dann sehe ich ihn leider vielleicht in meinem ganzen Leben, nach seiner Abreise natürlich, nicht wieder und habe ihm also auch nicht Beruhigung, Seelenruhe zuzusprechen und dummes Gespenstergesindel aus der Phantasie zu kehren. Aber mit dir – zwischen uns, mein armes Herz, ist das eben eine andere Sache. Dich habe ich nun einmal bei gutem und bei schlechtem Wetter, bei Zahn- und Leibweh und allen übrigen Lebensnöten und Gebresten auf dem Halse, und – zugleich die Pflicht, doch auch mich in jeglichem Verdruß und Elend, bei jedwedem Gespenstersehen aufrechtzuerhalten. Was willst du jetzt persönlich dein altes Näschen in den Olims-Blut-und-Verwesungsquark hineinstecken? Siehst du, ich bringe nur Eduard ein Stück Weges auf den Weg, und nachher – nach Mitternacht –; na, wie gesagt, Eduard, jetzt unterhalte du meine Frau ein bißchen: ich bin sofort wieder bei euch."

Er wackelte schwerfällig dem Hause zu, und sein Weib und ich sahen ihm von der Bank aus über die Schultern nach, sahen ihn unterwegs noch einmal anhalten, um seinen Kater zu streicheln, und sahen ihn in der Tür mit der Überschrift: Gehe heraus aus dem Kasten! verschwinden. Dann erst griff die Frau wieder nach ihrem Taschentuch und rief: „Was sagen Sie nun zu ihm? Hier sitze ich nun in der lieben Abendsonne so still und gut, wie er sagt. O ja! und Sie, lieber Herr Freund, sehen es mir auch nicht zu sehr an, wie sehr diese heutige Nachricht mich innerlich aufregt! Ein anderer als wie Sie, der selber so viel durchgemacht hat, würde auch ganz gewiß meinen: dies ist denn doch eigentlich zu arg! und er hätte ganz gewiß nicht unrecht. Aber so ist er nun – meinen Heinrich meine ich. Er erfährt das Wichtigste und Schrecklichste, was Herz und Seele bewegen kann, und läßt dabei seine Pfeife nicht ausgehen. Sagt keinen Laut, bis es ihm paßt! Und ich – ich, meines armen Vaters Tochter, ich habe so eine unruhvolle, schlimme Kinderzeit mit Steinwerfen, Fingernägelkratzen gegen jedermann durchlebt, daß ich mich gern und willig nun in meinen jetzigen Jahren in alles füge und bei seinem Besserverstehen nach nichts frage, sondern auch meine Ruhe behalte, obgleich das eigentlich leider Gottes gar nicht in meiner Natur liegt. Ich weiß es ja wohl, daß wir jetzt, Gott sei Dank, hier auf der Schanze so still für uns hinleben, daß wir für alles Zeit haben. Daß wir für alles die Zeit abwarten können, wo wir uns alles sagen, am Mittage oder um Mitternacht: das Schlimmste und das Beste. Ich kenne auch gottlob jede Fiber in seiner Seele und daß er kein Geheimnis vor mir hat; denn sonst würden wir ja auch nicht so leben, wie wir leben: aber was zu arg ist, ist zu arg! und eine Tochter bleibt doch immer eine Tochter und eine Frau eine Frau, ja und, Herr Eduard, und ein Frauenzimmer ein Frauenzimmer: er kennt Kienbaums Mörder, er kann ihn vielleicht heute schon aufs Schafott bringen, und er hat des Bauern Quakatz Tochter von der roten Schanze zum Weibe und nimmt die Sache so, als stecke er den Kopf aus dem Fenster und sage: „Schwül genug war's den Tag über, vielleicht gibt es doch ein kleines Gewitter!" ... Ich bitte Sie, bester Herr, was sagen Sie hierzu?"

„Daß ihr zwei das glücklichste Ehepaar seid, das sich je zueinander gefunden und ineinander hineingelebt hat! Und daß Stopf- mein Freund Heinrich vollkommen recht hatte, wenn er unter seiner Hecke liegenblieb und hinter uns anderen jungen Narren höchstens dreingrinste, wenn er uns unsere Wege laufen ließ, oder wie wir damals meinten, laufen lassen mußte.“

„Oh, Herr Eduard, nennen Sie meinen Mann dreist auch vor meinen Ohren Stopfkuchen! Den Namen verdient er ebenfalls mit vollem Rechte“, lächelte trotz ihrer Aufregung und durch ihre Tränen Frau Valentine. „Das heißt“, fuhr sie dann aber doch, zärtlich allem Mißverständnis vorbeugend, fort, „daß er das Leben und sein Gutes hastig und gierig in sich hineinstopfe, kann man wirklich auch nicht sagen. O nein, wie er sich die gehörige Zeit beim Essen nimmt, so tut er's auch in allen anderen Angelegenheiten und Dingen. Wir erfahren's ja eben grade zu jetziger Stunde im allerhöchsten Maße! Aber er ist nun einmal so, und daß ihn der liebe Gott so zu meinem Besten erschaffen hat, davon bin ich nicht bloß im großen und ganzen fest überzeugt. Ich hoffe es in meinen stillen, liebsten Stunden gleichfalls, daß ich auch meinerseits so von der Vorsehung, wie ich bin, für ihn gemacht bin, und daß es wohl auch ihm recht einsam und elend in der Welt wäre, wenn er mich nicht darin gefunden hätte! Aber daß wir hier auf der roten Schanze jedermann draußen als ein wunderliches, wunderliches Gespann vorkommen müssen, das glaube ich jedem, der es mir sagt, auf sein Wort, da ich es mir selber oft genug selbst sage ... Liebster Himmel, ist er denn schon mit seinem Anzuge fertig? ohne mich dreißigmal dazu gerufen zu haben, selbst wenn er bloß auf seine versteinerten Knochenexpeditionen gehen will? O Gott ja, ja, auf welche noch ältere und viel schlimmere Totengräberei will er aber auch jetzt gehen?!“

Da war er wieder. Halb Pfarrherr, halb Landbebauer; aber ganz der dicke Schaumann! – Er trug jetzt einen langen, schwarzen Lastingrock, eine aufgeknöpfte Sommerweste, ein loses Halstuch, einen breiträndigen braunen Strohhut und war in seinen hellen Sommerhosen geblieben. Einen derben Gehstock führte er auch mit sich und hatte ihn jedenfalls zu seiner Stütze nötig. Gegenwärtig aber nahm er ihn unter den einen Arm und legte den anderen um sein Weib: „Küsse mich, Andromache, und sieh mir nach von der Mauer von Ilion; aber ängstige dich um Gottes willen nicht um mich. Den hellumschienten Achaier von da unten möchte ich sehen, der es fertigkriegte, Patroklos Schatten zu Ehren und zur Rache, den dicken Schaumann um seinen Burgwall herum in Trab oder Galopp zu bringen. Da hast du noch einen Kuß, und nun laß mich aus deinen Armen. Ich gebe dir mein Wort drauf, ich komme heil und möglichst unverschwitzt wieder nach Hause und bringe dir auch wenn nichts Hübsches, so doch recht Beruhigendes mit. Eduard wird dabei sein, wie ich das Blut bespreche, Kienbaums Manen Genugtuung verschaffe, und auch meinerseits die Erinnyen veranlasse, endlich hübsch die Tür hinter sich zuzumachen und die rote Schanze in Ruhe zu lassen. –"

Ich hatte nun Abschied von der lieben Frau Valentine zu nehmen und natürlich zu versprechen, daß mein erster Besuch nicht der letzte gewesen sein solle. Der Freund schritt mir über seinen verwachsenen Dammweg voran, ohne sich umzublicken; ich aber tat das noch mehrere Male und sah des Bauern Quakatz Tochter auf der Höhe der Kriegsschanze des Prinzen Xaver von Sachsen stehen. Eine tiefe Rührung, doch eine behagliche, überkam mich dabei, und aus vollem Herzen sagte ich: „Die Gute! Sie hat es wahrhaftig wohl verdient, daß sie weich gebettet werde. Heinrich, möget ihr noch lange unter euren grünen Sommerbäumen und an eurem Winterofen sitzen und der Welt ihren Lauf lassen."

„Amen! und nachher in ein Grab gelegt werden und ein Menschenalter durch spuken gehen und einer respektablen Nachbarschaft zum Überdruß werden", sagte Stopfkuchen. –

Es begegneten uns bald Leute, die uns erst verwundert anstarrten und, wenn wir an ihnen vorbei waren, stehenblieben, uns nachblickten und sicherlich murmelten: „Jeses, der dicke Schaumann hier draußen?!"

Dieses Aufsehen, das wir machten, nahm zu, je mehr wir uns der Stadt näherten und bürgerliche, städtische Gruppen oder Einzelläufer als Abendspaziergänger uns entgegenkamen.

Einige Male wurden wir nun auch angehalten, und die verwunderte Frage: was ihn denn in die Stadt treibe? wurde dem Freunde in Worten und persönlichst nahegelegt.

„Höflichkeitsgeschäfte! Mein Freund fährt nach dem Kap der Guten Hoffnung nach Hause, und ich bringe ihn bloß ein bißchen auf den Weg. Übrigens hat er auch heute mittag bei mir gegessen."

Mehr als einmal vernahm ich dann das Wort: „Ist es die Möglichkeit?" ...

War der Tag schön gewesen, so war der Abend wundervoll. Tiefer Friede in der Natur, und die Stadt still und reinlich! Es war immer ein Gemeinwesen gewesen, das auf Reinlichkeit, Ordnung, grüne Bäume auf den Marktplätzen und in den breitern Straßen, auf sprudelnde Brunnen und was sonst hierzu gehört, viel gehalten hatte. Auch die Weltgeschichte, das heißt in diesem Falle der Prinz

Xaver von Sachsen mit seinem Bombardement und nach ihm mehrere große Brände hatten das ihrige getan, die Stadt dem laufenden Tage hübsch und wohlerhalten zu überliefern, indem sie manch altes Gerümpel aus dem Wege geräumt hatten. Es war, alles in allem, ein Gemeinwesen, in das man gern abends vom Felde und aus dem Walde nach Hause kam, und in welchem man dreist die Fenster öffnen durfte, ohne sie sofort wieder schließen zu müssen mit dem Ächzwort: „Pfui Deubel, stinkt das heute mal wieder!“ –

„Lecker! was?“ meinte Stopfkuchen, als wir die zierlichen Anlagen, die sich rund um den Ort zogen, erreichten. „Es mußte dich doch recht anheimeln, Eduard, als du neulich den Fuß wieder hersetztest? Der verwöhnteste Kaffer muß hier Bürgermeister, Magistrat und Stadtverordnete loben! Wie?“

„Jawohl, jawohl!“

„Hm, hm und die Kindermädchen mit den süßen Kleinen da auf den Bänken – alle diese lieben Abendlustwandler und -wandlerinnen. Alles so gemütlich, so behaglich – so – unschuldig! Und nun versetze dich mal in meine Stimmung, wie ich hier neben dir wandele, mit der Macht und eigentlich auch der höchsten Verpflichtung, diese Idylle heute abend noch in den nächsten Band des neuen Pitaval zu bringen! Jawohl, jawohl, hier gehe ich neben dir bis jetzt bloß als der dicke Schaumann durch den Stadtfrieden – wenn sie morgen von ihm aus nach der roten Schanze hinüber- und hinaufsehen, werden sie nur noch vom geheimnisschwangern, sühneträchtigen Schaumann reden und mich den giftgeschwollenen Bauch blähen sehen: Eduard, du ahnst es doch nicht ganz, wie unangenehm mir diese Geschichte mit Kienbaum ist, und wie fürchterlich es mir gegen die Natur geht, daß grade mir die endliche Abwicklung der Sache aufgeladen worden ist! Mir! mir! und noch dazu wenn ich mir dabei vorstelle, was für eine Menge Volks ich im Namen der sogenannten ewigen Gerechtigkeit in das himmlischste Entzücken versetze! Denke dich in meine Nächte, wie ich mir die Leute sämtlich persönlichst in der Phantasie vor die Seele halte und bei jedem einzelnen mich frage: „Was? Dem zum Spaße? Dem zum Vergnügen? Dem zur Genugtuung?“ – Du lieber Gott, wenn ich nicht doch auch in dieser Hinsicht eine gewisse Verpflichtung gegen das Herz – ich meine meine Frau, hätte, Eduard! Eine geborene Quakatz bleibt sie ja nun einmal; und so geht es einem hier immer noch in Europa, lieber Eduard, wenn man in anrüchige Familien hineinheiratet.“

Wie die Stadtidylle morgen sich zu dem Körperumfange meines Freundes stellen mochte: mir schwoll er heute schon von Augenblick zu Augenblick mehr über jeglichen Rahmen hinaus. Und wie seine brave, gute, nette, niedliche Frau war ich ihm ohne jegliches Wort und Widerwort verfallen: mußte ihn reden lassen, ließ ihn reden, und wartete jedesmal, wenn er mal aufhörte, mit innerlichster Spannung, daß er wieder anfange, sich gehen zu lassen und zu reden. –

Trotz aller Annehmlichkeit der Heimatstadt vermieden wir sie doch fürs erste: Stopfkuchen führte mich um den „Wall". Weshalb, sagte er nicht, und ich fragte auch nicht danach. Ich hielt es wirklich allmählich für das beste, mich ruhig in seiner Weise von ihm führen zu lassen.

Dieser Wall, den einst der Prinz Xaverius von der roten Schanze aus beschossen hatte, war jetzt in allerliebste Spaziergänge umgewandelt worden. Teile des früheren Stadtgrabens waren auch noch vorhanden, zu hübschen Teichen auseinandergezogen, umkränzt von Pappeln, Trauerweiden und Lustgebüsch. Es liefen vom Kern der Stadt Haupt- und Nebenstraßen auf diese Lustwege hinaus, und eine der Nebenstraßen führte gleich hinter den Baumreihen und dem Zierbuschwerk auch zu dem Viertel der „kleinen Leute". Wir nannten das zu meiner Zeit: „Matthäi am letzten", und es hieß auch wohl noch so.

Als wir uns der Gegend näherten, fiel es mir recht aufs Herz, wie gut bekannt ich vor Zeiten daselbst gewesen war, wie gute Freunde ich auch dort gehabt hatte, und was nun alles zwischen den Kindertagen und dem heutigen Tage für mich lag.

Herrgott, und auch Störzer! fiel mir ein. Auch der! Und du wolltest wieder an ihm vorbeigehen? Der Gedanke kam mir wirklich zur rechten Zeit. Was ich nach der Nachricht vom Brummersumm her versäumt hatte, konnte ich ja jetzt noch nachholen und dem alten, treuen Freund einen Besuch abstatten. Er war in seinem Leben und Berufe fünfmal um die Erde gewesen, ohne von Hause fortgekommen zu sein: nun konnte ich, den seine Lebensfahrten so weit von Hause weggeführt hatten, doch noch einmal im Vorbeigehen bei ihm eintreten und ihm vielleicht überm untern Ende des Sarges die Hand auf die müden Füße legen.

Ich nahm den Arm meines Führers: „Heinrich, ich erinnere mich eben! Es sind kaum hundert Schritte weit. Da liegt sein Haus –"

„Wessen Haus?“

„Jawohl, du hast recht mit der Frage. Der Mensch kommt nie über den Egoismus weg, alles nur in seinen eigenen Gedankenzusammenhang hineinzuziehen. Eben fällt mir ein, daß der alte, selige Freund, mein alter Landstraßenfreund Fritz Störzer dort hinter dem Buschwerk liegt. Wenn es dir nicht ein zu weiter Umweg ist, Heinrich, so laß uns einen Augenblick abbiegen. Jetzt möchte ich dem alten zur Ruhe gelangten Wanderer doch noch einen Besuch machen. Was du nachher noch zu sagen hast, weiß ich ja noch nicht; aber sei deine Rätsellösung auch noch so grimmig, ich glaube, ich kann mir ein Stück beruhigender Anteilnahme jetzt am besten von dorther holen.“

„Wenn du meinst? Ei wohl, das ist sein Schornstein hinter den Baumwipfeln. Der brave Störzer! Nun, Zeit haben wir zu dem, was du meine Rätsellösung nennst, nachher immer noch, und ein großer Umweg zu dem alten, guten Kerl ist's gerade auch nicht. Ich bin ganz zu deiner Verfügung.“

So bogen wir ab von dem „Wall“, hatten aber gerade jetzt noch einem Ehepaar, das mit Töchtern seinen Abendspaziergang um ihn herum machte und den dicken Schaumann auch kannte, Rede zu stehen auf die verwunderte Frage: „Herrje, wie kommt denn das, daß man Sie einmal in der Stadt sieht?“

„Es macht sich eben so“, erwiderte Stopfkuchen gemütlich. „Ich weiß im Grunde eigentlich auch selber nicht, wie ich zu dem Vergnügen komme.“

Es war ein Glück, daß unser Weg zur Seite ab in das am wenigsten respektable Viertel der Stadt führte; die Herrschaften würden uns sonst wohl gern ein Stück weit drauf begleitet haben: diese Begegnung war doch zu interessant! –

Es gibt viele Unmündige in jenem, durchaus nicht nach dem Muster größerer Städte unfreundlichen, unheimlichen Stadtteile; und sie befanden sich um diese liebe Abendstunde natürlich alle in den Gäßchen und Sackgäßchen. Vollkommene Rührung überkam mich nun, wie ich daran dachte, wie lange und doch wie kurz es her sei, daß auch ich, und zwar unter den Augen Störzers, hier die Rinnsteine abgedämmt und den Leuten den Weg versperrt habe. Und noch immer standen die Mütter mit den Kleinsten auf dem Arm in den Haustüren, und noch immer roch es nach Eierkuchen und Ziegenställen, und noch immer wurde Salat gewaschen. Der symbolische Begleiter des Evangelisten Matthäus ist ja eigentlich ein recht schöner Engel; aber im Sankt Matthäusviertel, da war und ist das nicht der Fall. Da ist es das Schwein, das Haupt-Segens- und –Glückstier des „kleinen Mannes“, und man hörte es behaglich grunzen aus einem nähern oder fernern Stall. Es roch auch wohl nach ihm; aber – mir sollte einer im Viertel Matthäi am letzten mit Kölnischem Wasser und dergleichen kommen! zumal in einer Zeit, wo auch die türkische Bohne noch blühte – rot! das schönste Rot der Erde – ein Wunder von Schönheit und Nutzbarkeit, wenn sie sich zwischen den Häusern des kleinen Mannes über die Zäune hängt oder hinter denselben an ihren Stangen sich aufrankt. Man muß freilich eben für dies alles riechen, sehen und fühlen können; und wer das nicht kann, der gehe hin und werde Liebhaber-Photograph. Es ist aber nicht nötig, daß er sich selber photographieren lasse, ich habe ihn schon in meinem Album in Südafrika, und der dicke Schaumann hat ihn auch in dem seinigen auf seiner Schanze Quakatzenburg. –

Von der abendlichen Stille draußen im freien Felde habe ich schon geschrieben; aber die friedlichste Landschaft macht längst nicht den Eindruck der Ruhe wie so ein Gäßchen am Feierabend bei den „kleinen Leuten", wie man sich heute ausdrückt; oder „an der Mauer", nämlich an der Stadtmauer, wie man im Mittelalter sagte. Und ich hatte auch einst hier hineingehört, hinter dem Rücken meiner Eltern und unter der Protektion meines guten Freundes Fritz Störzer, und das Herz ging mir auf und zog sich wieder zusammen unter dem Gefühl: wie sehr das alles vergangen sei, und als was für ein Held und mit was für einem Sack voll Erfahrungen und Errungenschaften auf dem Buckel ich nun hier wieder ankomme!

Wir bogen jetzt um die Ecke, hinein in das Sackgäßchen, in dem das Haus, das ich noch so gut kannte, lag; und auch da fand ich auch heute wieder das, was ich in meiner Kinderzeit so oft hier mit schauerlichem, aber gar nicht unangenehmem Nerven- und Seelenkitzel mitgenossen hatte: ein Hineingucken auf einen Hausflur, wo ein Sarg steht.

Alles wie sonst! Nur alles noch ein wenig mehr zusammengeschrumpft: der kleine Platz enger, die Häuser niedriger, die Fenster zusammengedrückter, die Haustüren schmaler.

Und sie drängten sich alle wieder um eine Haustür; die Kinder und die Frauen mit Kindern auf dem Arme, die alten Frauen und zwei oder drei alte Männer, diese alle mit den Abendpfeifen im Munde: es stand ja wieder einmal ein Sarg auf einem Hausflur!

Sie drehten alle uns den Rücken zu und machten uns verwundert Platz, als wir ihnen über die Schultern auch mit in die Tür zu sehen wünschten. Sie verwunderten sich aber noch viel mehr, als wir gar in die Tür traten.

Es schien niemand zu Hause zu sein als der alte Störzer, und auch der schlief; lag ruhig in dem engen schwarzen Gehäuse, welches da auf drei Stühlen stand, mit den Lichtern, die morgen früh beim ehrenvollen Begängnis angezündet werden sollten, auf einem vierten Stuhle neben sich. Daß der liebe Freund, der getreue, müde Wandersmann, auch unter Blumen und Kränzen lag, verstand sich von selber. Das kostete um diese Jahreszeit im Matthäusviertel nichts, und die Nachbarschaft tat gern das ihrige hierin, ihre Teilnahme zu bezeigen.

Es stand noch ein Stuhl auf dem Flur, auf welchem die Hauskatze saß und ernsthaft auf die alten und jungen Gesichter sah, die in die Haustür guckten.

„Puh!“ seufzte Stopfkuchen, „ich habe doch meine Energie ein wenig überschätzt. Schwül und heiß!“ Er hob den Strohhut von der schweißglänzenden Stirn und trocknete sich den Kopf mit dem Sacktuch. „Entschuldige, Eduard“, sagte er, hob den Stuhl an der Lehne, ließ das Tier hinuntergleiten und setzte sich selber: „Einen Augenblick, Eduard, und ich bin vollständig wieder zu deiner Verfügung.“

Das oder dergleichen sagte er, während ich stand und augenblicklich wenigstens nichts zu sagen, sondern nur recht viel mit dem mehr oder weniger dunkeln Gefühl, das bei solchen Gelegenheiten die Oberhand gewinnt, zu tun hatte.

„Fritze Störzer! Der alte Störzer!“ ... und ich tat, was ich vorhin mir vorgenommen hatte: ich legte die Hand auf den Sarg, dahin, wo die Füße ruhten, die, wie die Herren im Brummersumm ausgerechnet hatten, fünfmal um die Welt gewesen waren. Stopfkuchen fächelte sich immer noch mit dem Taschentuch kühlere Luft zu.

Der Mensch aber muß bei solchen Gelegenheiten irgend etwas sagen.

„Du konntest nichts dafür; aber du bist eben unter deiner Hecke liegengeblieben, Heinrich!“ sagte ich. „Ich aber bin mit ihm gegangen, gelaufen, habe mit ihm seinen trefflichen Tröster, den Le Vaillant studiert! Und wenn mich ein Mensch von seinen Wegen auf die meinigen hingeschoben und mich nach Afrika befördert hat, so ist dieser hier, mein alter, guter Freund, mein ältester Freund Friedrich Störzer es gewesen. Möge er sanft ruhen!“

„Amen!“ sagte mein Freund Heinrich Schaumann wieder aufstehend. „Jawohl! das kann ich ihm ja wohl auch wünschen – von unter meiner Hecke weg! Er gehörte nicht zu den schlimmsten Lebens- und Weggenossen. Er war ein halber

Idiot, aber er war ein braver, ein guter Kerl. Na – denn ruhe auch meinetwegen sanft, grauer Sünder, du alter Weltwanderer und Wegschleicher! Nun laßt endlich aber auch mich aus dem Spiel und macht die Geschichte drüben unter euch dreien aus, ihr drei: Kienbaum, Störzer und Quakatz!"

Er hatte eine Faust gemacht; aber er legte sie so leise auf das Kopfende des Sarges, wie ich meine offene Hand auf das Fußende.

„Was?" fragte ich, zusammenfahrend, und Schaumann sagte: „Ja."

Der Kapitän behauptete, daß er so einen Menschen wie mich (er drückte sich englisch aus und sagte Gentleman), solange er fahre, noch nicht auf seinem Schiffe gehabt habe. Er war eigens meinetwegen heruntergekommen, um mich hinaufzuholen und auch mir die Berge von Angra Pequena auf unserer Leeseite zu zeigen, und ich hatte nur geantwortet: „Komme gleich", und hatte vergessen zu kommen und hatte den braven Alten nicht einmal davon benachrichtigt, daß ich diese Berge bereits kenne. – Ich wollte nach seiner Hand greifen, nicht nach der des Kapitäns, sondern nach der Stopfkuchens, als er, Heinrich, mir warnend zunickte und mit dem Daumen kurz zur Seite deutete. Da sah ich, daß wir beide jetzt nicht mehr allein neben dem Sarge standen.

Es war eine Frau, auch mit einem Kinde auf dem Arme und einem anderen an der Schürze, aus der Stube gekommen und stand verweinten Gesichts, verlegen-verwundert, und sagte: „Guten Tag, die Herren! das ist doch zu gütig von Ihnen. Ja, da liegt nun der Vater! so ein guter Mann für uns! Sie kenne ich wohl, auch durch Ihre liebe Frau, Herr Schaumann; aber der andere Herr, der uns hier auch die Ehre schenkt in unserem Kummer, hat er ihn auch gekannt, unsern lieben Großvater?"

„Freilich, liebe Frau Störzer. Es ist ja recht, Sie haben erst nachher hier ins Haus geheiratet: dieser Herr hat seinerzeit den Schwiegerpapa ganz gut gekannt, wenn auch nicht so gut wie ich. Das ist wohl Ihr Kleiner da auf dem Arm – der Enkel? und hier am Rock die Enkelin?"

„Ja, ja, liebe Herren! und wir drei sind nun nur noch allein übrig und wissen heute noch nicht in unserer Verlassenheit, was aus uns werden soll, da der Großvater nicht mehr da ist. Wer hätte das so schnell für möglich halten sollen? Er war noch so rüstig zu Fuße! Er hätte gut noch manch liebes Jahr gehen können in seinem Amte! Es war ja immer eine Verwunderung hier im Viertel über ihn und sein Stolz dazu, daß er immer noch auf den Beinen sich hielt wie der jüngste."

„Nun, das kann in einem Alter wie das seinige freilich nicht jeder von sich behaupten, und das ist doch auch ein Trost, liebe Frau; und das übrige wird sich ja auch wohl finden und machen. So eine rüstige, junge Frau – bloß mit einem auf dem Arm und einem an der Schürze! Man schlägt sich schon durch, und im Notfall helfen auch wohl andere. Was hat er denn für einen Tod gehabt, Frau Störzer?"

„Ja, Gott sei wenigstens dafür Dank! einen recht guten! ... Viel leiden hat er nicht müssen, sagt der Herr Doktor. Und das soll man ihm auch wohl gönnen; denn auf der Seele hat ihm wohl nichts zu schwer gelegen. Daß aber jetzt grade Sie so gütig sind und hier zu uns an sein letztes Ruhebett treten, das ist mir fast wie eine Schickung, Herr Schaumann. Nämlich grade bei Ihnen, Herr Schaumann, oder auf Ihrer roten Schanze ist er in seinen letzten Tagen und Stunden recht häufig anwesend gewesen. Er hat immerfort nach der Schanze hinausgewollt: da hätte er noch eine wichtige Sache und Bestellung. Davon hat er immerzu gesprochen und von einer Bestellung bei Ihnen, das heißt bei Ihrem seligen Herrn Schwiegervater, dem seligen Herrn Quakatz, dem man – nun Sie wissen ja und nehmen's wohl nicht übel – geredet. Wir mochten ihm zusprechen, wie wir wollten; er ist immer dabei geblieben, daß er nach der roten Schanze hinaus müßte: er hätte da noch etwas abzugeben gegen Quittung. Aber dies waren auch seine unruhigsten Einbildungen, und dabei ist er zuletzt, ohne daß es einer gemerkt hat, sanft eingeschlafen."

Heinrich zuckte die Achseln, sah mich an und nach den Kinder-, Weiber- und Altmännergesichtern, die in der Haustür auf den Sarg gafften. Er deutete auch nach diesen hin und fragte: „Nun, was ist deine Meinung, Eduard? Seinen Schlaf störe ich nicht dadurch: soll ich jetzt die Welt da von der Gasse hereinrufen an sein Kissen? Soll ich nun selber von dieser Stelle aus *ore rotundo* das Geheimnis ihr kundmachen? Oder findet sich doch noch ein passenderes Organ der Mitteilung? Oder – vielleicht – wünschest du selber –"

Ich brauchte nicht zu antworten, selbst wenn ich es gekonnt hätte. Der Mann von der roten Schanze nahm meinen Arm, sagte der Schwiegertochter des Seligen noch einige tröstende Worte, die sich auf den Gemüsegarten, den Butter- und Eierhandel von Quakatzenburg bezogen, tätschelte die Enkel auf die Köpfe, und so traten wir wieder hinaus in die Welt vor der Tür, schritten durch die Gaffer und brachten den Abendhimmel nicht zum Einfallen über dem Sankt Matthäusviertel.

Ja, ich selber! in der nächsten Gasse erst fragte ich, aus meiner Betäubung durch einen halben Welteinsturz erwachend: „Was nun? Wohin nun? Willst du mich in meinen Gasthof begleiten, Heinrich?“

„In deinen Gasthof? Hm! Wieder in ein Privatzimmer daselbst? Hm, hm! Weißt du, Eduard, ich bin so lange nicht aus dem Kasten gekommen, habe seit Jahren in keiner echten und gerechten Kneipe gesessen: ich hatte es wohl zu behaglich kneipgerecht bei meinem alten Mädchen zu Hause, unter unsern Bäumen, hinterm Ofen, hinter unsern Wällen, kurz im Kasten! Aber jetzt spüre ich das Bedürfnis danach, die Ellbogen so auf so einen Tisch am Wege zu stemmen und das Leben durch die große Gaststube und auf der allgemeinen Landstraße vorbeipassieren zu sehen. Komm, Alter, wir sitzen vor deinem Abschied und deiner Abreise noch einmal im Goldenen Arm!“

Ich sah noch alles nur wie durch einen Schleier: die Gassen, die mit uns gehenden oder uns begegnenden Menschen, vernahm die Stimmen, das Wagengerassel wie im Traume und fand mich plötzlich wirklich an einem Fenstertisch im Goldenen Arm sitzend, indem ich Stopfkuchen pustend Platz nehmen sah und ihn aufatmend seufzen hörte: „So!“ Und nach einer Weile: „Ja, ja, ja, ja, wer erschlug den Hahn Gockel?“

Um diese Stunde des Tages war in einer so soliden Stadt wie der unsrigen noch niemand in der Schenkstube des Goldenen Arms vorhanden als das Schenkmädchen, die Sommerfliegen, die für den Abend blank gescheuerten Lindenholztische, die Stühle und Bänke, die auswärtigen Zeitungen vom gestrigen Tage nebst dem heutigen „Abendblatt“ der städtischen Presse. Wir kamen so früh, daß die Kellnerin ganz verwundert aufschaute, als wir eintraten. Aber es fand sich auch hier, daß man den dicken Schaumann von der roten Schanze ganz gut persönlich kannte, ohne daß er den Fuß von seinem Wall in die große Welt hinaussetzte.

Heinrich wurde natürlich von der jungen Dame mit seinem Namen begrüßt, und indem sich dieselbe nach unsern Befehlen erkundigte, fragte sie höflich auch nach dem Befinden meines Freundes.

„Kind, erst etwas Kühles, dann die warme Anteilnahme. Herz, früher pflegte des dicken Schaumanns wegen immer frisch angestochen zu werden!“

„Und es ist auch diesmal geschehen. Grad als wenn wir Sie erwartet hätten, Herr Schaumann!“

Es kam ein säuberlich Getränke. Stopfkuchen hob den Krug, beäugelte Farbe und Blume, sog, setzte ab, reichte den Humpen geleert hin, kniff wahrhaftig die Mamsell in die Backe, als komme er noch jeden Abend als Stammgast. Dazu nannte er sie dann sein „liebes Mäuschen". Der Stoff mußte also ganz seinen Beifall haben.

Es wurden zwischen ihm und dem Mädchen noch einige Scherzreden gewechselt, bis er mit einem Male sich wieder zu mir wendete: „Nun aber zu unserm Geschäft, lieber Eduard."

Das Fräulein verstand den Wink, zog sich in ihren dunklen Winkel hinter dem Schenktische zu ihrem Strickstrumpf zurück und sah nur von Zeit zu Zeit um die Schrankecke nach unsern Bedürfnissen aus. Wir beiden andern am offenen Fenster, mit dem Ellenbogen nach alter Weise auf dem Tische und dem Bierkruge vor uns, hatten hier am Platze Quakatzenburg, das Viertel Sankt Matthäi am letzten, das deutsche Volk und die Welt „so im ganzen" eine genügende Zeit für uns allein.

„So macht es sich ja wirklich ganz behaglich, und jedenfalls viel besser, als wie ich es mir in unnötigerweise überreizter Phantasie manchmal zurechtgerückt habe", brummte der Freund. „Du glaubst es mir vielleicht nicht, Eduard, aber es ist doch so: ich habe mir manchmal den Kopf darüber zerbrochen, zu welcher Tagesstunde, an welchem Orte und zu wem ich am bequemsten und liebsten von, von – nun von dem Hahn Gockel reden würde. Es macht sich alles, alles doch gewöhnlich leichter, als man es sich unter seinen Beängstigungen einbildet. Diese Stunde gefällt mir ausnehmend, dieser Ort paßt mir ganz, und das Kind da hinter seinem Schenkentisch kann mir auch nur von der allerhöchsten Weltregierung dahingesetzt worden sein."

„Heinrich?!"

„Eduard? ... Nun bitte ich dich aber dringend, Eduard, daß du dich auch fernerhin als bloßen Chorus in der Tragödie betrachtest. Fahre du dreist morgen wieder ab nach deinem Kaffernlande und singe mir da meinetwegen so viele Begleitstrophen und Begleitgegenstrophen zu der Geschichte, wie du willst: ich für mein Teil denke doch nur: Da habe ich dem guten alten Kerl doch noch eine nette Erinnerung an die alte gemütliche Heimat mit aufs Schiff gegeben."

Ich konnte nur durch eine matte Handbewegung antworten; Stopfkuchen warf noch einen Blick in die Gasse und einen hinter den Schenktisch und sagte: „Von allen Menschen, so auf Erden um diese grausame und erschreckliche Historie herumwandelten, schnüffelten und sich die Köpfe zerbrachen, hätte von Rechts wegen ich der letzte sein sollen, dem das Vergnügen, sie vor einer gemalten Leinwand und zu einer Drehorgel kundzumachen, aufgehalst werden durfte. Meinst du nicht, Eduard?"

„Aber nein – nein! Du, der Mann und Eroberer der roten Schanze! der Schützer und Trostbringer der armen Valentine, der – Rechtsnachfolger, ja der Rechtsnachfolger des Bauern Quakatz!"

„Ach was! ich meine natürlich dem Charakter und der körperlichen Veranlagung nach, Menschenskind! Ich hatte doch sowohl dem einen wie der anderen nach gar nichts damit zu tun. Was hatte der dicke Schaumann vor und von der roten Schanze mit Kienbaums Morde und Kienbaums Mörder zu schaffen, soweit es auf die juristische Lösung der Frage ankam? Nichts! Gar nichts! Nun, das Schicksal hat's mir so bestimmt, und ich kann denn weiter nichts dagegen machen, als mir wenigstens die Form vorzubehalten oder auszuwählen. Kommt dieselbe der Weltregierung und allerhöchsten Justiz nicht dramatisch effektvoll genug heraus, so ist das nicht meine Schuld. Na, wenn mich Meta da hinter der Anrichte noch nicht ganz versteht, so würde mich ein gewisser Stratforder Poet gewiß schon verstehen und sich auf der Stelle vornehmen, auch aus mir mal was Dramatisches zu machen."

„Riefen Sie, Herr Schaumann?" fragte es über die Anrichte und um den Gläserschrank herum. „Wünschen Sie etwas?"

„Nein, Herz. Jetzt noch nicht; aber bald. Bleib jedenfalls in der Nähe: wir brauchen dich ganz gewiß noch, und ich kann durchaus nicht ohne dich fertig werden."

„Ich bin immer hier und höre mit beiden Ohren."

„Schön. Bist ein gutes Mädchen. Also, lieber Eduard, wir, meine Frau und ich, haben dir vorhin den Tag über unter unsern Bäumen und hinterm Wall des Prinzen Xaver einiges über die letzten Jahre unseres alten Herrn, unseres Vaters Andres, mitgeteilt, und du wirst daraus entnommen haben, daß es unser Bestreben gewesen sein mußte, sie ihm so behaglich wie möglich zu machen. Das ist uns gottlob, soweit es eben möglich war, gelungen. Zu dieser Aufgabe konnte mich die ewige Gerechtigkeit schon eher, sowohl meiner Körper- wie Geisteskonstitution nach, auch mehr nach meinem Geschmack nützlich verwerten. Dagegen hatte ich gar nichts einzuwenden. So gut wie mir selber konnte ich auch einem andern und noch dazu dem Vater meiner Frau, vulgo

Schwiegervater, ein Kopfkissen unter den Kopf legen. Das ländliche Geschäft hob ich uns natürlich bald soviel wie möglich vom Nacken. Der Herrgott hatte es wohlwollend so eingerichtet, daß die besten Zuckerrüben der ganzen Gegend auf unserm Grund und Boden wuchsen. So verpachtete ich den größten Teil der Äcker vortrefflich an die nächste Zuckerfabrik und führte auf dem Reste von Tinchens Erbgute persönlich den Pflug nur so weit zu Felde, als das eben zu dem gewohnten Behagen meines Bauernmädchens gehörte. Dein afrikanisches Kolonistenauge wird es dir gezeigt haben, lieber Eduard, daß es heute gar so übel nicht aussieht, sowohl auf der roten Schanze wie um sie her. Ich mache übrigens gar kein Hehl daraus, daß der Schwiegervater, der Bauer Andreas Quakatz, auch abgesehen von seinem Grundbesitz, ein vermöglicher Mann war; daß er Geld hatte, einerlei woher das stammte, ob von Kienbaums Morde oder nicht."

Es fuhr hastig ein Weiberkopf aus dem Winkel vor.

„Ja, es ist recht, Schatz! komm her und fülle ein. Dem Herrn da auch noch einen Schoppen", sagte Stopfkuchen. „Er, Eduard, ich meine der alte Andres, wußte nur nichts mit dem Mammon anzufangen, als ihn höchstens den Advokaten in seiner Sache in die Taschen zu stecken. Dabei steckte ich einen Pfahl mit einem Strohwisch und der Inschrift: „Lasset die Toten ihre Toten begraben. In andern Geschäftsangelegenheiten wende man sich an Heinrich Schaumann, Rentner. Sprechstunden nach Verabredung." Einen Hinweis auf euern Scherznamen „Stopfkuchen" ließ ich aus, denn der verstand sich ja bei jedermann auf Meilen Weges in der Runde von selber, wo es sich um mich und gar noch in meiner jetzigen Verbindung mit der roten Schanze handelte. Bleiben wir bei dem richtigen Herrn derselben. Sie hatten ihm Knochen genug in den Weg geworfen: ich gewann ihn für die Paläontologie. Ich nahm ihn mit auf mein Feld hinaus. Am Stock, auf Krücken, im Rollstuhl nahm ich ihn mit an meine Steinbrüche, Kies- und Mergelgruben und überzeugte sein armes, konfuses Gehirn vollständig, daß diese Knochensuche sehr genau mit der Zuckerraffinerie und also auch mit dem Steigen und Fallen unserer Fabrikaktien zusammenhänge. Hatte ich ihm als dummer Junge durch mein Latein imponiert, so imponierte ich ihm jetzt durch Paläozoologie und Paläophytologie. Tinchen, der ich von Frauenrechts wegen mit meiner Liebhaberei lächerlich vorkommen mußte, wußte sie in dieser Hinsicht aber doch zu schätzen, ja weinte Tränen der Rührung, der dankbarsten Rührung über sie. Als wir unser Olimsfaultier gefunden hatten und ihr Papa kindisch-kichernd und behaglich grunzend sich die Hände in seinem Lehnstuhl rieb, nannte auch sie es ein herziges Geschöpf und großartig und räumte ihre beste Wäschekammer aus, um einen würdigen Aufbewahrungsplatz für das Scheusal zu schaffen. – Was soll ich dir noch viel davon reden, Eduard? Wir halfen unserm Vater so gut als möglich über seine letzten Lebensjahre weg und ließen, nach Verordnung des Arztes, Kienbaum so wenig als möglich an ihn heran. Wenn ich mich bescheiden mal rühmen will, so sage ich: Ja, es ist mein Stolz und darf mein Stolz sein, daß ich diesem langweiligen Spuk ein Ende gemacht habe, daß ich diesem Gespenst die dürre Lemurengurgel zudrücken und ihm mit den Knien den modrigen Brustkasten einstoßen durfte, daß der dicke Schaumann es war, der das Gerippe zu Staub verrieb. Das andere Gerippe, unsern allgemeinen Freund Hein, hielt ich freilich nicht dadurch von der roten Schanze ab. Das fraß den Bauer Quakatz, wie es den Prinzen Xaver von Sachsen gefressen hatte, von Kienbaum gar nicht mehr zu reden. Und wenn ich meinerseits zuletzt doch noch einmal einen Wall hätte gegen es aufwerfen können: wer weiß, ob ich es getan hätte? Es war doch eine Erlösung, als wir dem alten Herrn das letzte, schwere Deckbett aus guter Dammerde auflegten. Er selber hat sich wohl in seinem Leben kein leichteres über den Kopf gezogen, und er tut jedenfalls heute noch einen guten Schlaf darunter nach den ungemütlichen Träumen, die ihm der sogenannte helle lichte Tag seines Vorhandenseins in der Präsenz- und Steuerliste des Menschentums beschert hatte. Wir begruben ihn in Maiholzen an einem wunderschönen Sommermorgen, ganz in der Frühe. Das Dorf war natürlich vollständig an der Versenkung versammelt; aber wir hatten auch Herrschaften aus der Stadt dabei. Da war zum Beispiel der Exekutor Kahlert, der in der heiligen Frühe in Amtsgeschäften bei uns draußen sich eingefunden hatte, da war Schneidermeister Buschs Junge, der unserm Pastor die neue Hose herausgebracht hatte, in welcher, wie ich dir gleich auseinandersetzen werde, der geistliche Hirte meine Rede hielt. Da war Fräulein Eyweiß, die durch ihre Brunnenkur zu uns hinausgeführt worden war und die ihre Karlsbader Brunnenflasche auf einem der nächsten Grabsteine abgestellt hatte, um sich freier ihrer angenehm-gerührten Teilnahme an dem immer interessanten Vorgang überlassen zu können. Auch den Landbriefträger Störzer, der auch in seinem Amte schon draußen war, sah ich in der Versammlung am Grabe. Meta, Sie sind doch noch da? Grausame Schöne, willst du denn wirklich den dicken Schaumann von der roten Schanze verdursten lassen?“

„O Gott, ja, ja! gleich! Oh, wie Sie das alles so erzählen, Herr Schaumann, da muß man ja zuhören!“

„Nicht wahr, Kind? ... Also, Eduard, da auch du noch zuhörst: wenn es einen Menschen in der Welt gibt, außer dir natürlich, mit dem ich mich gut stehe, so ist das mein angepfarrter Seelsorger, der Pastor von Maiholzen. Wir tun uns einander gar nichts; aber wir halten das behagliche Nebeneinanderleben in der gemütlichsten Weise aufrecht. In der letztern Hinsicht tun wir einander sogar alles zu Gefallen, was wir nur können. Er weiß in allen menschlichen Dingen Stopfkuchen zu schätzen und ich ihn. Selbstverständlich war ich am Tage vorher, das heißt vor dem Begräbnis, bei ihm und besprach mit ihm die Sache. Ich traf ihn, oben an seiner Dachrinne hängend. Es hatte einer seiner Bienenstöcke geschwärmt, und der Weisel war auf die Idee gekommen, sich dort festzusetzen. Ich hielt dem zweitdicksten Mann der Gegend die Leiter und korrigierte ihm nachher in der Laube ein wenig in sein Manuskript hinein. Letzteres ist aber nur eine kulturelle Redensart: der Mann spricht aus freier Hand und – gut, wenn er in der Stimmung ist. Und zu der Stimmung des Menschen kann der Nebenmensch ein Erkleckliches beitragen. Ich tat dies, und als wir später an dem warmen Abend mit einem Wetterleuchten am Horizont an seiner Gartenpforte voneinander Abschied nahmen, sagte er: „Seien Sie ganz ruhig, Herr Nachbar; ich bin vollständig Ihrer Ansicht." Am andern Morgen redete er denn auch möglichst annähernd das, was ich zu sagen hatte. Ich räusperte mich – nein, er räusperte sich und sprach: „Nun sieh mal, christliche Gemeinde, da liegt er – mausetot!"

„O Gott, Herr Schaumann, das kann der Herr Pastor doch nicht gesagt haben!" klang es hinter dem Schenktische hervor.

„Ich bin dabei gewesen, Kind. – Tot ist er und ihr lebt. Er ist so tot wie Kienbaum, den er, nach der Meinung der Mehrzahl von uns, totgeschlagen haben soll. Er steht nun vor dem Richter, der das letzte Wort in dieser dunklen Sache sprechen wird: sollten wir jetzt wenigstens nicht doch ein wenig mehr, hier am Ort, in uns gehen und uns fragen: haben wir dem stillen Mann hier vor uns nicht doch vielleicht zu viele Steine des Ärgernisses in den Weg geworfen? Christliche Gemeinde, meine lieben Brüder und Schwestern, haben wir nicht doch vielleicht etwas zu lauthalsig Rache über ihn geschrien? Wenn er nun da an den schwarzen Deckel pochte und noch einmal wenigstens für einen Augenblick herausverlangte, um sein Verdikt von da oben her schriftlich uns zuzureichen, was würden wir da tun? wer würde die Hand ohne Bangnis nach dem Blatt ausstrecken? Oh, liebe Brüder und Schwestern, beim Hochzeitsmahl der beiden verehrten Hauptleidtragenden sind wir wohl so ziemlich alle hier im

Kreise anwesend gewesen; aber ich wünschte auch, es wären wenigstens einige von euch vorgestern abend mit mir nach der roten Schanze gegangen, daß sie sich das friedliche Gesicht des eben Entschlafenen hätten ansehen können. Da hätten wohl einige, die schon in solche Gesichter haben sehen müssen, sicherlich gesagt: Dieser muß trotz allem eines sanften Todes gestorben sein! –

Christliche Gemeinde, wenn er Kienbaum nun doch nicht totgeschlagen hätte? ... Hätte er da nicht vor dem letzten Richter sein Wort sprechen müssen? Ich glaube, er hat die Erlaubnis erhalten; und wie ich ihn kennengelernt habe (er war kein weicher Mann), hat er geächzt: „Herr, Herr, was ich sonsten gesündigt haben mag, das haben sie da unten mich schon reichlich büßen lassen durch Mißachtung, scheele Blicke, Fingerdeuten, Abrücken im Kruge und Alleinlassen bei jeder Haushaltsnot. Wenn ich nun als ein vergrellter, in seinen Erdengrimm verbissener Mann zu Dir komme, Herr des Himmels und der Erden, so zieh von meiner Strafe im ewigen Leben meine tagtägliche und allnächtliche Büßung da unten in der Sterblichkeit ab, grundgütiger Gott. Und vergib ihnen in Maiholzen und der Umgegend auch, was sie nach unserer armen Menschenweise an mir zuviel getan haben." – Liebe Brüder und Schwestern, wir wissen alle bis zu dieser Stunde noch nicht, wer eigentlich Kienbaum totgeschlagen hat. Der Bauer Andreas Quakatz von der roten Schanze ist tot und hat Rechenschaft über sein Leben abgelegt; aber vielleicht – christliche Gemeinde, ich sage vielleicht! –, vielleicht geht noch ein anderer im Leben umher als ein lebendiges Beispiel davon, was der Mensch aushalten kann mit einer Bluttat auf der Seele und dem täglichen und nächtlichen Bewußtsein, einen andern, einen Unschuldigen dafür aufkommen zu lassen. Wenn dieses der Fall ist – wenn Kienbaums Mörder noch lebt, dann – o dann, christliche Gemeinde, laß uns auch für ihn, ihn – hier, hier an diesem Grabe ein stilles Gebet sprechen, wie für den beruhigten Toten in diesem Sarge vor unsern Füßen! Den beiden Hauptleidtragenden, vor allem der Tochter, sage ich noch: „Der Herr sprach: Weine nicht! und er gab ihn seiner Mutter." Wer aber von uns, geliebte Brüder und Schwestern, noch über das Grab hinaus über den Bauer Andreas Quakatz auf der roten Schanze, seine Nachkommen und sein Erbe mit seinen schlimmen Gedanken anhalten will, der lasse wenigstens seine Hand von dieser Schaufel, auf welche ich jetzo die meinige lege. Dies Grab will dessen Beihilfe zu seiner Ausfüllung nicht. Amen."

„Amen! o Gott, o Gott!" murmelte es hinter dem Schenktisch.

„Es kam nun das zwischen den übrigen liturgischen Formeln nie seine Wirkung verfehlende: „Von Erde bist du genommen; zu Erde sollst du wieder werden", und die Schaufeln gingen von Hand zu Hand mit einer bangen Hast, mit einem Eifer, wie ich noch nicht bei ähnlichen Fällen zu bemerken die Gelegenheit hatte. Sie warfen alle dem übelberüchtigtsten Menschen der Gegend die drei Spaten voll Mutterboden nach. Alle bis auf einen! – Es gab das bekannte dumpfe Gepolter und die dazugehörigen Gefühle: letztere diesmal im verstärkten Maße. Es war, als wünsche jedermann, sich wenigstens zuletzt noch auf diese Weise mit dem Andreas Quakatz im guten abzufinden. Sie wünschten vielleicht doch auch ein wenig, Dorf Maiholzen in der Wertschätzung der roten Schanze zu rehabilitieren. Ich, als der jetzt am nächsten zu dem alten Bollwerk des Prinzen Xaver von Sachsen Stehende, bekam natürlich zuerst vom Totengräber die Schaufel in die Hand und tat die drei Würfe. Und nun weiß ich wirklich nicht, liebster Eduard, wie es kam, daß ich bei dem dritten so für mich hinmurmelte: „Für Kienbaums Mörder." – Schönen guten Abend, Herr Müller!"

Der Gruß galt einem draußen in der Gasse unter dem Fenster Vorbeiwandelnden, und dieser hielt verwundert an: „I, Herr Schaumann, auch mal wieder am alten, guten Ort? Nun, das ist brav. Na, denn halten Sie mir den Platz fest; ich denke, in einem halben Stündchen ist unser Stammtisch wieder so ziemlich vollzählig beieinander."

„Ich reichte den Spaten dem mir jetzt Nächststehenden und sah in ein sehr merkwürdiges Gesicht. Den Spaten hätte ich ebensogut ins Leere reichen können. Er fiel zu Boden und wurde erst von einem Nachdrängenden, dem Ortsvorsteher, aufgegriffen. Der, dem ich die Höflichkeit hatte erweisen wollen, war unter das Volk, das heißt unter die Weiber und Kinder zurückgewichen und hatte sie, meine Höflichkeit meine ich, wahrscheinlich nicht bemerkt. Mich aber durchfuhr es: „Was ist das? was soll das?" und dann: „Bist du verrückt, Stopfkuchen, oder kann dies wirklich etwas zu bedeuten haben?" – Es hatte niemand außer mir, auch meine Frau nicht, im Kreise um das Grab des Bauern von der roten Schanze bemerkt, daß eben etwas Absonderliches geschehen sei, daß einer die drei Schaufeln für den Toten mit dem Zeichen Kains auf der Stirn verweigert habe."

„Herr Schaumann!" klang es hinter dem Schenktische, und ich hörte trotz aller eigenen Erregung das Mädchen die Hände zusammenschlagen.

„Und du, du, Heinrich, was tatest du?"

„Ich? Ich führte fürs erste meine Frau nach Hause. Für diese armen Würmer ist's wirklich nichts, so blind, betäubt, verbiestert durch ihre Tränen in solche

Grube auf den erdkloßüberhäuften Sarg hinunterzugucken und lange dabei stehengelassen zu werden. Ich hatte doch vor allem ihr erst das zu sagen, auf was man einem liebsten Menschen gegenüber unter solchen Umständen an Kirchhofsgemeinplätzen angewiesen ist. Maiholzen half mir übrigens dabei mit bestem Willen. Sie wollten alle auf dem engen Wege zwischen den Gräbern uns die Hand drücken, und einige kamen auch und redeten: „Herr Schaumann, wenn es Ihnen und der Frau recht ist, so lassen wir alles nun vergessen und begraben sein. Es ist ja ganz richtig, wie der Herr Pastor sagte, zu scharf soll keiner mit dem andern ins Gericht gehen, und alles in allem genommen, hatte der Selige doch auch seine guten Seiten, und mancher hätte sich da ein Muster an ihm nehmen können." Darauf antwortete ich denn höflich, und dann überschritten Tinchen und ich, Gott sei Dank, den Graben des Herrn Grafen von der Lausitz und waren also wieder in unserer Schanze, und die Welt lag draußen, und im Hause war es still, und kühl unter den Bäumen. Und die Hunde kamen, und in ihren Augen lag ein gewisser Vorwurf, daß sie nicht mit zum Grabe genommen worden waren – sie. Und Miezchen kam und rieb sich zärtlich an Frau Valentine Schaumann, einer geborenen Quakatz. Und Valentine sank in der dämmerigen Eßstube auf einen Stuhl und schluchzte sich weiter aus. Die halbe Dämmerung und die Kühle mußten aber doch auch ihr wohltun nach dem hellen, heißen Licht auf dem Friedhofe."

„Und du, du – du?"

„Ich? Nun was sollte ich denn anders tun, als sie sich ausweinen lassen und sie dabei von Zeit zu Zeit sanft auf den Rücken klopfen? Als sie dann in die Küche hinausgerufen wurde, stopfte ich mir natürlich eine Pfeife und überlegte."

„Du überlegtest!"

„Was sollte ich denn anders tun? Auf was anderes ist denn ein Mensch angewiesen, den man unter der Hecke hat liegenlassen? Vor allen Dingen ruhig Blut, sagte ich mir! Zeit nehmen, Stopfkuchen! und fünf Sinne zusammen, Dicker! ... Ja, was war das nun? Hast du wirklich da etwas gesehen? Der? ... der? Dieser brave alte Biedermann und Dummkopf? Die Sache ist eigentlich zu dumm, und es wird einem selber immer dummer, je mehr man darüber nachdenkt. Einfältig und gutmütig genug sieht er freilich aus; aber das hindert nicht bei dergleichen. Hm, die Kraniche des Ibykus über dem Maiholzener Dorfkirchhofe? Großartig wäre es, wenn jetzt eine Schaufel Erde weniger in die Grube es dir zuwege gebracht hätte, in die Welt zu schreien: Hier ist er! der ist's!

Fort mit ihm zum Prytanen! – – Hm, hm, aber der? Zu dumm! das reine Friedhofs-Morgensonne-Gespenst! weiter nichts, dicker Schaumann! ... Dann aber wieder: du hast aber doch etwas gesehen, und nicht bloß gesehen, sondern auch gefühlt. Was steckte in der plötzlichen tauben Empfindung im Magen, dem Summen und Glockengeläut in den Ohren und dem scharfen, klaren, geistigen Ruck: Da, da, da! Jetzt, jetzt, jetzt!? ... Sollte sich nicht auch einmal unter deiner Speckhülle etwas melden, was – na, Eduard, der Überlegung war das doch wert: mir ging glücklicherweise die Pfeife dabei aus, und ich hatte sie wieder anzuzünden."

„Du hattest sie wieder anzuzünden."

„Es ist nämlich eine häufige Erfahrung von mir, daß man bei ratlosem Nachdenken, in ausnehmend seelischer Konfusion nichts Besseres tun kann, als die ausgegangene Pfeife von neuem anzustecken. Die Zündhölzer habe ich gewöhnlich zur Hand, aber eine liebe Gewohnheit ist es mir, trotz ihnen in die Küche zu gehen, zu meiner Frau, und mir vom Herde einen brennenden Span zu holen. „Ja, gehen Sie nur zu ihr, Herr", sagte mir die Magd in der Stubentür. „Sie weint doch zu bitter allein in das Feuer!" – Und so ging ich und stellte mich zu dem Tinchen und sagte ihr: „Nun hör auf, Herz!" Sagt sie: „Es ist ja auch nur noch zur Erleichterung, Heinrich; und ich bin ja in Sicherheit und Ruhe hier bei dir auf der roten Schanze; und es ist jetzt ja alles so einerlei, wer Kienbaum totgeschlagen und dem Vater das Leben verbittert hat. Ach, wenn mir doch nur keiner mehr davon spräche!" – Da war denn die Erleuchtung! – Sie hob die Bratpfanne vom prasselnden, knackenden, flackernden Feuer, und ich nickte dem Funkensprühen und den Rauchwolken in den dunklen Rauchfang hinauf nach: Da sie es wieder selber sagt, daß du der rechte Mann für sie gewesen bist, so bleibe das ferner. Verdirb ihr die Sicherheit und Ruhe nicht, laß ihr die guten Tage, und – was das andere anbetrifft: na, so frage den alten Mann selber! Aber, Stopfkuchen, hat es für unsern Herrgott diese langen Jahre Zeit gehabt, so wird's jetzt auf ein paar Tage mehr auch nicht ankommen. Frage bei passender Gelegenheit so ruhig wie möglich den alten Mann selber aus, Stopfkuchen. Mach es fürs erste mal mit ihm alleine ab. Bleib fürs erste mit der Geschichte mal wieder ganz für dich unter der Hecke." –

Die Kellnerin setzte dem feisten Folterknecht ein frisches Glas hin, und zwar mit unsicherer Hand. Aus weitgeöffneten Augen starrte sie ihn an; aber auch sie war nicht mehr fähig, ihm dreinzureden.

„Dein Wohl, Eduard! Einige Tage nach dem Begräbnis gab sich denn auch schon die erste Gelegenheit. Ich bekomme einen Brief und sage: „Na, Störzer, das soll mich doch wundern, was für eine Unruhe Sie da wieder mir ins Haus schleppen. Ist Antwort darauf?“ – Der Alte sieht mich natürlich ob der Dummheit der Frage verwundert an und meint: „Wie kann ich denn das wissen, Herr Schaumann? Das Briefgeheimnis ist uns ja doch garantieret, und ich bin wohl der letzte, der es bricht.“ – „Richtig, alter Freund! Jawohl, mit den Geheimnissen anderer Leute soll man vorsichtig umgehen. Nun, wissen Sie, es ist wieder ein heißer Morgen; lassen Sie sich draußen einen kühlen Trunk geben. Ich möchte wissen, ob ich Ihnen, wenn Sie heute wieder vorbeikommen, eine Antwort auf die Molestierung mit nach der Stadt zu geben habe.“ – „Ich danke Ihnen freundlich für die Erfrischung; aber ich – ich will doch auch ohne sie auf Sie draußen auf der Bank warten. So lange Zeit habe ich hier wohl.“ – „Sind Sie nicht wohl, Störzer? Wo fehlt es denn?“ – „In allen Gliedern; man wird doch eben mit der Zeit auch alt, Herr Schaumann.“ – „Da haben Sie recht, grauer Lebenskamerad. Na, es kommt jeder einmal zur Ruhe, das haben wir ja auch vorigen Mittwoch mal wieder gesehen: auch der Bauer Quakatz, mein Schwiegerpapa, hat das Warten aufgegeben und endgültig das Gesicht nach der Wand gedreht.“ – Der Alte wendet sich, ohne was zu sagen, und geht vors Haus. Ich erbreche im Hausgange den Briefumschlag und kann mich, Gott sei Dank, auch in jetziger Stimmung noch über den Inhalt erbosen. 's ist eine Einladung zum nächsten paläontologischen Kongreß in Berlin und weiter nichts. Unsinn! das möchten sie wohl! Dich da in dem Neste mit deinem Mammut Arm in Arm! Ja schön! Mir das? Lächerlich! Sind denn die Leute so dumm, oder kennt die Welt Stopfkuchen so wenig? Was der aufgegraben hat, das behält er und läßt es sich keinesfalls durch schöne Redensarten und weltlichen Mammon abschwindeln. – Ich gehe also zu meinem Alten hinaus und sage ihm: „Es ist wirklich keine Antwort nötig, Störzer. Um das Briefschreiben sind wir noch einmal glücklich herumgekommen.“ – „Kann mir auch recht sein, Herr Schaumann. Was kommt auch bei dem vielen Geschreibe heraus? Guten Morgen also, Herr Schaumann!“ – „Leben Sie wohl, Störzer, und schonen Sie Ihre alten Beine. Denken Sie wirklich immer noch nicht daran, sich endlich auch mal zur Ruhe zu setzen?“ – Da zuckt der Graukopf die Achseln; aber es zuckt ihm zugleich etwas durch das dumm-gutmütige wetterfeste Gesicht. „Es tut es noch nicht, Herr Schaumann. Man ist das eben so gewohnt geworden, und so hat unsereiner eigentlich seine Ruhe mehr draußen auf der Landstraße, als wenn er so hinterm Ofen oder auf der Altvaterbank vor dem Hause stille sitzen sollte. Ja, wenn man nur des Nachts im Bette seine Ruhe hat, so ist man schon zufrieden." – „Hm, ja – des Nachts im Bette! Ja freilich, das sagte schon der weise Salomo oder Sirach, wenn man da liegen und schlafen soll, so kommen einem die Gedanken, die man des Tages bei Regen und Sonnenschein auf der Landstraße vertreten hat, und leiden es nicht. Wie oft bin ich da zu meinem seligen Schwiegervater hingetreten und habe ihm zugeredet: Na, Vater? so lassen Sie doch die Knie zwischen den Armen weg und legen Sie sich nieder –; es ist alles in Sicherheit und Frieden auf und um die rote Schanze. Ja, Störzer, alter Freund, Sie hätten sich doch einen Trunk von meiner Frau einschenken lassen sollen zur Auffrischung. Was haben Sie denn? Tine Quakatz gibt's gern und ein freundliches Gesicht dazu, vorzüglich so einem langjährigen guten Bekannten wie Sie. Wirklich, Störzer, Sie machen ja wieder ein Gesicht, wie, wie – neulich – dort auf dem Maiholzener Kirchhofe, als ich Ihnen an unseres seligen Vaters Grube den Spaten zureichen wollte. Wissen Sie wohl, lieber Störzer, daß Sie mich eben lebhaft an des Bauern Quakatz Mienen erinnerten, wenn man ihm wieder mal so durch die Blume zu verstehen gegeben hatte, daß doch er – er – Kienbaum totgeschlagen habe? Störzer, Sie sollten doch daran denken, sich endlich zur Ruhe zu setzen! Sie werden doch zu alt und knickebeinig für die Last, die Ihnen das Schicksal als Ihr Teil vom Gewicht der Welt auf den Buckel gelegt hat." – Darauf antwortete, sagte er denn – wenn man es antworten, sagen nennen konnte – ja, ich möge wohl recht haben, er wolle es noch einmal mit seinen Kindern bereden. Und dann ging er – wenn man das gehen nennen konnte, und ich ließ ihn laufen und sah ihm bloß so lange nach vom Wall des Herrn Grafen von der Lausitz, bis er auf dem Wege nach Maiholzen um die Buschecke bog. Ändern ließ sich nun für mich nichts mehr an der Sachlage, so gern ich es gemocht hätte; aber die Beruhigung, endlich mal über etwas ganz im klaren zu sein, bedeutet oder bringt nicht immer dem Menschen das, was er, erleichtert aufatmend, eine Beruhigung nennt. Was nun? ist gewöhnlich für besagten armen Teufel und geplagten Erdentropf an seine genauere Kenntnisnahme im gegebenen Fall geknüpft, und so auch bei mir. Was würdest du in meiner Stelle auf die Frage in diesem Falle getan haben, Eduard?"

Es kommt wirklich nicht darauf an, was ich damals geantwortet habe oder antworten konnte. Es genügt, daß er, wahrscheinlich ohne meine Antwort abzuwarten, fortfuhr: „Was mich anbetrifft, so glaubst du sicherlich, daß ich wieder zuerst zu meiner Frau ging, irrst dich jedoch. Diesmal ging ich zuerst hinten in die Kammer zu meinem Riesenfaultier, besah mir dessen saubere Reste noch einmal und sagte: „Alter Gesell, was hätte es denn dir ausgemacht, wenn Stopfkuchen ein paar Wochen oder ein paar Jahre dich später aufgedeckt hätte?" Und nachdem das gute Tier mir die genügende Antwort gegeben hatte, ging ich wieder zum Tinchen und besah auch das mir wieder einmal genau, von der Frisur bis zu den Schuhspitzen; und dabei dachte ich denn ausnahmsweise auch mal ein bißchen an mich. Ich streichelte dem Herzen die Backen; so unsägliche Mühe hatte es mich gekostet, dies behagliche, reinliche, zierliche Rom aufzuerbauen – und nun sollte das alles umsonst sein? Und warum? wegen wessen? wofür und wozu? Kienbaums wegen? Der ewigen und der menschlichen Gerechtigkeit wegen? Ich sah mir mein Weib an, sah mir die Zeitgenossenschaft an und nahm jeden aus der letztern, soweit sie um die rote Schanze herum wohnte, vor. Um nachher von der Gesamtheit keinen Vorwurf zu verdienen, nahm ich es mit jedem einzelnen ernst; und – ich fand nicht einen drunter, dem ich persönlich verpflichtet gewesen wäre, ihm sofort bekanntzumachen, wer in der Tat Kienbaum totgeschlagen hatte. „Aber die ewige Gerechtigkeit?" wirst du fragen, Eduard. Ja, sieh mal, lieber Freund, in deren Belieben hatte es, meiner Meinung nach, denn doch lange genug gelegen, das ihrige zur Sache zu tun. Da sie es nicht getan hatte und den Vater Quakatz allein hatte suchen lassen, so hatte sie von seinem Schwiegersohn gar nichts zu verlangen: ich aber durfte sie dreist ersuchen, jetzt meine Frau mit den widerwärtigen Geschichten wenigstens so lange, als es gar nicht anders ging, in Ruhe und Frieden zu lassen. Blieb also nur die Frage: Aber du? Nämlich ich, lieber Eduard – Heinrich Schaumann, genannt Stopfkuchen. – Dir sitzt doch nun mal der Floh im Ohr, Heinrich! willst und kannst du ihn wirklich ruhig sitzenlassen, ohne den Kitzel wenigstens wegzujucken? Ein Gott hätte man sein müssen, um das zu können, und, wie ich mich auch schätzte, auf diesen hohen Standpunkt oder bis zu dieser, wenn du lieber willst, Dickfelligkeit hatte ich mich noch nicht erhoben, und da sagte ich mir denn: Na, so kratze dich, da es juckt und wo es juckt! sitze erst mal selber zu Gerichte über den verjährten Sünder: nimm ihn mal unterwegs vor, aber allein! Ist dir in der Sache schon einmal allein der Präsentierteller unter die Nase gehalten worden, so macht sich das sicherlich auch zum anderen Male. Laß sie dich nicht umsonst Stopfkuchen genannt haben. Friß auch dieses für dich allein herunter. Und am liebsten auch wieder unter der Hecke, so unterm Brombeerbusch, bei ruhigem blauem Himmel und heller Sonne, mit den Feldgrillen als Beisitzern und dem Angeklagten, dem Landbriefträger Friedrich Störzer auf dem Chausseegrabenrand dir gegenüber ... Aber Kind, Meta, so laß dich doch endlich mal wieder sehen! Heraus da aus dem dunkeln Winkel und hier an den Tisch, Mädchen!“

Der Folterer klopfte mit dem Hammer an die Daumschrauben – nein, er klappte mit dem Deckel seines Kruges, und Meta, bleich, aufgeregt, mit fliegendem Atem wankte hinter ihrem Schenktische hervor.

„O Gott, Gott, Herr Stopf- Herr Schaumann, lieber Herr Schaumann, ich kann ja nichts dafür, aber –“

„Gehorcht hast du. Nun, weißt du, dann mach es dir bequemer, setz dich her und höre weiter. Aber erst noch einen Schoppen und dem Herrn da – nein, der scheint nicht mehr zu wollen; aber er hat auch nur zugehört und seinen genauesten Freund reden lassen. So! jetzt rücke her, Herz, und laß dir erzählen. Deine Abend-Stammgäste kommen ja wohl bald? Ich höre die Schritte der großen Bruderschaft der Erde nahen; und siehst du, Eduard, besser konnte sich die Sache gar nicht für mich machen: der alte Störzer ist tot, hat seinen fünfmaligen Marsch um die Erde vollendet, und zu dem Tinchen kommt morgen Frau Fama auf ein halbes Stündchen zum Besuch und setzt sich zu der Erbtochter der roten Schanze eine Weile auf den Grabenrand des Prinzen Xaver von Sachsen; und ich habe es nachher wirklich behaglicher mit meinen dazugehörigen Kommentaren. Das Glas ist aber schlecht eingeschenkt, Jungfer!“

„O Gott, darauf achten Sie noch? Darauf können Sie jetzt achten, Herr Schaumann?“ schluchzte das entsetzte, zitternde junge Ding.

„Da, setz dich her, Krabbe, und sperr jetzt weiter die Ohren auf und nachher den Schnabel, meinetwegen, so weit du willst: des Menschen Maul tut heute in dieser Angelegenheit keinen Schaden mehr. Wenn das Schicksal will, daß Leute zusammenkommen, weiß es das schon einzurichten. Ich tat in diesem Falle gar nichts dazu: ich ging meine Wege und ließ Störzer die seinigen gehen: ihm irgendwo hinter einem Busch einer meiner Hecken aufzupassen und ihn beim Kragen zu nehmen, lag nicht in meiner Natur. Meine Wege? Sie führten mich nimmer weit über meinen Grenzwall hinaus; aber doch von Zeit zu Zeit wenigstens ein wenig hinein in die Feldmark. Bist du Mitgründer und Aktieninhaber einer Zuckerfabrik, so siehst du auch in Afrika dann und wann nach deinen und der andern Rüben, so faul du auch sonst auf deiner Löwenhaut liegen und Gier-Maulaffen feilhalten magst. Auf einem dieser beschwerlichen Gänge kam es denn zu der Auseinandersetzung. Du weißt, wo die kaiserliche Poststraße von der Stadt her nach Gleimekendorf durch das Bauerngehölz, den

Papenbusch, führt. Die Schlupfpfade unserer Jungenszeit laufen heute noch dort kreuz und quer, aber teilweise immer auch noch auf die Landstraße zu. Der Busch ist ein wenig höher geworden; aber der Graben, der ihn auf beiden Seiten der Landstraße von derselben scheidet, ist ganz derselbe geblieben. Man muß ihn überspringen oder hindurchsteigen, wenn man auf den Heerweg will. Und letzteres war meine Absicht. Ja, ja, nur nicht zappeln, Mariechen oder Metachen! Ich bin ein wenig breit – auch in meiner Schöne-Geschichten-Erzählungsweise. Aber dafür sind andere Leute desto kürzer, und so gleicht auch das sich im großen und ganzen immer wieder aus. Ob die Zweige auf dem lieben Waldpfade um mich her sehr rauschten und raschelten, als ich fürderschiebend sie auseinanderbog, weiß ich nicht. Jedenfalls wurde der Mann, der da mit dem Rücken gegen den Busch auf dem Grabenrande saß, durch mein und der Erinnyen Näherkommen nicht sofort aus seiner Beschaulichkeit aufgestört. Ausnahmsweise kamen die letztern auch mal wieder als Eumeniden. Meinetwegen! wenn sich Zürnen und Wohlwollen im gegebenen Falle vereinigen ließen, war das mir wahrhaftig recht! – „Guten Tag, Alter! Hier ist's ja wohl gewesen?“ und er gab den Gruß nicht zurück, und die Frage beantwortete er dadurch, daß er herum- und emporfuhr und seinen Wanderstab mit so verzerrtem Gesicht und mit solch einem festen Griffe faßte, daß ich unwillkürlich auch den meinigen erhob und rief: „Sind Sie verrückt, Störzer? Soll etwa jetzt hier am Ort der gute Freund Schaumann dran? Na, ich meine, wir lassen es bei dem einen bewenden, und die Welt hat auch wohl genug gehabt an – Kienbaum!“ Darauf begab sich etwas, was ich mir so nicht voraus hingemalt hatte. Daß das arme Menschenkind seinen Knüttel fallen ließ und den dicken Stopfkuchen für den Jüngstengerichtsboten in Person nahm und abwehrend beide zitternde alte Arme ihm entgegenstreckte, das war in der Ordnung; aber von Überfluß war's, daß es sich selbst fallen ließ und mit einem: „Herr! Herr! o Jesus, Sie wieder?“ die Böschung hinabrutschte, sich in seinen Chausseegraben legte, und zwar aufs Gesicht – beide Hände drunter, vor den Augen, wie ein Kind, mit racheanlockend-hochgehobenem Hinterteil. Da hatte ich die Bescherung! Ich bin fest überzeugt, wenn ich je in meinem Dasein ein Nußknackergesicht gemacht habe, so ist's damals gewesen. Was blieb mir nun anderes übrig, als ebenfalls in den Graben hinunterzuächzen und den armen Schächer an der Schulter zu rütteln und ihm zuzureden: „So beruhigen Sie sich doch nur, Störzer! Es ist ja die ganzen langen Jahre für Sie recht gut gegangen; also richten Sie sich wenigstens auch jetzt noch mal auf und zeigen Sie noch einmal Ihr Gesicht. Ich gebe Ihnen mein heiliges Wort darauf, Alter, daß ich mit Ihnen ganz verständig und ruhig über die Sache reden werde." Ja, rede einmal einer zu einem von euch, lieber Eduard, in einem solchen Falle mit Ruhe vernünftig! Es dauerte eine geraume Weile, ehe auch diesem betrübten Sünder das bekannte Zucken über die Schulterblätter lief und er noch durch andere Zeichen und auch Laute bewies, daß er verstehe, was der gute Bruder im Erdendurcheinander auf ihn hineinspreche. Nachher haben wir denn freilich eine ziemlich inhaltvolle Vertrauensstunde, auf dem Grabenrande beieinander sitzend, miteinander zugebracht. Es würde gewiß ein zu starkes Stück gewesen sein, wenn der alte Bursche mit seinem beneidenswertest dicksten Fell der ganzen Gegend auch jetzt noch nichts von seinem Geheimnisse durch die Poren hätte durchsickern lassen wollen. Meinst du nicht auch, lieber Eduard?"

Ich meinte gar nichts mehr. Ich hörte den jetzigen Mann von der roten Schanze, den Erbnehmer des Mordbauern Quakatz so sprechen im Goldenen Arm und saß zu gleicher Zeit auch am Grabenrand im Papenbusch mit meinem Freund Friedrich Störzer und hörte den reden von Afrika und wie schön es da sein müsse und wie angenehm es sich von den Abenteuern und der Friedfertigkeit dorten lesen lasse in dem wunderschönen Buche von Herrn Levalljang.

Stopfkuchen legte die Hand auf den Deckel seines Kruges.

„Jetzt noch nicht, liebes Kind. Nachher vielleicht noch einen letzten mit dem fremden Herrn hier zum guten Beschluß. Ja, ja, ja, ja, Eduard, was liegt doch alles zwischen des Lebens Anfang und Ende? Und wie klar und nett legt sich so alles auseinander und nebeneinander, wenn man mal dazukommt, es sich zu überlegen, wie die Sachen denn eigentlich möglich gewesen sind. Von dir, den dein Freund Störzer mit seinem Monsieur Le Vaillant nach dem Kaffernlande beförderte, rede ich nicht; von Störzer selber und dem Bauern Quakatz und seinem Tinchen und so ein bißchen beizu von mir ist die Rede. Und da sagte Störzer denn jetzt zu mir: „Ja, ich bin's gewesen, und ich habe es die ganzen langen Jahre getragen, daß ich es gewesen bin, und daß sie nach mir vergeblich gesucht haben." – „Hm, und weiter haben Sie sich nichts dabei gedacht, als ob man Sie wohl finden werde, Störzer?" – „O du meine Güte!" – „An meinen armen Schwiegervater haben Sie zum Exempel nicht gedacht?" – „O Gotte doch ja, Herre! aber nur so recht eigentlich nicht, liebster Herre! Es hat mir zwar wohl recht leid getan, wie er so um nichts und wieder nichts hat verkümmern müssen in seiner unverdienten Verlassenheit; aber ändern habe ich ja doch nichts dran können! Und er war dabei ja auch immer ein wohlhabender Mensche und hatte sein reichliches Auskommen und hat auch zurückgelegt. Das war doch ein Trost, und sie konnten ihm ja auch niemals viel anhaben von Gerichts wegen! Aber denken Sie nur ja nicht, daß es mir nicht immer ein Angehen gewesen ist, der roten Schanze von Amts wegen nahe zu kommen. Und wenn es möglich war, schickte ich auch immer einen andern mit den Briefschaften und der Zeitung hinein. Oh, Herr Schaumann, Herr Schaumann, von Amts wegen mußte ich ja auch tagtäglich, tagtäglich, tagtäglich da vorbei, wo – wo ich die Tat begangen habe. Von dem Elend half mir auch keiner; grade wie ich dem Andres auf der roten Schanze nicht von seinem Verdruß meinetwegen helfen konnte!" – „Nicht helfen konnte, Störzer?" – „Nein, Herr! leider nicht! denn es war gegen die Natur. Ach Barmherziger, wenn ich es nur ausdrücken könnte, wie ganz und gar es gegen meine Natur war!" – „Eine saubere Natur, Störzer!" – „Wie oft, Herr, habe ich dasselbe mir gesagt, hier, wo wir sitzen, auf den Knien, wenn ich den Busch und die Straße für mich allein hatte!" – „Hier?" – „Ja, hier im Papenbusch auf der Stelle, wo ich's ihm heimgezahlt habe, was er von Kindsbeinen an an mir gesündigt hatte. Wenn es über das rechte Maß dabei gegangen ist, so habe ich vor dem barmherzigen Gott die langen, langen Jahre schwer an der Verschuldigung und der Bangnis getragen. Es hat mir zu gar keinem Troste verholfen, was Kienbaum für ein Mensch und im besonderen gegen mich gewesen ist. Ich habe es aber auch ja erst am andern Tage vernommen, was meine Tat gewesen ist! Hätte ich ihn hier vor mir liegen sehen, hätte der Bauer von der roten Schanze, der Herr Schwiegervater, wohl nicht meine Schuld auf sich zu nehmen brauchen: da hätten sie mich ganz gewiß bei der Leiche gefunden und mich gleich mit sich nehmen können vor den Richter. Die eine Nacht zwischen dem einen Abend und dem einen Morgen hat es gemacht, daß mich mein Gewissen doch verhältnismäßig in Ruhe gelassen hat, daß aber dafür mir und dem Herrn Papa die schwere, schwere Lebenslast aufgelegt worden ist." – „Hm, hm, Störzer, es läßt sich hören, was Sie da sagen; aber ein etwas zu gemütliches und jedenfalls sehr bequemes Gewissen ist's doch, was Sie in Ihrer Brust tragen. Ihre Posttasche da könnte ungefähr dieselben Gefühle wie Sie für den Inhalt der Briefschaften in ihr hegen." – „Ich verstehe nicht recht, was Sie meinen, Herr Schaumann, und wie es in so schrecklichen Sachen mit anderen ist, weiß ich auch nicht; aber eines weiß ich, daß es ja nun heraus ist und durch Ihre gütige Vermittlung die Menschheit sich ja nun wird beruhigen können. Und was den lieben Herrgott angeht, ach Gott, so muß ich mich in bitterer Reue damit vertrösten, daß er Kienbaum gekannt hat und mich in meinen jungen Jahren auch gekannt hat und besser als ein anderer Bescheid weiß, wie es gekommen ist." – „Jawohl, aber besser Bescheid möchte doch auch ich jetzt darum wissen." – „Was Sie nachher mit mir machen wollen, das liegt ja nun ganz bei Ihnen. Um mich selbst ist es mir nicht mehr – Kinder und Kindeskinder müssen aber zusehen, wie sie sich mit dem Geruch, den der alte Großvater ihnen hinterläßt, abfinden. So ein oder zwei Jahre fehlen wohl noch an der Verjährung. Ich dachte, ich brächte es noch bis dahin! aber das ist nun eben wieder mal ganz anders gekommen. Also, wenn auch nur des Herrn Schwiegervaters wegen, tun Sie, was Sie müssen, Herr Schaumann, und für recht halten!" – „Darüber später. Erzählen Sie jetzt, wie die Sache war und sich zugetragen hat." – „Ach, das ist es ja grade, daß da gar nicht viel zu erzählen ist, so schlimm es auch ausgegangen ist. Es ist nicht einmal über ein Mädchen oder über Geld und Geldeswert, wie es sonst zwischen anderen zugeht, zwischen uns beiden hergekommen. Es hat sich nur bloß gemacht durch den bösen Feind, wie es sich hat machen sollen. Wir sind nämlich in einem Alter, Kienbaum und ich, und haben in zwei Wiegen gelegen, die sozusagen Wand an Wand standen, und sind miteinander aufgewachsen und haben einer den andern ganz genau kennenlernen können. Es war nicht viel an ihm, Herr Schaumann, und es ist mir diese lieben langen Jahre durch manchmal wenigstens ein kleiner Trost gewesen, wenn ich dieses Wort über ihn auch aus anderer Munde habe vernehmen dürfen." – „Ein sauberer Trost, unglückseliges Menschenkind!" – „Jawohl, unglückseliges Menschenkind! da haben Sie recht; aber dafür und dessenungeachtet und grade darum hat man wohl das Recht, jede Tröstung auf dem schweren Wege mitzunehmen. Herr, Herr, wie hat mir der meine Wege schwer gemacht von Kindsbeinen an, von Schulwegen an bis auf diese königliche Landstraße hier! Er ist es gewesen, der mir von der Schulbank an von allen Menschen am meisten den Unterschied zwischen Armut und Wohlstand und zwischen einer langsamen Besinnlichkeit und einem hellen Kopf mit Bosheit und großem Maul zu erkennen gegeben hat. Herr, Herr, sein Blut klebt an mir, und ich will es heute noch durch meines gerne abwaschen, wenn das so wie jetzt so von selber sich macht, ohne mein Zutun: aber Herr, Herr, er – Kienbaum muß auch für das Seinige aufkommen, was er mir an Angst vor ihm und Zorn und Wut und Verdruß gegen ihn von Kindsbeinen an fast tagtäglich aufgelegt hat. Denn der liebe Herrgott hatte ihn ja auch in seinem Beruf nachher auf die Chaussee gesetzt als reichen Viehhändler. Herr, wenn da an jeder Ecke ein früherer alter Raubritter auf mich und meine Briefschaften gelauert hätte, hätte es nicht schlimmer sein können, als sich ewig sagen zu müssen: „Gleich kommt wieder Kienbaum angefahren und bietet dir die Tageszeit auf seine Weise." Herr

Schaumann, Sie sind hier als ein guter, stiller Mensch bekannt, und ein stiller Mensche bin auch ich mein Lebtage gewesen und für mich hingegangen, und habe alles gehen lassen und auch ihm jahrelang seine Briefe in Gleimekendorf ins Haus getragen und mir von Amts wegen seinen Gift- und Hohnspott gefallen lassen, bis mir in der Schreckensstunde hier, hier im Papenbusch sein und mein Schicksal, und des Herrn Schwiegervaters kummervolles Schicksal auch, auf den Hals gefallen ist. Herr, Herr, und so wahr ich lebe, nur durch mein halbes Zutun und ganz durch den schrecklichen Zufall! Daß es nur ein Zufall gewesen, ist das weiß der höchste Richter und hat mich auch wohl nur dessentwegen doch in ein verhältnismäßig ruhiges hohes Alter kommen lassen; und das ist denn so mein zweiter Lebenstrost gewesen bei Gewittersturm und Hagel, Schnee und Hitze auf der Chaussee, tagein, tagaus mit sich selber allein und seinen Gedanken. Ja, Herr Schaumann, jeder macht sich dies auf seine Weise zurecht. Nicht wahr, Sie machen es sich auch eben auf Ihre Weise zurecht, was nun Ihre Pflicht gegen mich und Ihre liebe Frau und den alten Quakatz und Kienbaum ist?" – „Ich wollte freilich, Ihr lieber Herrgott hätte einen andern damit betraut, Störzer!" – „Oh, lassen Sie sich das nicht anfechten: ich bin bereit, da es jetzt so mit der Offenbarung gekommen ist. Heute – morgen – übermorgen! Und es soll mir kein irdischer Gerichtsherr beim Verhör eine Lüge nachsagen. Darauf lege ich Ihnen schon jetzt einen heiligen Eid ab." – Stopfkuchen mit Storzhammel im Beichtstuhl als Beichtvater und -kind, mein guter Eduard! – „Was soll man machen", seufzt das letztere, das Beichtkind, „wenn man eigentlich ohne jegliche Wehr und Waffe gegen jeglichen Schlingel von Jugend auf geboren ist? O Gott, Gott, Gott, es ist ja gewißlich ein Mord gewesen, den ich an Kienbaum begangen habe; aber es gehört eben alles dazu, im kleinen und allerkleinsten wie im groben und allergröbsten, was mir der Mann als Junge und junger Mensch und Mannsmensch angetan hat. Und mir hat Kienbaum so ziemlich alles angetan, was kein Junge vom andern erträgt! Wenn seine Püffe und Knüffe beim alten Kantor Fuhrhans mir an der Haut haftengeblieben wären, so wäre heute kein weißer Christenflecken mehr an mir, sondern alles blau, grün und gelb. Und wenn die Wuttränen, die ich hinter ihm drein verschluckt habe, jetzt ausbrächen, so gäb's drei Eimer voll! Ich habe Ihnen wohl vorhin gesagt, es sei über kein Mädchen hergekommen, aber dabei ist doch eines gewesen. Nämlich beim Militär. Als wir zwei beim Militär auch vom Herrgott wie aneinandergenagelt waren. Ich wollte nichts von ihr, aber ich habe sie ihm, mit seinem Kind bei sich, aus dem Wasser geholt, in der ganzen Garnitur Numero zwei, und es wäre besser gewesen, ich hätte sie drin gelassen, die zwei armen

Geschöpfe. Um die Alimente hat er sich nachher weggeschworen, und so ist das Kind unter der Hecke verkommen und sie im Zuchthause. Aber davon will ich gar nichts sagen; denn im Grunde ging das mich doch eigentlich weiter nichts an als im allgemeinen menschlichen Gefühl. Aber sein Wohlstand! ... Ich habe auch vorhin bemerkt, daß es nicht um Geld und Geldeswert zwischen uns zum Schlimmsten gekommen ist, und das verhält sich auch so. Ich war ihm nichts schuldig und er mir nichts. Doch daß ihn sein Geschäft und Reichtum auf die Landstraße führen mußte, das war das Böse. Daß der Viehhandel das Richtige für ihn war, wenn auch nicht immer für seine Käufer und Verkäufer, das ist sicher; aber weshalb konnte ihn der liebe Gott denn nicht auf eine andere Weise zu seinem Besitz kommen lassen und mußte mich mit ihm immer tagtäglich, tagtäglich, tagtäglich mit seinem Hohn und Spott und Stolz zusammenbringen? Er hatte den Hof in Gleimekendorf gekauft, mitten in meinem Amtsberufsbezirk, und so mußte er an mir vorbei, aufgepustet zu Pferde oder zu Wagen – an mir zu Fuße. Unsere jungen Herren auf der Post haben es sich schon lange vorgenommen, sich es mal auszurechnen, wie oft ich jetzt zu Fuße um die Welt gelaufen bin. Damals mochte ich nach meiner Berechnung wohl einmal drum herum gewesen sein, aber es genügte, wenn mir tagtäglich so ein Halunke begegnen mußte, der von seinem Wagen, wenn er Sie von hinten treffen kann, Ihnen auch mit der Peitsche einen Schnipser gibt und im Davonjagen Sie hohnneckt: „Bäh, bäh, Storzhammel! lauf dich zum Teckel, bring mir die Lujedors und hol dir deinen Briefgroschen; Kienbaum ist mein Name!“ Herr Schaumann, damit geht es denn bis einmal zum Überfließen. Und zum Überfließen ist es gekommen; und wenn es nicht so eine schauderhafte Tat wäre, wäre gar nichts Besonderes dran. O du lieber, barmherziger Himmel, wovon hängt es doch ab, daß der Mensch seine ruhigen Lebensstunden und Nächte und sein reines Gewissen behält oder sie sich oder einem andern wie Ihrem Herrn Schwiegervater, Herr Schaumann, für sein ganzes Dasein verderben muß? Grad so ein schöner Abend wie heute war's. Bloß ein bißchen gewitterschwüler als wie heute. Und ich hatte einen sauern Tag gehabt – die Tasche voll und dazu ein halb Dutzend Geldbriefe, was mir immer das Beschwerlichste gewesen ist, von wegen der Verantwortlichkeit und genauer Eintragung und nachheriger Abrechnung im Büro. Ich fühle es durch alle Knochen, wie ich von Kräften bin, und schleiche her und komme hierher in den Papenbusch, als die Dämmerung sich eben ins Gehölz genistet hat. „Der ewige Jude bist du doch nicht, Störzer“, sage ich mir. „Fünf Minuten wird's ja mal Zeit haben“, und da faßt mich der Teufel, oder der liebe Herrgott will's, und ich setze mich die fünf Minuten hier auf den Grabenrand: o hätte mir doch der Himmel lieber fünf Minuten vorher einen durchgehenden vierspännigen Heuwagen über den Leib gehen lassen! Und: „jetzt fehlte dir bloß noch Kienbaum bei deinem jetzigen Kaputtsein", muß ich auch noch sagen. Und in dem nämlichen Augenblick muß ich auch noch aufhorchen; denn dort um die Ecke her kommt Räderwerk, und ich höre schon von weitem, wie einer auf seine Gäule haut und schreit: „Verfluchte Karnaljen!" Da fährt's mir giftig durch: „Na, da haben wir das Vergnügen schon!" und ich wußte, daß mir heute wieder mal gar nichts von meinen Molesten geschenkt werden sollte. Ich mache mich auch auf alles gefaßt; aber, ich fasse diesmal in der Gewitterluft auch nach meinem Stocke neben mir und sage mir: „Störzer, im Notfall sei mal 'n Mann und wehre dich gegen den höhnischen Grobsack!" Aber auch dies kommt anders, wie meistens bei solchen Gelegenheiten. Als mich Kienbaum sitzen sieht, zieht er die Zügel an und hält mit seinem leeren Viehwagen. Ich denke: „Na, heute hat er's gut im Sinne", und so ist's auch gewesen. Er hat mal ausnahmsweise einen noch Schlauern als wie er gefunden. Wie sich nachher ausgewiesen hat, Ihren Herrn Schwiegervater, den Bauern von der roten Schanze, Herr Schaumann. Der Ochsenhandel ist nachher vor Gericht breit genug getreten worden als Indizium gegen den Bauern Quakatz von der roten Schanze. Daß der Herr Schwiegervater, nach dem Geschäft am Morgen, am späten Abend auf dem Wege nach Gleimekendorf gesehen worden ist, das war das zweite Indizium, wie Sie wissen, Herr Schaumann. Es hatten zu viele in der Stadt, im Blauen Engel, vernommen, wie sie sich um Mittag einen Schuft, Halunken und Spitzbuben um den andern an die Köpfe geworfen haben; aber an wem soll's denn nachher so ein Mensch wie Kienbaum, wenn er die unterste Hand im Spiel gehabt hat, besser auslassen, als an so einem wie ich? ich bitte Sie! ... Ihr Herr Schwiegervater und er haben sich nicht mehr im Papenbusch getroffen, aber auf mich, seinen Storzhammel, trifft Kienbaum daselbst – hier – hier – an diesem Platze grade zur richtigen Stunde für seine Gefühle. Er hält seinen Wagen an, und ich bin aufgestanden und habe meine Tasche zurechtgerückt und meinen Stock fest gefaßt. Ich sehe ihn in der Dämmerung sein Gesicht auf seine Weise verziehen, und da schreit er mich schon an: „Richtig, Storzhammel! Na, sitzt er wieder und brütet anderen die Eier aus? Hast dich heute mal wieder für fünf Groschen zum Teckelhund gelaufen, du Blödbock? Nimmst es mir doch nicht übel? sind ja die besten Kameraden von der Schulbank und dem Regiment her! Da – reich mir die Hand, mein Leben!" und damit haut er mit seiner Peitsche, was er nach seiner Manier für einen guten Spaß hält, nach mir hin, daß sich die Schwippe mir um den Arm legt und mir einen blutigen Striemen über die Hand zieht. So arg hatte er's wohl nicht im Sinne gehabt; aber was nun kam, das mußte eben dadurch kommen. Ich lasse den Stock fallen und greife im Schmerz nach ihm auf dem Erdboden; aber dafür kommt mir, barmherziger Gott, an seiner Statt der nächstliegende Feldstein in die Hand. Gedacht hab' ich mir nichts bei dem Wurfe, und gezielt habe ich auch nicht; aber getroffen hat es – durch Gottes und des Satans Willen. Ich sehe, wie der Mann nach der Seite schwankt und den Zügel schüttelt. Die Pferde ziehen an, der Wagen fährt an mir vorbei in die nächtliche Dämmerung hinein. „Nimm's mit nach Hause und leg eine kalte Messerklinge drauf, du Lump!“ rufe ich nach. Ob er es noch vernommen hat, kann ich nicht sagen. Meine Meinung ist nachher in mancher bangen Nacht und Stunde gewesen, daß er's nicht gehört haben kann. Es ist mir trotz meiner Wut wohl etwas kurios, daß er mit seinem Kurs nicht auf der Straße nach Gleimekendorf bleibt, sondern rechts um, dort in den Wald- und Holzweg nach der roten Schanze einbiegt, aber geachtet hab' ich in meiner Wut auch nicht weiter drauf, sondern bin nach Hause gegangen und habe bis nach Hause an meinem wunden Handgelenk gesogen wie ein geschlagenes Kind. Was dann nachher sich herausgestellt hat, Herr Schaumann, wissen Sie ja selber ebensogut als ich. Sie wissen, wie die Gäule auf dem Holzwege in den Schlenkerschritt gefallen sein müssen und auch wohl stundenlang ganz stille gehalten haben, bis sie sich auf dem Feldwege um Mitternacht nach Gleimekendorf auf ihren Hof und vor ihren Stall gefunden haben. Da kommen sie mit Laternen und gucken in den Wagen und finden Kienbaum im Stroh, und die Doktoren haben es herausgekriegt, daß es ein Schlag oder Wurf an die linke Schläfe gewesen sein muß, der das Unglück gemacht hat. Alles steht in den Akten ganz genau, nur ich nicht. Ich komme nur beiläufig darin vor, als wie einer, den Kienbaum auch noch auf der Chaussee getroffen und mit dem er sich unterhalten hat. Ach Gott, Herr Schaumann, weshalb hat mich der Herrgott so geschaffen, wie er mich geschaffen hat, wenn er mir dies Schrecknis dazu schaffen wollte? Der Menschheit und Juristerei ist es nicht zu verdenken, daß sie in dieser Sache sich an Quakatz gehalten hat und nicht an den Landbriefträger Störzer. In seiner Natur und Stellung zu ihm lag's, Kienbaum totzuschlagen. In meiner nicht! Gott sei Lob und Dank, sie haben mich wenigstens nicht zum Zeugen gegen ihn, Ihren Herrn Schwiegerpapa, aufgerufen. Da hätte ich mein schweres Herz auf den grünen Tisch legen können; aber mich so nach angstvollen Nächten und einsamem Tagesmarsch von selber angeben – – ich habe es versucht, aber es ist nicht gegangen – ich habe es wollen, aber ich habe es verschoben – immer weiter verschoben, und so sind die Jahre hingegangen, und dem Bauern auf der roten Schanze ist es trotz seinem Verdruß immer besser ergangen. Die stille Angst, die stille Angst durch ein Menschenalter, Herr Schaumann! Mit jedem Briefe habe ich sie tagtäglich durch ein Menschenalter rund um die rote Schanze her und auf ihr den Menschen abgeben müssen und habe es doch nicht können – habe mich doch nicht selber angeben können als den Täter von der Tat, als Kienbaums Mörder. Herr, Herr, es ist zwar eigentlich zu spät, aber ich lege Ihnen kein Hindernis in den Weg – Sie brauchen mich nicht an der Schulter zu nehmen: ich folge gern und gutwillig, wenn Sie mich jetzt, heute abend, in die Stadt bringen und dem ersten am Tor sagen: „Der ist's gewesen! er hat eben ganz von selber gestanden!"

„Was ist denn das? Noch kein Licht hier?" sagte der erste Stammgast. „Bald sollen wir uns unsere Erleuchtung wohl selber mitbringen? Meta, Sie! wo stecken Sie denn?"

„Hier, Herr Staatsanwalt! o Gott, ja, gleich!" rief das Mädchen mit zitternder Stimme. Auch das angezündete Streichholz zitterte in ihrer Hand, und es gelang ihr nur nach wiederholt mißlungenen Versuchen, das Separatzimmer der besten Männer im Goldenen Arm in ein helleres Licht zu setzen.

„Siehe da, die Herren!" sagte der Staatsanwalt. „Was, Schaumann, und nun wollen Sie gehen, da wir eben kommen? Ei was, Stopfkuchen, alter dicker Freund, und du, Eduard, jetzt bleibt einmal sitzen wie in andern, schönern Zeiten. Was noch von der alten Korona in diesem Jammertal vorhanden ist, verzeiht es mir nie, wenn ich euch jetzt ruhig laufen lasse; den einen nach seiner roten Schanze, den andern nach seinem schwarzen Afrika. Meta, jedem Herren auch noch einen Schoppen! Kinder, das ist ja zu famos, das kann ja endlich mal wieder ein fideler Abend nach der guten alten Art werden. Na, ihr bleibt? was?"

„Wie gerne, wenn es ginge und mein Leibarzt es mir nicht untersagt hätte", lachte Stopfkuchen. „Ach, wenn Sie nur eine Ahnung davon hätten, Schellbaum, wie streng mir der Mensch, der Oberwasser, geistige Aufregung jeder Art untersagt hat, Sie ließen mich wie in andern schönern Zeiten ruhig unter meiner Hecke."

Wir nahmen unsere Hüte. Das Zimmer hatte sich jetzt schon mehr gefüllt; aber glücklicherweise mit Stammgästen, die nichts mehr von Josef wußten und den dicken Schaumann nur vom Hörensagen und von ferne kannten. So kamen wir glücklich endlich hinaus auf den Vorplatz, und dorthin kam die arme Meta, zitternd vor Aufregung, uns nach: „O Gott, o Gott, Herr Schaumann; aber ich habe ja alles mit angehört! ist es denn möglich? Und die Herren da drinnen! darf es denn jetzt jeder wissen? darf auch ich jetzt alles den Herren heute abend sagen?“

„Alles, mein Kind.“

Dem Kapitän wird die Sache immer unheimlicher. Eben sagt er: „Herr, daß das Trinkwasser auf dem Schiffe ausgeht, das passierte früher öfter, kann auch heute noch vorkommen und hat seine Unbequemlichkeiten; aber was sagen Sie, wenn ich Ihnen tränenden Herzens signalisieren muß: Sir, wir sind beim letzten Droppen Dinte angekommen? Well, da ist es ja ein wahres Glück, daß wir von morgen an nach dem Tafelberg ausgucken können.“

„Das ist es, *old friend!*“

Und der alte Seebär stieg wieder auf Deck, kopfschüttelnd und vor sich hinbrummend, daß so 'ne verdammte Schreiberei gottlob doch nur eine Ausnahme auf dem Wasser sei. Ich bin fest überzeugt, in drängender Not hätte er mich für den Unheilsvogel auf seinem Schiff genommen und ohne große Gewissensbisse über Bord in die tosende See befördert, um die übrige Ladung durch das sühnende Opfer zu retten.

Wir, Stopfkuchen und ich, aber standen wieder vor dem Goldenen Arm unter dem stillen, warmen, dunkeln Sommerabendhimmel, und ich trocknete mir die Stirn nicht weniger ab wie der erstaunliche dicke Freund. Er hatte die Geschichte von Kienbaums Morde nicht bloß mit seiner dröhnigen, langweiligen Redegabe von sich gegeben; er hatte sie auch ausgeschwitzt, sie durch die Poren aus sich herausgelassen. Ich aber, hatte ich darum draußen so viel zu Wasser und zu Lande erlebt, um in dem stillen Heimatwinkel vor Stopfkuchen und Storzhammel zu stehen wie vor etwas weder von mir noch von irgendeinem andern Menschen je Erlebtem?

Wer von beiden war mir nun der Unbegreiflichste, der Unheimlichste geworden? O dieser Störzer! O dieser Schaumann! – Mein alter, ältester Kinderfreund und Spielkamerad Kienbaums Mörder! Er, der mich im Grunde doch ganz allein auf die See und in die Wüste durch seinen Le Vaillant gebracht hatte, dem ich mein „Rittergut“ am Kap der Guten Hoffnung einzig und allein durch seine Unterhaltungen auf seinen Weltwanderungen auf seinen

Landstraßen und Feldwegen zu danken hatte. Es war nicht auszudenken: jedenfalls jetzt – augenblicklich nicht weiter darüber zu reden.

Stopfkuchen begleitete mich zu meinem Gasthofe, und an dessen Tür tat ich wenigstens noch eine Frage an ihn. „Willst du nicht noch einen Augenblick mit heraufkommen?“

„Lieber nicht“, meinte Heinrich. „Meine Frau hat sich schon seit Jahren nicht mehr um mich geängstigt. Um diese Tageszeit bin ich immer zu Hause. Nun, es ist freilich heute mal eine gerechtfertigte Ausnahme. Was tut man so einem lieben, alten, fremdgewordenen Freunde nicht alles zu Gefallen, um ihm das alte Nest wieder heimselig und vertraulich zu machen! Wir sehen dich doch noch einmal vor deiner Abreise, Alter? Du mußt dir doch noch das Gesicht ansehen, was meine Alte macht, nachdem sie auf die mir angemessenste Weise durch andere erfahren wird haben, was ich ihr – nach der sicheren Meinung der Welt morgen – schon längst selber hätte sagen sollen. Gute Nacht denn für diesmal, Eduard! Habe Dank für deinen Besuch: das war wirklich heute endlich mal wieder ein etwas ungewöhnlicherer Tag für die rote Schanze.“

„Gute Nacht, Heinrich“, sagte ich; augenblicklich nicht imstande, ihm noch etwas anderes zu bemerken, und er schien dieses auch für ganz selbstverständlich zu nehmen, denn er watschelte ruhig durch die angenehme Nacht seiner festen Burg im Leben zu, mich mit ihm, seiner Frau, seinem seligen Schwiegervater, mit Störzer und mit Kienbaum nun im „Hotel“ allein lassend. Wenn ich ihn je in vergangenen Jahren, wie er sich ausdrückte, unter seiner Hecke seinen Gedanken, Gefühlen, Stimmungen, kurz sich selber allein als eigenster Austrägalinstanz anbefohlen hatte, so zahlte er mir das heute mit tausendfachen Zinsen zurück und ließ mich ihm nachgucken in die Nacht hinein, wie selten einem Menschen nachgeguckt worden ist.

Nun war ich unter *meiner* Hecke, in meinem heimatlichen Absteigequartier allein, und hatte die Nacht vor mir, um zu überlegen, was ich den Tag über erlebt hatte. Als aber die Morgensonne mir ins Fenster und auf die Bettdecke schien und ich das Fazit von Wachen und Traum zog, fand ich, daß ich mich sonderbarerweise eigentlich nur mit Frau Valentine Schaumann, geborener Quakatz, und verhältnismäßig recht wenig mit Kienbaum, Störzer, dem Papa Quakatz und mit Stopfkuchen beschäftigt hatte.

Die Gute! Die Arme und Gute! ...

Und konnte man es Stopfkuchen verdenken, daß er um sie und ihre rote Schanze, um deren Behaglichkeit willen, endlich auch die *irdische Gerechtigkeit* als das Gleichgültigere, das weniger in Betracht kommende angesehen hatte? So wahrscheinlich bald nach Mitternacht hatte ich mich ganz in des Dicken Stelle, das heißt seine Haut versetzt, das heißt, war in dieselbe hineinversetzt worden. Ich war zu seinem Leibesumfang angeschwollen und hatte mich auf die Höhe seiner behaglichen Weltverachtung erhoben und hatte gesagt: Dem dürren Afrikaner, diesem Eduard, wollen wir nun doch einmal aus dem alten Neste heraus imponieren und ihm beweisen, daß man auch von der roten Schanze aus aller Philisterweltanschauung den Fuß auf den Kopf setzen kann. Dem wollen wir einmal zeigen, wie Zeit und Ewigkeit sich einem gestalten können, den man jung allein unter der Hecke liegenläßt, und der da liegenbleibt und um die Seele auszufüllen nach Tinchen Quakatz sucht, und um den Leib bei Rundung zu erhalten die rote Schanze erobert, und in Mußestunden von letzterer aus auch den gestern vergangenen Tag als wie einen seit Jahrtausenden begrabenen Mammutsknochen ausgräbt.

Da überlegte ich mir in dieser Nacht, erst außerhalb des Wirtshausbettes und dann in demselben, den mir eben vergangenen Tag noch einmal von Stunde zu Stunde, von Wort zu Wort. Und mehr und mehr kam mir wieder zum vollen Bewußtsein der alte ganz richtige Satz vom zureichenden Grunde, wie ihn der alte Wolf hat: *Nihil est sine ratione cur potius sit, quam non sit;* und wie es der Frankfurter Buddha übersetzt: „Nichts ist ohne Grund, warum es sey." – Wie mich der Le Vaillant, übersetzt von Johann Reinhold Forster, in der Bibliothek des Landbriefträgers Störzer zu den Buren in Prätoria gebracht hatte, so hatte der Steinwurf aus Störzers Hand nach Kienbaums Kopfe den Freund zu Tinchen Quakatz geführt und ihn zum Herrn der roten Schanze gemacht. Und so, wenn Kienbaum nicht Kienbaum, wenn Störzer nicht Störzer, wenn Stopfkuchen nicht Stopfkuchen und Tinchen nicht Tinchen gewesen wäre, so wäre auch ich nicht ich gewesen und hätte gegen Morgen über dieser Mordgeschichte in den ruhigsten Schlaf versinken und daraus erwachen können mit den beruhigenden Gedanken an das „afrikanische Rittergut" und an mein Weib und meine Kinder daheim: „Nun, die Sache hat sich ja noch ganz erträglich gemacht."

Fertig war ich freilich noch nicht mit ihr, der Sache nämlich. Das sollte ich sofort von dem Gesicht des Kellners ablesen, als ich die Zimmerglocke gezogen hatte und der Jüngling mich erst eine geraume Weile angaffte, ehe er meinen Wunsch nach frischem und nach warmem Wasser begriff. Und schon erschien

Freund Sichert, der Wirt, selber hinter ihm und starrte mich gleichfalls an und rief: „Aber, Herr, ist es denn möglich? Ich bitte tausendmal um Entschuldigung, aber Sie sind ja der erste aus der Stadt, der's ganz genau von Herrn Schaumann vernommen hat, wie es eigentlich gewesen ist! Und es sind auch schon einige von Ihren verehrten Herren Bekannten unten im Speisesaal gewesen und haben sich erkundigt, ob Sie noch nicht auf seien, und ob es sich denn wirklich so verhalte mit Kienbaum und mit Störzer."

„Nun ja, lieber Sichert. Es wird es ja wohl."

„Es ist doch nicht möglich! Ein Teil der Stadt ist ja freilich schon gestern abend, gestern nacht, vom Goldenen Arm aus darüber in die größte Aufregung geraten. Leider waren Sie bereits zur Ruhe gegangen, als die Überraschung auch noch zu mir drang, und ich nahm mir die Freiheit nicht –"

„Mich zu wecken und sofort um die genaueste Auskunft anzugehen. Ich danke Ihnen verbindlichst, lieber –"

„Aber, mein Gott, Sie verzeihen, bester, verehrtester Herr, Sie sind doch auch ein Stadtkind und gehören sozusagen noch zu uns, und womit man sich die langen Jahre so schwer und interessiert herumgetragen hat – wenn da nun mit einem Male eine so merkwürdige Aufklärung kommt! ... Und dieser alte Störzer! Es hielt ihn ja keiner für mehr als für einen guten, unschädlichen, alten Mann und Hammel! Und heute morgen begraben sie ihn, dem Arme der irdischen Gerechtigkeit vollständig entzogen! Und unser verehrter Herr Schaumann von der roten Schanze, der doch schon längst so viel zur völligen Aufklärung hätte tun können! der so viel dazu hätte tun können –"

„Uns noch eine letzte angenehm-unheimliche Aufregung zu verschaffen. Nee, nee, lieber Sichert, dazu war er eben zu dick, zu unbeholfen, zu schwerfällig oder wie Sie es sonst nennen wollen. Auch wohl ein wenig zu gutmütig und für seine Bequemlichkeit besorgt. Und dann – na, dann war es ja doch auch eine so alte Geschichte, eine so verjährte Sache, die im Grunde ja niemand was anging als vielleicht noch ein wenig seine Frau – Herrn Schaumanns Frau, eine geborene Quakatz. Ja, weshalb sollten die beiden und noch dazu von ihrer jetzigen ganz sichern Schanze aus um den alten, guten Störzer die hohe Justiz bemühen, ihr auf die Sprünge helfen, um sie eigentlich doch nur dadurch zu beschämen? Überlegen Sie das einmal."

„Ich kann es doch nicht fassen!" seufzte mein Herr Wirt und ging kopfschüttelnd und durchaus nicht befriedigt von mir. Ich aber faßte mich an die Stirn: Du lieber Himmel, wie sehr hatte Stopfkuchen recht! Schon was ich jetzt über mich nur kommen sah, genügte vollständig, um mich nunmehr ganz in seine Situation während der Zeit nach seinem plötzlichen Aufmerken an dem schönen Sommermorgen beim Begräbnis seines Schwiegervaters zu versetzen. *Sofort* aber folgte auch die Überlegung: „Und nun kannst auch du mit ausbaden, was der Dicke hinter aufgezogener Zugbrücke der Welt so lange als möglich so schnöde als möglich vorenthalten hat! Und der Feistling ist auch jetzt noch imstande, seine Schanze um sich und sein Weib herum noch mehr in Verteidigungszustand zu setzen, die Bulldoggen, Fleischer- und Schäferhunde, die giftigen Spitze, kurz alle die bissigen Wächter seines seligen Schwiegervaters wieder aus der Gruft zu beschwören und dir, Eduard, es ganz allein zu überlassen, die Sache Störzer-Kienbaum gegen die Menschheit auszutragen!"

Daß der Mensch trotz seiner einladenden Worte noch einen zweiten Besuch von mir erwartete, glaubte ich nicht mehr. Und ich habe es schon gesagt: die rote Schanze war der letzte Ort der Heimat, dem ich noch einen Besuch schuldig gewesen war. Geschäfte hatte ich nicht mehr zu Hause. Alle lieben und alle schlimmen Erinnerungen hatte ich von neuem geweckt und konnte sie aufgefrischt mit nach Kaffraria nehmen. Wenn ich durchging vor den Manen Kienbaums, ließ ich kaum ein Bedauern, sondern nur höchstens eine kurzlebige Verwunderung über den raschen Aufbruch hinter mir zurück. Es war niemand von beiden Geschlechtern vorhanden, der mir den Rock zerrissen haben würde bei dem Versuche, mich „wenigstens noch ein paar Tage" zurückzuhalten.

Wie wäre es denn, wenn du den Kopf aus der Geschichte zögest, Eduard; und dein Teil daran sofort mit auf das Schiff nähmest?

Mit dem Wort oder vielmehr Gedanken stand ich bereits nicht mehr auf dem festen Boden des Vaterlandes, ich stand wieder auf meinen Seebeinen, auf den beweglichen Planken über dem großen Gewoge des Ozeans, und es blies mir ein sehr erfrischender Meerwind ins Gesicht.

„Ich gehe!" sagte ich, und – ich ging wirklich und wahrhaftig. Stille Vorwürfe ließ ich dabei außer acht, und für laute war ich ja immer noch in Afrika zu finden, und hätte da gern jedem Rechenschaft abgelegt, das heißt ihm dies, mein Schiffstagebuch, zu lesen gegeben.

Übrigens kostete es doch einige List und Mühe, bloß die Heiligen Drei Könige unverhindert hinter sich zu lassen. Nur durch etwas, was einer Bestechung recht ähnlich sah, gelang es mir, meine Rechnung sogleich und hinterm Rücken meines Herrn Wirtes zu erhalten. Es kostete mich Geld, aber ich fand einen dienstwilligen Geist, der mich des Hotelwagens überhob und mir mein Gepäck ganz verstohlen auf einem Schubkarren zum Bahnhof beförderte. Ich verkleidete mich nicht, ich schlug mir nicht den Theatermantel um die Ohren und zog den Schlapphut über die Nase herab; aber ich verzog mich auch nicht auf dem offenen, gradesten Wege, sondern entschlüpfte durch die Hinterpforte und den Hausgarten der Heiligen Drei Könige. Aus dem Garten brachte mich ein zweites Pförtchen in einen mir aus der Kinderzeit wohlbekannten, gottlob noch vorhandenen engen Pfad zwischen andern Gärten, Stallungen und sonstigen Hintergebäuden. Hätte ich Kienbaum totgeschlagen und wären mir die Häscher auf den Fersen gewesen, ich hätte nicht behutsamer verduften können; und ich pries es jetzt als ein wahres Glück für mich, daß sich in der Stadt doch verhältnismäßig wenig während meiner letzten Abwesenheit verändert hatte und ich mit dem alten Haus- und Ortssinn auch auf den weniger begangenen Wegen auskam.

Es war gegen neun Uhr, als ich nicht durch die Stadt, sondern um sie herum hinter den Gärten zum Bahnhof wanderte. Daß dieser Weg durch das Matthäiviertel führte, hatte ich bei meinem Wunsche, die Hauptstraßen zu vermeiden, nicht mit in Betracht gezogen und mich also nicht zu sehr zu verwundern über das Getümmel, in welches ich trotz aller augenblicklichen vorsichtigen Menschenscheu geriet.

Es wäre übertrieben, wenn ich sagen wollte, daß die halbe Stadt auf den Beinen war, um dem Begräbnis des Landbriefträgers Störzer mit anzuwohnen: aber ein gut Teil der Bevölkerung war doch versammelt in den Gassen und Gäßchen um seine Behausung her. Und darunter nicht bloß Fräulein Eyweiß mit ihrer Brunnenkruke, sondern auch mehrere Bekannte aus dem Brummersumm.

Daß man dastehe und auf den Zug warte, um dem Alten mit ein ehrenvolles Geleit zu seinem Grabe zu geben, äußerte niemand. Aber jedermann hatte gewiß das Recht, seiner Morgenbequemlichkeit oder seinen Geschäften ein paar Augenblicke abzuzwacken, um jetzt, im letzten Augenblick, einen Blick auf die schwarze Truhe zu werfen, die den augenblicklich merkwürdigsten Menschen, nicht bloß der Stadt, sondern auch der Umgegend auf weithin, barg. Sie wollten alle den guten, alten, dummen Kerl, diesen alten Störzer, der in seinen vierundfünfzigtausendeinhundertvierundsechzig Amts-Gehstunden mit seinem schweren Gewissen fünfmal um die Erde herum gewesen war, und der die ganze Stadt von oben bis unten so lange, lange Jahre hatte reden lassen, ohne ein Wort zu sagen – sie wollten ihn, Kienbaums Mörder – ihn oder wenigstens seinen Sarg doch noch einmal sehen!

Und schon bekam ich einen freundschaftlichen Schlag auf die Schulter: „Je, Eduard! Du mußtest freilich vom Kap der Guten Hoffnung mal nach Hause kommen, um uns hier diese Überraschung mit zu bereiten. Wir haben es gestern abend im Arm schon ziemlich zueinander gebracht, wie ihr – du und Schaumann, gestern auf der roten Schanze euren Gefühlen Luft gemacht haben werdet. Das war aber vortrefflich von dir, daß du dem Dicken endlich zu einer mitteilsamen, redefreudigen Stimmung verholfen hast. Dieser Stopfkuchen! Ja, so ist er immer gewesen! Ja, ja, du mußtest erst kommen, daß es so kommen konnte! Ohne dich, Eduard, hätten wir noch lange drauf warten können zu erfahren, wer eigentlich Kienbaum totgeschlagen habe. Und dieser alte Störzer: man weiß wirklich nicht, ob die Geschichte durch ihn unheimlicher oder sozusagen ganz gemütlich wird. Aber wie gesagt, hauptsächlich was sagst du zu Stopfkuchen? Ist er nicht göttlich? Ist er nicht immer noch ganz der alte?“

„Ganz der alte. So leicht verändern wir uns nicht. Aber du verzeihst: geht deine Uhr richtig?“

Der Freund sah nach ihr: „Auf die Minute. In zehn Minuten halb zehn.“

„Dann habe ich keinen Augenblick mehr zu versäumen. Der Zug nach Hamburg fährt in zwanzig Minuten ab!“

„Du reisest nach Hamburg?“

„Und ein wenig weiter. Ich reise ab nach Afrika. Es freut mich sehr, daß ich dich eben noch getroffen habe, um auch dir für diesmal aufs herzlichste Lebewohl zu sagen.“

„Aber Eduard? Eduard, du scherzest! wie kommt denn das so rasch, so plötzlich?“

Glücklicherweise kam in diesem Augenblick der kümmerliche, ärmliche Leichenzug um die Ecke und überhob mich der Antwort. Der so wunderlich aller irdischen Sühne entschlüpfte Totschläger ging dem Freunde doch noch mehr über allen Spaß als wie meine plötzliche Abreise. Das Schauspiel fesselte so sehr seine ganze Aufmerksamkeit, daß ich gleichfalls entschlüpfen konnte, nachdem auch ich dem Sarge meines ältesten Freundes in der Stadt noch einen letzten kurzen Blick hatte schenken können.

Dieser arme Sarg – jetzt mit einem Gefolge, das nur aus einer Frau mit einem Kinde auf dem Arm und einem an der Schürze bestand! …

Sie hatten alle das Geleit verweigert, die sonst wohl dazugehört haben würden. Auch die kaiserliche Post hatte es nicht mehr für schicklich erachtet, ihre niedern Bediensteten dem alten Weltwanderer, dem guten Beamten, aber sehr verstohlenen Mordgesellen hinterdrein zu schicken; und sie war ganz gewiß dabei nicht im Unrecht, sie hatte vollkommen recht. „Nun, er hat es sich und dem unglücklichen Frauenzimmer ja schon gestern abend versprochen, hier an Kinder und Enkel zu denken", sagte ich, den Bahnhof erreichend. Es ging grade ein früher Vergnügungszug südwärts durch, und es wimmelte von lustigen Fahrgästen mit grünen Zweigen an den Hüten, Liederbüchern in den Taschen, Futterkobern und Körben und allem, was sonst zu solchem beschwerdeschwangern Ausflug aus dem Alltag heraus gehört: ich hätte in kein richtigeres Getümmel für meine Stimmung hineingeraten können. So war die Welt!

Mit einiger Mühe gelangte ich in den nach dem Norden abgehenden Zug; aber es war keine unliebe Mühe, und ein Kind habe ich dabei nicht über den Haufen gerannt, auch keinem Weibe durch einen übereiligen Ellbogenstoß den Ausruf: „O mein Gott!" entlockt. Aber mich fest hinsetzend in gottlob der Wagenecke seufzte ich: „So, Stopfkuchen!" … und fügte erst nach einer Weile hinzu: „Ja, im Grunde läuft es doch auf ein und dasselbe hinaus, ob man unter der Hecke liegenbleibt und das Abenteuer der Welt an sich herankommen läßt, oder ob man sich von seinem guten Freunde Fritz Störzer und dessen altem Le Vaillant und Johann Reinhold Forster hinausschicken läßt, um es draußen auf den Wassern und in den Wüsten aufzusuchen!"

Ein schriller Pfiff, ein Zischen, ein Schnaufen und Schnauben, ein immer beschleunigteres Atemholen und Ächzen, und die Heimatstadt mit allem geistigen und körperlichen eisernen Bestand des Menschen, mit Lebendem und Totem, mit Vater und Mutter, Onkel und Tante, mit Freunden, Schulmeistern, guten und bösen Kneipgesellen, mit Kirche und Markt lag wieder hinter mir. Und der Brummersumm, der Goldene Arm und die Heiligen Drei Könige und – Stopfkuchen auch.

Nein! der letztere doch nicht. Dafür zog sich doch mein ganzer Aufenthalt in der Heimat jetzt zu sehr um seine dicke Person zusammen seit dem gestrigen Tage. Sie konnten auch daheim, ohne sich unter ihren Hecken wegzurühren, was erleben und es in wundervoll erleuchteter, in lichter Seele zum Austrag bringen. Die Menschheit hatte immer noch die Macht, sich aus dem Fett, der Ruhe, der Stille heraus dem sehnigsten, hageren, fahrigen Konquistadorentum gegenüber zur Geltung zu bringen. Heinrich Schaumann, genannt Stopfkuchen, hatte dieses mir gegenüber gründlich besorgt. Ich fuhr wahrlich nicht ab und vorbei, ohne nach seiner Schanze auszusehen von meinem Eilzuge.

Anderthalb Eisenbahnminuten von der Stadt führte ja die Bahn unter der roten Schanze hin, und man hatte, einen Augenblick lang, einen recht guten Überblick über den Kriegsmaulwurfshaufen Seiner Hoheit, des Herrn Grafen von der Lausitz, Prinz Xaver von Sachsen. Wallböschung, Baumwuchs und Hausdach hoben sich scharf und klar ab vom blauen Sommermorgenhimmel, und mit schärfster, wunderlich wehmütiger und vergnüglicher Aufmerksamkeit wartete ich auf das Vorbeifliegen und das Abschiednehmen im Vorbeifliegen.

Und ich erfaßte alles nach Wunsch. Es waren nur zwei helle Pünktchen, aber sie waren da in der sonnenhellen, grüngoldenen Heimatslandschaft. Er stand auf seinem Wall in seinem Sommerschlafrock und hatte sein Tinchen bei sich – ebenso sicher wie seine lange Philisterpfeife. Sicherlich auch hatte seine Frau ihren Arm in den seinigen geschoben, und wenn sie nun endlich auch wußte, wer Kienbaum totgeschlagen habe, so wartete sie doch im vollen Verlaß auf ihren Heinrich das Anspülen jener Welt draußen ab, die gestern abend ebenfalls erfahren hatte, wer Kienbaum totgeschlagen habe. Sie genossen trotz allem, was ihnen aus der letztern Tatsache aufwuchs, den schönen Morgen. Es lagen da jetzt zwei, die man vordem hatte abseits liegenlassen, unter der Hecke, und blieben nun ruhig liegen, was auch die Welt, die Welt da draußen, zu ihrer unbegreiflichen Indolenz sagen mochte: „O dieser Stopfkuchen!“ –

Hätte er eine Ahnung davon gehabt, daß sein „guter Freund Eduard“ da unten an ihm vorbeifahre, so würde er sicherlich seine Pfeife in die Luft erhoben und seine Hauskappe geschwenkt haben. Und dann würde auch Frau Valentine Stopfkuchen, geborene Quakatz, ihr Taschentuch haben wehen lassen. Die aber würde vielleicht dazu gesagt haben: „Das ist doch aber eigentlich unbegreiflich von ihm!“

Was mein dicker Freund Heinrich Schaumann anderes als „Hm!“ hätte erwidern können, kann ich nicht sagen.

Vorbei die rote Schanze! aber doch ein Glück diese Sicherheit, daß sie ruhig liegenblieb, wo sie lag und wie sie lag; daß ich sie, wie sie war, im Gedächtnis behalten konnte: als einen sonnenbeleuchteten Punkt im schönsten Heimatsgrün.

Schon ersuchte mein Wagengegenüber mich höflichst, des Zuges wegen doch lieber das Fenster auf dieser Seite zu schließen, da der Wind von der Seite komme und das entgegengesetzte offenstehe. Da auch die Sonne als Hitzespenderin in das betreffende Fenster schien, kam ich gern dem Wunsch der Dame nach. Ich zog die Scheibe herauf und die blauen Vorhänge zusammen, und ich kann es nicht leugnen, daß mir die blaue Dämmerung ganz wohltat nach dem kurz-scharf-angestrengten Ausschauen in den scharf-hellen Morgen hinein mit seinem blendenden Gelb und Grün und den beiden winzigen Figürchen auf dem Walle der roten Schanze – nach dem letzten Ausgucken nach dem dicken Freunde und der lieben, guten Freundin Valentine Schaumann in der Jugendheimat! So etwas von Kohlenstaub aus der Lokomotive war mir so schon ins rechte Auge geweht.

Aber noch etwas will ich nicht leugnen: nämlich, daß mich das blaue Licht oder die lichtblaue Dämmerung, in der ich bei der Abfahrt von der Heimat die Augen schloß, um mich erst wieder an die rechte Beleuchtung zu gewöhnen, trotz dieser Gewöhnung dennoch bis Hamburg, bis auf das Schiff – bis in diese Stunde begleitet hat. Vernünftige Leute werden wohl sagen: „Ja, worauf fällt der Mensch nicht, um sich bei günstiger Fahrt und auf fast zu ruhiger See die Zeit zu vertreiben? Na, das ist eben Geschmackssache, nach was für einem Auskunftsmittel man in der Langenweile greift."

Ganz etwas Ähnliches sagte der Kapitän, der eben herunterkam und meinte: „Wissen Sie wohl, lieber Herr, daß Sie das einzige Merkwürdige sind, was ich auf dieser Fahrt erlebt habe? Etwas von schlechtem Wetter kommt doch immer vor, aber diesmal nicht das geringste; denn den *squall* von neulich rechnen Sie wohl selber nicht. Da oben fangen wir jetzt an, nach dem Tafelberg auszugucken, aber, zum Henker, Herr, mir wäre es doch jetzt die Hauptsache, wenn Sie mich mal sehen ließen, was Sie diesen ganzen Monat hier auf meinem Schiff zusammengeschrieben haben."

„Es würde Sie wirklich wenig interessieren, Kapitän. Die reine Privatsache!" sagte ich und klappte das Manuskript zu.

Als ich dann auch auf Deck stieg, um mit den anderen den Tafelberg aus dem Meer aufsteigen zu sehen, und als wirklich ein blaues Wölkchen am Horizont vom Schiffsvolk für den berühmten Berg erklärt wurde, mußte ich mich doch an die Stirn greifen und fragen: „Eduard, wie ist denn das? Du bist wieder hier?“ –

Es dauerte noch anderthalb Tage, ehe wir landen konnten, und während dieser Zeit wanderte ich noch recht oft auf der Landstraße der Heimat mit dem Landbriefträger Störzer, und hörte den mit sonderbaren Seitenblicken auf die rote Schanze vom Le Vaillant und von dem Innern Südafrikas erzählen; zu aller froh-unruhigen Gewißheit: nun hängt bald dein Weib wieder an deinem Halse und dazu deine doppelschlächtige deutsch-holländische Brut dir an den Rockschößen:

„*Vader, wat hebt gij* uns mitgebracht *uit het Vaderland,* aus dem Deutschland?“